Lorelei James est une des auteures dont les romans érotiques connaissent le plus grand succès aux États-Unis. Elle a reçu de nombreuses récompenses littéraires, parmi lesquelles le Romantic Times Reviewers' Choice Award. Lorelei vit dans le Dakota avec sa famille.

Du même auteur, chez Milady :

De main de maître :
1. *La Novice*
2. *L'Initiée*
3. *L'Experte*
4. *La Maîtresse*

Riders :
1. *Chevauchée exquise*
2. *Chevauchée ardente*
3. *Chevauchée intense*
4. *Chevauchée brûlante*
5. *Chevauchée farouche*
6. *Chevauchée vibrante*

Lorelei James

Chevauchée exquise

Riders – 1

Traduit de l'anglais (États-Unis) par Ana Urbic

Milady

Milady est un label des éditions Bragelonne

Titre original : *Long Hard Ride*

Originellement publié par Samhain Publishing en 2007.

ISBN : 978-2-8112-2712-8

Bragelonne – Milady
60-62, rue d'Hauteville – 75010 Paris

E-mail : info@milady.fr
Site Internet : www.milady.fr

À toutes les cowgirls dans l'âme qui,
comme moi, rêvent de monter un étalon…
au sens propre comme au figuré.

Chapitre premier

— Candidate numéro quatre, c'est à toi, montre-nous ce dont tu es capable !

Un brin désinhibée par les *shots* qu'elle avait avalés, Channing Kinkaid monta sur le comptoir avant de se tourner vers le barman qui arrosa sa poitrine de bière fraîche. Elle commença alors à danser lascivement devant la foule en délire et sourit en constatant son succès. Elle prit ses seins à pleines mains et les pressa l'un contre l'autre, puis elle fit descendre ses doigts le long de son ventre plat. Pourquoi n'avait-elle jamais songé à participer à un concours de tee-shirts mouillés avant ce soir ? C'était là l'un des rares moments où elle pouvait assumer sa poitrine généreuse.

Channing fit onduler ses hanches et son corps au rythme de la musique country en écartant les bras vers l'arrière afin que ses seins tendent davantage le tissu fin et humide de son tee-shirt. Elle pivota ensuite sur elle-même pour se retrouver de profil par rapport à la salle et se pencha en avant de façon plus que suggestive en regardant la foule. Lorsqu'elle remua simultanément ses fesses et ses seins, l'assistance se mit à hurler, siffler et applaudir.

— Je crois que nous avons notre gagnante ! déclara le barman au micro. La candidate numéro quatre remporte notre concours de tee-shirts mouillés et gagne cent dollars !

— Hiii-haaa ! s'écria Channing en sautant gracieusement du comptoir avant d'accepter le trophée que lui tendait l'homme.

Qui aurait pu croire que non seulement elle participerait à un concours de tee-shirts mouillés un jour, mais qu'en plus elle le remporterait ? Ses parents seraient sans doute scandalisés par son comportement. Leur douce et gentille Channing, en train de s'exhiber ainsi en petite tenue…

Elle sourit à cette pensée tandis qu'elle s'installait au bar, le trophée posé devant elle. Plusieurs cowboys et un groupe d'étudiants, tous membres d'une fraternité à en croire leurs tee-shirts, vinrent la féliciter. Quand elle en eut enfin terminé avec les banalités, elle se tourna vers le bar, commanda un autre shot, et le barman s'empressa de le lui préparer. Lorsqu'elle fut servie, Channing versa le contenu de son verre dans le trophée. Elle croisa son reflet dans le grand miroir suspendu au-dessus du bar et leva le trophée pour trinquer avec elle-même avant d'avaler son *shot* cul sec. Elle s'adressa un clin d'œil de satisfaction, puis reporta son attention sur la foule qui avait envahi la piste de danse.

Posant ses deux coudes sur le bar, Channing balaya la salle des yeux. Elle fut quelque peu rassurée de n'apercevoir Jared nulle part. Le connaissant, il ne manquerait pas de l'entraîner hors du bar pour fêter sa victoire en privé. Jared était, certes, l'archétype du beau gosse, mais Channing commençait à en avoir un peu marre de passer la plupart de son temps enfermée dans une chambre d'hôtel avec lui. Cet homme semblait vivre uniquement pour le rodéo et le sexe. Jared n'était pas très sociable.

Elle esquissa une moue dubitative et promena son regard autour d'elle. Il s'était absenté depuis déjà un bon moment. Elle savait qu'il n'appréciait pas les endroits bondés et confinés, mais il n'aimait pas non plus la laisser seule entourée d'« alcoolos en rut », comme il le disait. Où était-il passé ? Et était-elle réellement impatiente de le retrouver ?

Elle poussa un petit soupir lorsqu'elle sentit un souffle chaud lui effleurer l'oreille.

— Tu attends quelqu'un, ma belle ? s'enquit une voix masculine.

Channing tourna la tête et croisa le regard de Colby McKay, surnommé le « roi du rodéo » par de nombreux cowboys du circuit. Jared était un beau gosse, mais il n'arrivait pas à la cheville de Colby. Cet homme était un festin à la fois pour les yeux et l'imagination. Surtout pour l'imagination.

Elle déglutit péniblement en détaillant son visage. Il avait les traits burinés et sa peau hâlée faisait ressortir ses yeux d'un bleu intense. Il ressemblait plus à un poète tourmenté qu'à un cowboy, mais cela n'ôtait rien à son charme, bien au contraire. Il était doté d'un corps superbe, musclé à la perfection, résultat de ses prouesses athlétiques avec les taureaux et les chevaux.

Ses grandes mains étalaient calleuses, usées par la corde, mais, étrangement, ce détail constituait plus un attrait qu'un défaut. Colby McKay était très séduisant et il le savait. Surtout, il savait qu'il la rendait nerveuse et il semblait prendre un malin plaisir à la déstabiliser.

D'un mouvement de tête qu'elle espéra désinvolte, Channing rejeta ses cheveux par-dessus son épaule.

— Salut, Colby. Dis, tu n'aurais pas vu Jared, par hasard ?

— Si, répondit-il, je l'ai aperçu près des toilettes. Il était au téléphone avec quelqu'un. (Il pencha la tête sur le côté et lui jeta un regard malicieux.) Dire qu'il t'a laissée toute seule. Mais, comme on dit, qui va à la chasse perd sa place. Viens danser avec moi.

Channing sentit son estomac se retourner. Elle avait trop bu. Oui, c'était sans doute à cause de l'alcool, rien à voir avec la manière dont Colby était en train de la regarder. Elle essaya de formuler une phrase cohérente, mais aucun son ne voulait sortir de sa gorge. Pourquoi perdait-elle toujours ses moyens face à lui ? Colby, tout comme l'un de ses compagnons de route, Trevor Glanzer, lui faisait un effet qui dépassait l'entendement. D'ailleurs, le bruit courait que les deux hommes étaient loin d'être des enfants de chœur. Si leurs performances en rodéo étaient impressionnantes, leurs tableaux de chasse l'étaient encore plus. Compétiteurs hors-norme, ils étaient constamment assaillis par des groupies de tout âge.

Pourquoi Colby s'intéressait-il autant à elle alors qu'il pouvait avoir n'importe quelle autre femme ? Elle était une simple fille de la ville, que pouvait-il bien lui trouver ? En plus, ce n'était pas la première fois qu'il tentait une approche avec elle. Trevor non plus ne loupait pas une occasion de venir lui parler et, parfois, ils la draguaient même en tandem. Elle devait avouer qu'ils étaient très doués au jeu de la séduction, tellement doués qu'elle s'était déjà demandé à plusieurs reprises l'effet que ça ferait d'être prise en sandwich entre eux. Vu comment ils montaient les chevaux et les taureaux dans l'arène, ils devaient être au moins aussi passionnés au lit. Le sommier finirait d'ailleurs certainement par se briser sous leurs assauts. À moins qu'ils ne la brisent, elle, en premier.

—Allez, Channing, ce n'est qu'une danse, insista Colby, la tirant ainsi de ses rêveries indécentes.

—Mais je suis couverte de bière, marmonna-t-elle en montrant ses vêtements.

—Ça ne me dérange pas du tout, remarqua-t-il en fixant sa poitrine.

—Peut-être, mais tu changeras d'avis une fois que tu seras trempé par ma faute, déclara-t-elle pour essayer de gagner du temps.

Il se pencha alors vers elle et lui murmura à l'oreille :

—Ne t'en fais pas pour moi, ma belle. J'adore sentir une femme mouillée contre moi, savourer sa moiteur, la sentir sous mes doigts, sur ma…

—Colby McKay ! s'exclama-t-elle en se redressant, assaillie par la vision érotique de sa tête entre ses jambes et de sa langue titillant son clitoris.

Elle essaya de le repousser, mais il ne bougea pas d'un centimètre. Pas étonnant que les chevaux et les taureaux aient, eux aussi, beaucoup de mal à se débarrasser de lui.

— Voyons, Channing, tu es beaucoup moins innocente que tu le laisses croire.

Colby se pencha de nouveau vers elle, puis mordilla le lobe de son oreille, et ses tétons durcirent immédiatement sous le tissu encore humide de son tee-shirt.

— Je parie même que tu connais un tas de mots cochons, ajouta-t-il.

Pleinement consciente de la chaleur virile qui émanait de ce corps musclé, Channing ferma les yeux et inspira l'odeur enivrante de son après-rasage. Cet homme était un danger public.

— Assez parlé, déclara-t-il en se redressant brusquement. Allons danser, j'aimerais voir si j'arrive à te faire mouiller encore plus.

Channing n'eut même pas le temps de protester, car Colby l'entraînait déjà vers la piste de danse. Il s'arrêta au milieu de la foule, puis se retourna vers elle et l'attira brusquement contre lui, un sourire enjôleur aux lèvres. Il prit sa main dans la sienne et elle sentit la paume chaude de son autre main descendre le long de son dos.

Channing se raidit dans son étreinte. À en croire la bosse qu'elle sentait contre son ventre, Colby était aussi tendu qu'elle, au sens propre comme au figuré.

— Ça va ? lui demanda-t-il.

Elle hocha la tête, peinant toujours à croire qu'elle faisait bander *le* beau gosse du circuit de rodéo. Quelqu'un d'autre l'avait-il également remarqué ?

— Tu vois, ce n'est pas si terrible que ça, dit-il.

— Non, tu as raison. Je dirais même que c'est agréable, répliqua-t-elle en posant la joue contre son torse musclé.

— Agréable ? Si tu veux, mais je pense que ça serait encore plus agréable si on était nus. (Il resserra le bras autour de sa taille avant de la faire pivoter.) Oui, là, je pense que ça aurait été vraiment très, très agréable, ajouta-t-il dans ses cheveux.

Channing imagina aussitôt la scène et son cœur s'emballa dans sa poitrine. Elle et lui, nus, collés l'un contre l'autre. Absorbée par cette image, elle se laissa guider par Colby, remarquant à peine les autres couples sur la piste de danse bondée du *Last Chance*.

— Est-ce que je peux te poser une question d'ordre personnel ? s'enquit Colby au bout d'un moment.

— Euh… Oui, vas-y.

— Qu'est-ce que tu fais avec Jared ?

Je me le demande aussi, figure-toi.

Refusant de croiser le regard de Colby, Channing fixa le sien sur le bouton supérieur de sa chemise.

— On s'est rencontrés lors d'une démonstration de rodéo. On a commencé à discuter et je lui ai dit que j'étais partie à l'aventure. Depuis, je voyage avec lui tout en prenant du bon temps. Pourquoi ?

— Non, comme ça, marmonna-t-il. Il n'y a donc rien de sérieux entre vous ? Tu n'attends pas de lui qu'il te passe la bague au doigt ?

— Non, non, pas du tout.

Pourquoi s'était-elle embarquée dans une histoire avec Jared ? Il était beau, certes, et son accent australien la faisait craquer, mais plus elle apprenait à le connaître, moins elle se sentait attirée par lui. Il cachait quelque chose derrière son sourire ravageur, elle en était désormais persuadée.

— Tu te montres bien curieux, Colby McKay, commenta-t-elle en levant finalement la tête vers lui.

— C'est juste que je ne peux pas m'empêcher de penser que ça ne te ressemble pas.

— Quoi donc ? Me joindre au circuit de rodéo ?

— Oui, ça aussi, mais je parlais surtout de Jared. Qu'est-ce qu'une femme comme toi fait avec un minable pareil ?

Bien que légèrement irritée par ce commentaire, Channing lui adressa un regard surpris avant de battre candidement des cils.

— Serais-tu inquiet pour ma vertu, cowboy ?

— Pas du tout, ma belle.

— Dans ce cas, où est le problème ?

Colby ancra son regard dans le sien et un frisson la parcourut. Elle se mordit la lèvre inférieure, se sentant soudain exposée et vulnérable.

— Putain, Channing, tu m'embrouilles la tête chaque fois que je te regarde, souffla-t-il.

— Ah bon, pourquoi ?

— Parce que tu as le visage d'un ange et le corps d'une pute de luxe.

Cette déclaration la laissa bouche bée. Colby esquissa un petit sourire en coin, puis se pencha vers elle et effleura ses lèvres des siennes, leurs souffles se confondant. L'instant d'après, Channing sentit la langue de Colby glisser sur sa lèvre inférieure avant de s'introduire dans sa bouche. Son pouls s'accéléra. Lorsque leurs langues se mêlèrent, elle crut que son cœur allait s'arrêter de battre.

Les lèvres de Colby étaient chaudes, et elle goûta un mélange de bière aux notes d'épices et de tabac. Jamais elle n'avait été confrontée à tant de virilité émanant d'un seul et même homme. Un autre frisson courut sur sa peau et elle laissa échapper un gémissement de plaisir.

— Excuse-moi, ma belle, murmura-t-il contre ses lèvres, j'ai légèrement dépassé les limites.

Channing se redressa et passa la langue sur ses lèvres, essayant de reprendre ses esprits et d'effacer le goût enivrant de Colby.

— « Légèrement » dépassé les limites ? répéta-t-elle avec une moue ironique. Oui, sans doute. Après tout, tu m'as juste comparée à une pute, me mettant ainsi dans le même panier que toutes les groupies écervelées qui te courent après.

Colby fronça les sourcils et un voile sombre passa sur son regard.

— Je ne t'ai pas comparée à une pute, rétorqua-t-il, visiblement contrarié par sa remarque. Je voulais juste dire que tu n'étais pas aussi innocente que je le pensais. Cela dit, j'aurais préféré que tu retiennes la partie où je t'ai dit que tu m'embrouillais la tête.

— C'est ça, essaie de te rattraper, McKay, dit-elle d'un air moqueur.

— Je suis sérieux, je pense à toi bien plus qu'il ne le faut, ma belle, avoua-t-il en insinuant une cuisse entre ses jambes avant de pivoter de nouveau.

— Oh… Et, quand tu penses à moi, je fais quoi exactement ? demanda-t-elle, bouleversée par cet aveu ainsi que par le frottement de sa cuisse contre son entrejambe.

— Des choses pas très catholiques, répondit-il.

— Ah bon ?

— Oui, tu es nue et couverte de sueur, sous moi, bien évidemment.

Channing sentit son visage s'empourprer aussitôt.

— Pourquoi fais-tu ça, Colby ?

— Quoi donc ?

— Tu n'arrêtes pas de me taquiner.

— Je ne te taquine pas, je suis sérieux, Channing. Je viens de te faire part de mes intentions qui sont, je le pense, on ne peut plus claires.

— Non, Colby, tu viens de me faire part de tes fantasmes, pas de tes intentions, répliqua-t-elle.

— Serais-tu en train d'insinuer que je suis un beau parleur ? Fais attention, ma belle, tu files un mauvais coton.

Il déposa des petits baisers sur sa tempe, puis sur sa joue et derrière son oreille. Il lécha ensuite la peau où ses lèvres s'étaient posées l'instant d'avant et souffla légèrement dessus. Channing tressaillit comme son sexe se contractait sous l'excitation. Cet homme avait le don de lui faire mouiller sa petite culotte sans trop d'efforts.

— Eh bien, où est passé ton esprit aventureux ?

Comme elle restait muette et immobile, Colby posa les mains sur ses hanches, puis glissa les doigts sous son tee-shirt. Il la caressa légèrement avant d'insinuer ses doigts sous son jean au bas de son dos.

— Tu as la capacité d'enflammer n'importe quel homme simplement par ta présence, ma belle, poursuivit-il. Et crois-moi quand je te dis que j'aimerais bien être l'une de tes victimes.

Channing déglutit péniblement, ne sachant plus quel comportement adopter face à lui.

— Tu essaies de me pousser à bout, n'est-ce pas ? demanda-t-elle à mi-voix.

— Non, répondit-il. Si j'avais vraiment envie de te pousser à bout, je m'y prendrais différemment. Déjà, tu serais nue, à ma merci, et tu en redemanderais encore et encore.

Décidément, Colby était très doué avec les mots et son ton, lourd de sous-entendus, l'excitait de plus en plus. Elle n'avait qu'une envie à présent : lui sauter dessus.

— Colby…

— Chut, la coupa-t-il en posant un doigt sur ses lèvres. Une fois que tu auras compris que Jared n'est qu'un plouc, promets-moi que tu viendras me voir avant de faire une bêtise.

— Mais…

— Promets-le-moi, Channing.

— OK, je te le promets, déclara-t-elle. Mais pourquoi ?

— Parce que je pourrai enfin réaliser mes fantasmes.

À ces mots, une chaleur intense se répandit entre les cuisses de Channing.

— Mais… Et Jared dans tout ça ? demanda-t-elle.

— Quoi, Jared ? intervint une voix masculine derrière elle.

Avec une moue coupable, Channing se retourna et croisa le regard de Jared qui se tenait près d'eux, les mains sur les hanches.

Merde.

Colby la libéra aussitôt de son étreinte et fit un pas en arrière.

— Rien, mec, je disais à Channing que tu étais un sacré veinard, c'est tout. (Il reporta ensuite son attention sur la jeune femme.) Merci pour cette danse, mam'zelle Channing. À bientôt, j'espère, la salua-t-il en portant la main à son chapeau. N'oublie pas ce que je t'ai dit.

Colby tourna les talons et s'éloigna avant de disparaître derrière une porte de l'autre côté de la salle, suivi de près par une brunette à la poitrine opulente qui avait surgi de nulle part.

Jared saisit la main de Channing et elle se retourna vers lui. Il l'attira ensuite contre son torse et, malgré elle, Channing se raidit dans son étreinte.

— Il voulait quoi, le cowboy en carton ? s'enquit-il.

— Rien de particulier, juste une danse avec moi.

— Mouais… Garde tes distances avec lui et son acolyte Trevor. Ce sont de mauvaises fréquentations.

— Pourquoi dis-tu ça ?

— Ils attirent les filles comme des aimants et profitent à fond de cette notoriété, répondit-il en l'entraînant hors de la piste de danse. Il n'y a aucun mal à ça, me diras-tu. Là où ça devient un peu glauque, c'est que, apparemment, ils se partagent souvent la même fille, en même temps.

Aussitôt, des images incroyablement érotiques envahirent l'esprit de Channing : elle, emprisonnée entre ces deux beaux gosses… Les lèvres de Colby semant des baisers enflammés le long de son cou pendant que Trevor faisait pareil le long de son dos… Quatre mains viriles parcourant chaque parcelle de son corps nu… Deux pénis la pénétrant simultanément…

— Channing, tu m'écoutes ?

Elle cligna des yeux, chassant ces pensées obscènes.

— Oui, oui, bafouilla-t-elle. Mais comment sais-tu tout ça ? Les as-tu vus, ensemble, avec une femme ?

— Non, mais c'est un secret de polichinelle sur le circuit. Apparemment, un soir, l'année dernière, ils se sont un peu… lâchés avec une nénette derrière les chutes, durant le rodéo de Cheyenne. (Jared regarda autour de lui avec un air de conspirateur, puis se pencha vers elle.) Ils ont allongé la fille nue sur une selle, murmura-t-il, les mains attachées dans le dos, et ils lui ont également couvert les yeux d'un bandana.

— Mais elle était consentante ? Ils ne l'ont pas forcée ?

— Bien sûr qu'elle était consentante, toutes ces groupies qui leur courent après n'attendent que ça, fit Jared en riant.

— Et qu'est-ce qu'ils lui ont fait après ? demanda Channing, sa curiosité piquée au vif.

— Ils se sont servis d'elle pour prendre du bon temps. Elle a fait une pipe à Trevor pendant que Colby était en train de la prendre par-derrière, après quoi ils ont échangé leurs places. Tu vois, ils n'ont aucun scrupule et encore moins de respect pour les femmes. Et ce n'est pas tout. Après cette aventure, ils auraient déclaré à qui voulait l'entendre qu'il n'y avait pas de meilleure façon d'assouplir le cuir d'une nouvelle selle. (Jared pencha légèrement la tête sur le côté et plissa les yeux.) Dis-moi, ce schnock ne t'a pas fait d'avances, j'espère, déclara-t-il.

Oh, si tu savais…

— Non, bien sûr que non, s'empressa-t-elle de répondre.

— Tant mieux. D'ailleurs, pendant qu'on y est, méfie-toi aussi d'Edgar, le dernier pilier de leur trio infernal. Celui-là ne m'inspire pas plus confiance que les deux autres.

Sentant une certaine tension entre eux, Channing jugea plus prudent de changer de sujet.

— Au fait, déclara-t-elle, un large sourire aux lèvres, j'ai gagné le concours de tee-shirts mouillés !

— Ça ne m'étonne pas du tout, tu as des nibards de rêve, ma beauté.

Sur ces mots, il glissa une main sous son tee-shirt et la remonta le long de son ventre tout en relevant le vêtement, exposant ainsi son sein droit à la vue de tout le monde.

— Hé ! s'exclama-t-elle lorsqu'il lui effleura le mamelon de son pouce. Ça va pas ?! On n'est pas tout seuls, je te signale.

— Et alors ?

— Et alors, je préfère qu'on retourne dans notre chambre si tu veux faire joujou avec mes seins, dit-elle en baissant hâtivement son tee-shirt humide.

— Ah, je vois. Donc, si j'ai bien compris, ça ne te pose aucun problème d'exhiber ta poitrine devant un bar rempli d'inconnus, par contre, quand moi, je veux juste les toucher un peu, tu te braques aussitôt. Putain, si j'avais su qu'ici aussi je me ferais rembarrer comme ça, je serais resté chez moi.

Son commentaire mit Channing soudain mal à l'aise.

— Quelle mouche t'a piqué ce soir, Jared ? Il y a un problème ?

— Non, rétorqua-t-il sèchement.

— Alors arrête.

— On joue les saintes-nitouches, Channing ? s'enquit-il en lui décochant un sourire malveillant avant de lui pincer fortement un téton à travers le tissu de son tee-shirt.

— Aïe, ça fait mal ! s'écria-t-elle en dégageant sa main.

— Pourtant, ce n'est pas ce que tu disais hier.

Mais quel abruti, celui-là !

— Bon, je pense que tu as assez bu pour ce soir. Allez, retournons à l'hôtel.

— Ne prend pas ce ton condescendant avec moi, Channing. Je ne suis pas bourré. D'ailleurs, tant qu'on y est, je pense qu'un autre petit verre ne te ferait pas de mal, ma jolie.

— Comment ça ? s'enquit-elle, agacée.

— L'alcool te décoincerait un peu.

— Je ne suis pas coincée, Jared.

Il pouffa de rire, puis posa les mains sur la taille de Channing et la fit pivoter avant de l'attirer brusquement contre son torse, dos à lui.

— Si tu n'étais pas coincée, annonça-t-il à voix haute, tu m'aurais déjà laissé baiser ton joli petit cul. Ça fait une semaine que j'attends ça et je t'avoue que je commence à perdre patience.

Se sentant blêmir, Channing écarquilla les yeux et se libéra de son étreinte. Elle se retourna vers lui et saisit les pans de sa chemise à moitié déboutonnée pour tirer dessus.

— Baisse d'un ton, veux-tu ? marmonna-t-elle, son visage à quelques millimètres du sien.

— Bah, alors, on est timide tout à coup ? se moqua Jared. Tu n'assumes pas ton côté dépravé ? Ce n'est pas toi qui, chaque fois qu'on baise, me supplies de te doigter le cul ? Tu ne vas tout de même pas me dire que ça te dégoûte ?

— Non, ça ne me dégoûte pas, mais ton attitude, si, répondit-elle en lâchant sa chemise.

Elle assumait complètement son « côté dépravé » ; cela dit, ce qu'ils faisaient dans l'intimité de leur chambre ne regardait personne d'autre qu'eux. Comment pouvait-il être aussi insensible ? Pourquoi la traitait-il comme un bout de viande ?

— Qu'y a-t-il, ma cocotte ? Tu sais ce qu'on dit : il n'y a que la vérité qui blesse.

Mais que lui arrivait-il ? Quelque chose n'allait pas, c'était sûr et certain. Il semblait contrarié, anxieux même. Avant qu'elle n'ait eu le temps de lui répondre, elle vit Cash Big Crow apparaître derrière Jared.

Cash était un autre cowboy qui participait au rodéo et Channing l'appréciait beaucoup. Amérindien, il avait un physique exotique et attirant. Le plus souvent, il portait ses longs cheveux noirs attachés en une tresse et ne se séparait jamais de son Stetson noir. Il était un peu plus âgé que les autres participants du rodéo, ce qui ne l'empêchait pas de bénéficier d'une forte popularité auprès de la gent féminine.

Il tapota l'épaule de Jared et celui-ci se retourna brusquement.

— J'espère que je ne vous interromps pas, les tourtereaux, dit-il avec un sourire chaleureux.

— Si, un peu, répliqua sèchement Jared. Qu'est-ce que tu veux, Cash ?

— Tranquille, l'ami, je voulais juste rendre ceci à la demoiselle, répondit-il en tendant le trophée à Channing.

— Merci, Cash, murmura-t-elle en le prenant.

— Tu l'as laissé sur le bar et je ne voulais pas qu'une autre nénette le vole, poursuivit-il. Il est à toi, tu l'as bien mérité.

Il lui fit un clin d'œil et elle sourit.

— Et toi, Jared, ajouta-t-il, tu as oublié ça dans les toilettes.

Cash sortit un téléphone portable de sa poche et le tendit à Jared.

— Merci, mec. Maintenant, si tu pouvais nous laisser, déclara Jared avant de se tourner vers elle.

Channing fut tentée de demander à Cash de la raccompagner au motel. Elle était remontée contre Jared et préférait le laisser se calmer tout seul, dans son coin. D'ailleurs, Cash ne bougea pas, comme s'il sentait que quelque chose clochait, et Jared se tourna de nouveau vers lui.

— Qu'est-ce qu'il y a ? Tu attends qu'on te file une médaille pour tes efforts ? railla-t-il.

— Non, non, c'est bon, je m'en vais.

Cash tourna les talons, puis fit quelques pas avant de s'arrêter et de faire demi-tour. Il offrit un sourire navré à Channing avant de reporter son attention sur Jared.

— J'ai oublié de te dire, déclara-t-il, ta femme a appelé. J'ai entendu le téléphone sonner dans les toilettes et, du coup, j'ai répondu, pensant qu'il pouvait s'agir de quelque chose d'important. Elle veut que tu la rappelles au plus vite.

Jared blêmit et Channing ouvrit grand les yeux en se demandant si elle avait bien entendu ce que Cash venait de dire.

— Ta *femme* ?! s'exclama-t-elle.

Jared lui jeta un bref regard mortifié et baissa les yeux.

Il était marié ! Cet enfoiré était marié ! Il lui avait menti sur toute la ligne. À cette pensée, Channing se sentit soudain profondément humiliée.

L'air soudain menaçant, Jared s'avança vers Cash. Machinalement, Channing leva le trophée à deux mains et le frappa à l'arrière du crâne avec. Jared s'écroula aussitôt par terre et Channing se figea.

Qu'avait-elle fait ? L'avait-elle… tué ? Passer plusieurs années dans une prison de l'Ouest américain ne faisait pas partie de ses plans. Elle rêvait d'aventures, certes, mais pas aussi intenses ! Doux Jésus, qu'allait-elle devenir ?

Serrant le trophée contre elle, elle s'agenouilla auprès de Jared et tendit une main vers sa tête. Elle fit courir ses doigts sur son cuir chevelu et grimaça lorsqu'elle sentit une bosse. Elle fut néanmoins rassurée en constatant qu'il n'y avait pas de sang. Voyant la poitrine de Jared se soulever et s'abaisser, elle poussa un soupir de soulagement. Il n'était pas mort et elle n'irait pas en prison.

Ouf!

— Tu es une sacrée cogneuse, dis donc, commenta Cash.

Elle leva les yeux vers lui en esquissant un faible sourire.

— Ça va, miss ?

— Non. J'ignorais qu'il était…

— Je sais, je sais, la coupa-t-il. Je ne t'imagine pas en briseuse de ménage.

— Non, je n'en suis pas une, dit-elle d'une voix étranglée.

Tout comme faire un séjour en prison, devenir la maîtresse d'un homme marié ne figurait pas sur sa liste de nouvelles résolutions. Elle sentit monter une vague de nausée.

— Cash, aide-moi, s'il te plaît, l'implora-t-elle. Je ne peux pas rester avec lui après ce qui vient de se passer.

— Je sais, mais on ne peut pas le laisser comme ça, répliqua-t-il. Attrape-le par les chevilles, on va le traîner jusqu'à un coin du bar et on verra la suite après.

Elle s'exécuta, et ils installèrent Jared sur la banquette d'un box tranquille à l'écart. Il commença à reprendre connaissance et enfonça son chapeau abîmé sur sa tête en se laissant tomber sur le dossier de la banquette. Il gardait la tête baissée, sans doute humilié et furieux que son secret ait été exposé.

Quel salopard !

Cash attrapa Channing par le bras et l'attira un peu plus loin.

— Vous avez pris une chambre au *Silver Spur*, c'est ça ? s'enquit-il.

Elle hocha la tête en reprenant le trophée qu'elle avait posé sur une table pour aider Cash à porter Jared jusqu'au box.

— Dans ce cas, rentre au motel et enferme-toi dans la chambre. Moi, je vais m'assurer qu'il te laisse tranquille cette nuit. Je passerai te voir demain matin, OK ?

— Merci beaucoup, Cash.

— De rien, miss. Je suis juste navré que tu aies dû l'apprendre de cette façon.

Channing lui sourit puis tourna les talons et se dirigea, tête baissée, vers la sortie du *Last Chance*. Elle alla récupérer ses valises dans la camionnette de Jared et en profita pour lui prendre également toutes les bouteilles de whisky qu'il avait achetées pour la route.

Ça lui fera les pieds, à cet abruti.

Tirant ses valises derrière elle, elle s'arrêta au bord de la chaussée. De l'autre côté, sous l'immense enseigne du *Silver Spur*, clignotait une plus petite enseigne au néon rouge signifiant que le motel affichait complet. Heureusement qu'ils avaient réservé une chambre. Elle traversa en direction du bâtiment, en quête de la chambre 111.

Une fois à l'intérieur, après qu'elle eut fermé la porte à double tour, Channing sentit la panique la gagner. Qu'allait-elle faire, à présent ? Elle ne voulait pas retourner à sa petite vie tranquille et ennuyeuse. Voilà ce qui arrivait quand on accordait sa confiance à un inconnu. Cette expérience lui servirait de leçon.

La meilleure solution était de partir, et vite. Sur-le-champ.

Elle se rappela alors les mots de Colby.

« Une fois que tu auras compris que Jared n'est qu'un plouc, promets-moi que tu viendras me voir avant de faire une bêtise. »

Une part d'elle voulait aller retrouver Colby et lui demander pourquoi il ne lui avait pas dit que Jared était marié. Mais l'autre part lui disait de ne pas lui en vouloir. Ce n'était pas à lui de le lui dire. Et puis, il avait quand même essayé de la mettre en garde, à sa façon.

Ma pauvre Channing...

En y réfléchissant mieux, elle ne pouvait aller nulle part ce soir. Elle se trouvait dans un coin paumé et ses chances d'attraper un taxi ou un bus à une heure aussi tardive étaient nulles. Elle se fit une raison et décida de passer la nuit dans le motel.

Après une bonne douche chaude, elle ouvrit l'une des bouteilles de whisky et se servit un verre qu'elle vida d'un trait. Elle alla ensuite se coucher et sombra dans un sommeil agité.

Chapitre 2

Assis sur le bord du lavabo de la salle de bains, Colby regarda les lèvres de la belle brune se refermer autour de sa queue et il relâcha la base de son sexe, lui laissant ainsi prendre le contrôle.

— Oui… Voilà, c'est ça… Prends-moi tout entier dans ta bouche… Oh oui…

Agenouillée devant lui, la jeune femme leva la tête sans cesser de le lécher avec avidité. Sa bouche était chaude, allant et venant sur toute sa longueur. Il l'emplissait toute entière, et il fallait dire que la sensation était des plus agréables. Le son humide qui accompagnait son geste ainsi que ses gémissements résonnaient dans la petite salle de bains.

Fermant un instant les yeux, Colby soupira et enfouit une main dans les cheveux de sa partenaire. Une de ses longues mèches frôla l'intérieur de sa cuisse et il frissonna malgré lui. Il baissa la tête pour voir la poitrine généreuse de la jeune femme claquer contre ses genoux. Il prit son visage entre ses mains puis les fit glisser le long de son cou, jusqu'à ses seins. Il saisit ses tétons durcis entre le pouce et l'index et tira dessus avant de les pincer et les rouler tour à tour entre ses doigts. Pourquoi avait-il laissé les pinces à seins à Salt Lake ? Cette nana semblait être du genre aventureux, il aurait pu les utiliser sur elle.

— Plus fort, marmonna-t-elle autour de son sexe en se cambrant contre ses mains.

— Plus vite, dit-il en écartant davantage les cuisses. Joue un peu avec mes couilles.

Il avait déjà oublié son nom et, en toute franchise, il s'en foutait complètement. Elle l'avait suivi lorsqu'il avait quitté le bar et lui avait proposé de le raccompagner jusqu'à sa chambre. Frustré d'avoir dû laisser Channing avec Jared, il avait accepté sa proposition. Il voulait juste tirer un coup vite fait pour évacuer la tension qui le tenaillait. Le sexe avait toujours le don de l'apaiser et, même s'il aurait préféré passer la nuit avec Channing, la brune faisait l'affaire.

Colby était rassuré à l'idée que la nana savait à quoi s'en tenir. C'était une nuit folle de sexe, rien de plus. Ils feraient leur petite affaire, après quoi elle se rhabillerait et s'en irait se vanter auprès de ses copines d'avoir couché avec l'un des cowboys les plus populaires du circuit de rodéo. Un marché gagnant-gagnant. En plus, sa compagne d'une nuit n'avait pas perdu de temps. Dès qu'ils étaient entrés dans la chambre, elle avait commencé à se déshabiller avant de s'attaquer à la boucle de métal de sa ceinture de cuir et de faire glisser celle-ci dans les passants de son jean. Elle ne s'était pas embarrassée de préliminaires. En y repensant, ils ne s'étaient même pas embrassés.

Colby ferma de nouveau les yeux et le beau visage de Channing surgit aussitôt dans son esprit. Pourquoi n'arrêtait-il pas de penser à elle, bon sang ? Elle n'était même pas son genre de fille ! Pourtant, le baiser qu'ils avaient échangé sur la piste de danse l'avait fait bander comme un âne.

L'image de Channing se substitua alors à celle de la brune. Il imagina que c'était Channing qui était en train de le sucer, enroulant sa langue autour de son gland, que c'étaient ses gémissements qu'il entendait résonner dans la salle de bains et les boucles de ses cheveux qu'il enroulait autour de ses doigts.

Oh, oui, putain !

Il sentit alors des ongles lui gratter les couilles et retint son souffle, s'attendant à avoir mal. Mais, au lieu de ça, la jeune femme cueillit ses testicules et les pressa juste ce qu'il fallait. Colby dut reconnaître qu'elle était douée, elle coordonnait ses mouvements à la perfection. Néanmoins, il avait hâte qu'elle le fasse jouir afin qu'il puisse s'en aller. Il n'était vraiment pas dans son assiette, ce soir.

— Plus vite, ma jolie, plus vite, marmonna-t-il. Oh, oui, je ne vais pas tarder… Oui, oui, comme ça… Trevor prendra la relève une fois qu'on aura terminé. Tu verras, tu seras entre de bonnes mains.

— Mmmh-mmmh…, fit la jeune femme en accentuant l'intensité de son mouvement.

Soudain, la porte de la salle de bains s'ouvrit et Trevor apparut sur le seuil.

— Alors, vous avez fini ? s'enquit-il, un large sourire aux lèvres.

— Presque, répondit Colby.

— Parfait, parfait, dit-il en commençant à se déshabiller.

Colby ne détourna même pas le regard de son ami. Les plans à trois n'avaient rien de nouveau pour eux. Au bout de quelques instants, il rejeta la tête en arrière, sentant l'orgasme monter en lui, puis perçut le bruit d'un sachet de préservatif qu'on déchire.

— Oh, oui, entendit-il la femme balbutier, prends-moi par-derrière, s'il te plaît.

— Pas avant que tu en aies terminé avec Colby, répliqua Trevor. Je ne voudrais surtout pas que, par ma faute, il arrive quelque chose à la queue de mon pote. Il y tient énormément, tu sais.

Elle gémit de frustration puis referma sa main sur la base du sexe de Colby, qui s'agrippa au rebord du lavabo. Les mouvements combinés de sa bouche et ses doigts se firent plus rapides et Colby baissa le regard sur ses lèvres barbouillées de rouge. De la salive glissait le long de sa queue jusqu'à ses couilles, et cette vision suffit à le faire jouir.

— Ah, ouais, ma jolie, putain que c'est bon… Allez, avale, avale tout… Oh oui…, déclara-t-il comme il éjaculait dans sa bouche.

Il entendait la brune déglutir avec peine et soupçonna que son sperme avait déclenché chez elle un réflexe nauséeux. Il enfouit donc une main dans ses cheveux pour l'empêcher de se dégager. Il était hors de question qu'elle le laisse sur sa faim. Quelques secondes après, il se laissa aller contre le mur derrière lui et y appuya sa tête.

— Putain, c'était bon, murmura-t-il en essayant de reprendre son souffle.

Les yeux fermés, il caressa le visage de la jeune femme qui ouvrit doucement la bouche pour libérer son sexe. Lorsqu'il se redressa, il vit que Trevor s'était déjà agenouillé derrière elle. Les fesses relevées, la brune se caressait le clitoris tout en se mordant la lèvre inférieure. Trevor se positionna et la pénétra brusquement, d'un coup de reins.

— La vache, souffla celui-ci, tu es déjà mouillée comme une éponge. Faire des pipes, ça t'excite, apparemment.

— Arrête de parler et baise-moi, rétorqua-t-elle, je ne vais pas tarder à jouir.

— Autoritaire, en plus. Je ne suis pas habitué à ce qu'on me donne des ordres.

— Punis-moi dans ce cas, fais ce que tu veux, du moment que tu me fais jouir.

— Très bien, comme tu voudras.

À ces mots, il lui donna quatre fessées d'affilée qui firent légèrement rougir sa peau hâlée et elle commença aussitôt à crier sa jouissance comme si sa vie en dépendait. Colby, qui observait la scène, toujours perché sur le lavabo, se demanda si la brune n'exagérait pas un peu. Trevor, lui, ne semblait pas se soucier de cela. Sans doute porté par son enthousiasme, il se mit à aller et venir en elle de plus en plus vite, si bien que le tapis de la salle de bains, sur lequel elle s'était mise à quatre pattes, commença à avancer.

Avant, Colby se serait joint sans hésiter à cette petite sauterie, mais, pour la toute première fois de sa vie, son cœur n'y était pas. En plus, son sexe avait déjà débandé, malgré le spectacle érotique qui s'offrait à lui. Il commençait à en avoir marre des coups d'un soir, il avait atteint un âge où il voulait se poser avec une seule femme et construire avec elle quelque chose de sérieux et durable.

Tu vieillis, mon pote…

Avait-il perdu la tête ? Était-ce juste une mauvaise passe ? Non, sûrement pas. Depuis qu'il avait rencontré Channing Kinkaid, qu'il le veuille ou non, quelque chose avait changé en lui. Il pensait souvent à elle, l'imaginait dans son lit, sur lui, en dessous de lui… Elle était vraiment belle, avec ses grands yeux noisette et ses cheveux châtains qui tombaient en une masse de boucles sur ses épaules et son dos. Et ses lèvres… Ses lèvres roses et pulpeuses le rendaient fou. Elle avait un corps de rêve aussi, un corps dans lequel il rêvait de s'enfouir et de rester pour l'éternité. Que lui arrivait-il ? Il avait vraiment perdu les pédales !

Il secoua la tête, chassant ainsi ses pensées, plus qu'inappropriées. Channing n'était pas sienne et jamais elle ne le serait. Il avait failli lui dire que Jared était marié, mais s'était retenu au dernier moment. Ce n'était pas son rôle de le lui révéler, et puis il craignait surtout qu'elle ne passe ses nerfs sur lui.

Poussant un profond soupir, il descendit du lavabo, reboutonna son jean et sortit de la salle de bains.

Dans la petite chambre miteuse, Edgard était allongé sur le lit, en train de regarder la télé.

— Déjà ? s'enquit celui-ci en détachant à peine les yeux de l'écran.

— Ouais. Et toi, t'es pas tenté par un peu d'action ?

— Plus tard, peut-être, répondit Edgard.

Haussant les épaules, Colby s'assit sur le bord du lit et enfila ses bottes.

— Tu vas où ? demanda son ami.

— Je sais que c'est ton tour, mais je suis sûr que tu ne m'en voudras pas si je dors dans le van à ta place, cette nuit.

Sur ces mots, Colby quitta la chambre.

Le lendemain matin, Channing sortit de la chambre qui donnait sur la route et regarda autour d'elle.

Qu'allait-elle faire, à présent ? Elle était toute seule, perdue dans un patelin de l'Oklahoma. Quelques vans étaient encore garés sur le parking du motel, mais il régnait un calme absolu alentour. Tout le monde avait sans doute pris la route au petit matin pour rejoindre l'étape suivante du circuit.

Son estomac émit un affreux borborygme et elle regarda sa montre. Il était midi, pas étonnant qu'elle ait faim. De l'autre côté de la route, l'enseigne au néon « Ouvert » du *Last Chance* clignotait inlassablement. Poussant un soupir, elle jeta son sac en macramé sur l'épaule puis traversa. Avec un peu de chance, ce trou à rat servait à manger.

Colby était en train de charger le dernier ballot de foin pour son cheval lorsqu'il entendit des voix derrière lui. Il verrouilla le van et se retourna puis s'adossa contre la portière. L'instant d'après, Cash et Trevor apparurent au coin du véhicule.

— Ce n'est pas mon problème, dit Cash. Je suis juste content de savoir que cet enfoiré s'est barré.

— Oui, moi aussi, mais tu sais qu'il ne sera pas content en apprenant qu'elle aussi s'est…

— Qui s'est barré ? s'enquit Colby, coupant ainsi la parole à Trevor.

Les deux hommes s'arrêtèrent net et tournèrent la tête vers lui avant d'échanger un regard gêné.

— Jared Connelly a déclaré forfait ce matin avant de prendre la route, répondit Trevor.

— Pourquoi ?

— Apparemment, sa femme a appris qu'il ne voyageait pas seul et lui a fait une scène en lui ordonnant de rentrer en Australie le plus vite possible, expliqua son ami.

— Bien fait pour sa gueule, déclara Colby. Et Channing, où est-elle ?

Cash et Trevor échangèrent un autre regard embarrassé et Colby sentit son estomac se nouer.

— Je vous ai posé une question. Où est Channing ? tonna-t-il en accentuant chaque mot.

— On l'ignore, marmonna Trevor.

Colby prit une profonde inspiration et compta jusqu'à dix pour se calmer.

— Est-ce qu'elle est repartie avec Jared ?

— Après lui avoir assené un bon coup de trophée sur la tête parce qu'il lui avait caché qu'il était marié ? s'enquit Cash en riant. Ça m'étonnerait.

Colby réprima un sourire. Il aurait bien aimé voir ça.

— Elle a dormi où, cette nuit ?

— Au *Silver Spur*, répliqua Cash en reprenant une expression sérieuse.

— Elle était dans quelle chambre ?

— La 111.

— Et vous y êtes passés ce matin ?

— Oui, déclara Trevor en hochant la tête. Cash y est passé pour s'assurer qu'elle allait bien, mais personne ne lui a répondu quand il a frappé à sa porte. Il est venu me trouver et on y est retourné ensemble, mais rien. Elle avait déjà dû quitter la chambre. On a demandé à une femme de chambre de nous ouvrir la porte pour vérifier, mais elle a refusé.

— Et que vous ont-ils dit à la réception ?

Ses deux amis le regardèrent avec des yeux de merlan frit et Colby porta sa main à son front.

Quelle bande de cons !

Il se redressa brusquement puis se dirigea vers le motel, de l'autre côté de la route.

— Tu vas où, Colby ? entendit-il Trevor lui demander.

Il ne répondit pas et continua à marcher à longues enjambées, se retenant de toutes ses forces pour ne pas courir.

Installée dans un box à l'arrière du bar, Channing regardait vaguement la bouteille de bière devant elle.

Poussant un soupir, elle prit un autre bretzel du bol qui lui avait été servi avec la bouteille et le porta à sa bouche. Elle le mâcha lentement, écoutant l'air country que jouait le juke-box. La chanson, déprimante à souhait, résumait bien sa vie et son état émotionnel du moment. Elle avait vraiment touché le fond.

La clochette de la porte d'entrée tinta, la ramenant à la réalité. Même si la majorité des cowboys avait déjà quitté la ville, le bar était quand même bien rempli. Channing se demanda s'ils recrutaient. Manier une pompe à bière ne devait pas être si compliqué, si ?

Elle but quelques gorgées de bière puis ouvrit son cahier qu'elle avait posé sur la table. Elle commençait à gribouiller quelques idées dedans lorsqu'elle entendit la banquette en face d'elle grincer. Persuadée qu'il s'agissait du barman venu retenter sa chance avec elle, Channing sourit en levant la tête.

Assis en face d'elle, Colby McKay la fixait d'un regard pénétrant.

— Je pensais te trouver ici, ma belle, dit-il avec un sourire qui creusa des fossettes dans ses joues.

Channing sentit son cœur battre la chamade, mais tâcha de garder son sang-froid. Cela dit, comment pouvait-elle garder son calme face à des fossettes aussi craquantes ?

— Je pensais que tu étais déjà parti, affirma-t-elle d'une voix qu'elle espérait égale.

— Figure-toi que, moi aussi, je pensais que tu étais partie. On m'a raconté ce qui s'est passé hier.

Elle serra son crayon entre ses doigts.

— Je pense que tout le monde doit être au courant à l'heure qu'il est, commenta-t-elle amèrement avant de croiser son regard. Pourquoi ne m'as-tu pas dit qu'il était marié ?

— Parce que je ne voulais pas que tu penses que je faisais cela dans mon intérêt.

Il tira le cahier vers lui puis le retourna et l'examina quelques instants avant d'ajouter :

— Même si, bon, tu n'aurais pas eu tout à fait tort. Quoi qu'il en soit, ce qui est fait est fait.

— Et si tu es ici maintenant, c'est dans *mon* intérêt ou dans le tien ? demanda Channing, amusée par la tournure que prenait la conversation.

— Les deux, m'dame.

Un frisson d'anticipation la traversa.

— Je vois, fit-elle. Étant donné que je me retrouve dans une impasse, ne tournons pas autour du pot plus longtemps. Que me proposes-tu, cowboy ?

— Tu n'y vas par quatre chemins et j'apprécie ça. Mais, avant que nous passions tes options en revue, je veux te poser une question.

— Vas-y.

— Que fuis-tu, Channing Kinkaid ?

L'espace d'un instant, elle fut tentée de lui mentir, mais se ravisa.

— Mon passé, mon futur, ma vie, quoi, déclara-t-elle.

— Pourrais-tu être un peu plus claire, ma belle ? J'ai peur de ne pas tout saisir.

— Voyons, cowboy, je te croyais plus intelligent que ça.

— Je te retourne le compliment.

Channing se redressa et déglutit nerveusement.

— Mon histoire n'a rien d'exceptionnel. Toute ma vie, j'ai suivi les règles que m'imposaient mes parents. J'étais obligée de me couler dans le moule familial qui ne me correspondait pas du tout. Comme ma sœur aînée, je suis diplômée d'une prestigieuse université où j'ai obtenu une maîtrise pour faire plaisir à mes parents, avant tout. Mon père m'a trouvé un poste d'enseignante dans un lycée huppé et je suis censée commencer le travail à la rentrée.

— Et ?

Channing serra le crayon si fort qu'il se rompit entre ses doigts avec un claquement sec.

— *Et* quand mes parents m'ont présenté un jeune homme de bonne famille, un comptable qui empestait le déodorant bon marché, et qu'ils m'ont fortement encouragée à accepter sa demande en mariage – qu'il a faite, soit dit en passant, après notre premier rencard –, j'ai pété les plombs. C'en était trop pour moi, je n'en pouvais plus de cette vie. Je me suis donc barrée de chez moi et j'ai rejoint le circuit de rodéo un peu par hasard.

Colby lui adressa un sourire bienveillant puis lui prit lentement les deux bouts de crayon qu'elle tenait toujours dans ses mains.

— Tu regrettes ta décision ? s'enquit-il.

— Non, mais, quitte à recommencer, je choisirais un autre compagnon de route.

Colby lui saisit une main. Il la caressa du pouce et une sorte de décharge électrique remonta le long du bras de Channing.

— Qu'est-ce que tu comptes faire maintenant que Jared a filé ?

— Je n'en ai pas la moindre idée.

— Tu veux retourner chez toi ?

— Ça, non.

— Voilà ce que je voulais entendre, dit-il en se penchant au-dessus de la table avant de lui caresser la joue du dos de la main. Viens avec moi, Channing. On peut faire la route ensemble, du moins jusqu'à Cheyenne.

C'était exactement ce qu'elle espérait. Elle voulut lui répondre, mais le contact de ses doigts sur sa peau l'empêchait de réfléchir clairement. Elle sentait les muscles de son vagin se contracter et le sang battre dans ses veines. Son regard ancré dans le sien, Colby fit lentement glisser ses doigts le long de son cou, vers son décolleté.

— Bien évidemment, j'ai quelques conditions à poser, murmura-t-il.

Du moment qu'elles impliquent du sexe, toujours du sexe et encore du sexe avec toi, cowboy, je suis partante…

— Je t'écoute, répliqua-t-elle. Mais sache que tu vas devoir te montrer très convaincant pour mener cette négociation à ton avantage. Ce qui s'est passé avec Jared m'a servi de leçon.

— Ce qui tombe bien, parce que je ne suis pas comme Jared, s'offusqua-t-il.

— Je sais, c'est d'ailleurs pour cette raison que je ne t'ai pas assommé avec mon sac quand tu t'es assis en face de moi.

— Je te fais toujours peur, avoue.

— Oui, un peu.

— Tu sais, Channing, toi et moi, on se ressemble beaucoup.

— Serait-ce donc à cause de ça que je te trouve si séduisant ? répliqua-t-elle en entrant dans son jeu.

— Oui. Et sache que c'est réciproque, ma belle.

— Moi aussi, j'ai quelques conditions à poser, annonça-t-elle, désireuse de prendre les rênes de cette discussion. Premièrement, je tiens à payer ma part.

— On verra, rétorqua-t-il sèchement.

— Y a-t-il une Mme McKay ou une fiancée qui t'attend bien sagement à la maison ?

Il secoua la tête.

— Avec un peu de chance, cette année, j'aurai accumulé assez de points pour participer à la Finale nationale de rodéo à Vegas, en décembre. Sinon, je suis pratiquement sûr d'être qualifié pour le Semaine des finales de rodéo qui a lieu à Pocatello, au mois de mars. Après Cheyenne, je compte participer à quelques rodéos près de chez moi tout en aidant mon père et mes frères dans la gestion de notre ranch familial, dans le Wyoming.

— Je ne cherche rien de sérieux, Colby. Une fois le circuit terminé, je retourne sur la côte Est, chez moi.

Une ombre passa dans les yeux de Colby.

— On s'est bien compris ? demanda-t-elle, se sentant brusquement envahie par une étrange sensation.

— Oui, du moins pour le moment.

Channing fronça les sourcils face à cette réponse énigmatique.

— Bon, maintenant que nous sommes sur la même longueur d'onde, je t'écoute. Quelles sont tes conditions ?

Colby l'observa quelques instants par-dessous le rebord de son chapeau avant de déclarer :

— Tu partageras mon lit.

— Je l'avais deviné, glousssa-t-elle.

— Et tu partageras également le lit de Trevor et d'Edgard.

Channing écarquilla les yeux, digérant l'information.

— Je dormirai avec vous trois ? balbutia-t-elle.

— Tu *coucheras* avec nous trois, nuance. Avec tout ce qu'on va faire, je doute que tu trouves le temps de dormir, ma belle.

Channing le regarda, bouche bée, peinant à croire ce qu'elle venait d'entendre.

— Oublie ce que pourraient penser les autres de tout ça et pense un peu à toi, à *tes* envies, dit-il à voix basse. Je suis prêt à parier que tu rêves de ça depuis longtemps, mais que tu t'interdis de vivre ta vie à fond la caisse, comme bon te semble.

À ces mots, il lui lança un regard appuyé, comme pour accentuer ses propos.

— Continue, je suis tout ouïe, murmura-t-elle en ravalant la boule qui s'était formée dans sa gorge.

— En toute honnêteté, je suis habitué à avoir une femme différente dans mon pieu chaque soir. Et la partager avec des amis ne m'ennuie pas, au contraire.

— Et… Et ces femmes n'ont rien contre ça ?

— Étonnant, non ? commenta-t-il en riant. Où va le monde de nos jours, hein ?

Bien que très mal à l'aise, Channing sourit.

— Que faites-vous exactement avec ces filles ?

— On les nique. Parfois, l'un de nous est en tête à tête avec la demoiselle, mais, le plus souvent, on fait des plans à trois. Plus rarement, il y a des filles qui font preuve de bonne volonté et acceptent de participer à une partie de jambes en l'air à quatre.

À quatre ?!

Mais, comment s'y prenaient-ils ? Quelles parties du corps allaient…

Stop, n'y pense pas. Adopte plutôt une posture nonchalante. Tout baigne.

— Vraiment ? dit-elle.

Colby la considéra avec un sourire en coin et lui prit une mèche de cheveux qu'il enroula autour de son doigt. Il tira ensuite légèrement dessus et Channing se pencha vers lui, sentant son souffle chaud lui caresser la joue.

— Mes petites histoires coquines te troublent ? Es-tu en train d'imaginer une jeune femme toute nue, son corps entre celui de Trevor et le mien, ma queue dans son cul et celle de Trevor dans sa chatte ? Dans ton esprit, Edgard est-il aussi de la partie, en train de se faire sucer ?

Il marqua une pause, comme pour produire son petit effet.

— Alors, reprit-il, mon récit te choque ou t'excite, plutôt ?

Channing demeura interdite, sentant une chaleur moite et humide entre ses jambes. Colby avait vu juste, elle imaginait la scène, sauf que le rôle féminin n'était pas attribué à une femme lambda mais à elle, Channing Kinkaid. Prise dans sa rêverie, elle était à la merci de pas un, ni deux, mais *trois* cowboys sexy qui disposaient de son corps à leur guise. N'était-ce pas ce dont elle avait envie au plus profond d'elle-même ? Céder le contrôle à un homme, se faire posséder…

Se faire baiser bien comme il faut.

Elle laissa échapper un gémissement puis pinça les lèvres, mortifiée.

— Quoi ? demanda Colby en relâchant la mèche de cheveux avec laquelle il jouait avant de se laisser aller contre le dossier de la banquette. Dis-moi à quoi tu penses.

— Ton… Ton récit ne me choque pas, confia-t-elle.

Elle vit passer une lueur dans le regard de Colby.

— Ça t'excite, n'est-ce pas ?

— Oui, mais, je n'ai jamais été avec deux hommes en même temps et je n'ai jamais essayé la…

Channing laissa sa phrase en suspens, espérant que Colby la compléterait pour elle. Mais il ne disait rien. Sans la quitter des yeux, il prit sa bière et but quelques gorgées.

— La… ? s'impatienta-t-il. Tu sais, ma belle, si tu veux vraiment t'embarquer dans l'aventure avec nous, il va falloir vaincre tes inhibitions, et vite.

Elle lui prit la bière des mains et avala plusieurs longues gorgées pour se donner du courage.

— La sodomie, souffla-t-elle en reposant la bouteille devant elle.

Voilà, ce n'était pas si difficile qu'elle le pensait.

Un sourire ravageur incurva les lèvres de Colby.

— Et tu voudrais essayer ?

Elle hocha la tête et détourna le regard, puis commença à compter les coquilles de cacahuètes écrasées qui jonchaient le sol du bar.

— Je veux te l'entendre dire, Channing.

Elle se raidit sur la banquette. Elle qui pensait, malgré tout, avoir le contrôle de la situation. Elle en était à dix coquilles quand Colby vint s'asseoir à côté d'elle.

— Dis-le, ma belle, lui chuchota-t-il à l'oreille. Mon but n'est pas de te mettre mal à l'aise, sinon de m'assurer qu'on s'est bien compris, pour reprendre tes mots exacts. (Il suivit le contour de son oreille du bout de sa langue puis souffla légèrement dessus.) En plus, ajouta-t-il, ça m'excite d'entendre des mots coquins sortir de ta petite bouche angélique.

Channing tourna légèrement la tête et frotta sa joue contre la sienne, le contact de sa barbe naissante sur sa peau provoquant un délicieux frisson de plaisir. Dieu, qu'il sentait bon…

— Je veux que tu sois le premier homme à me déflorer le cul, Colby McKay, murmura-t-elle. Et je veux aussi voir l'effet que ça fait de coucher avec deux hommes à la fois. Je veux vous laisser faire ce que vous voulez de moi.

Il inspira profondément.

— Ce qu'on veut, quand on veut ?

À cet instant, la porte d'entrée s'ouvrit à la volée et un rayon de lumière se réfléchit dans l'un des miroirs du bar, aveuglant Channing un court instant. Elle battit plusieurs fois des paupières et se redressa brusquement, mettant fin au moment aussi intense qu'étrange qu'ils venaient de partager.

— Oui, mais dans la limite du raisonnable, répondit-elle. Pas d'exhibitionnisme, ce n'est pas trop mon délire de me faire culbuter en public.

— Qu'entends-tu pas « public » ? Parce que, avec Trevor, on partage pratiquement tout.

— Je parle des autres cowboys du circuit. Ce qui se passe dans la chambre reste dans la chambre.

Channing se souvint alors de ce que lui avait dit Jared concernant leur façon d'« assouplir le cuir d'une nouvelle selle » et fronça les sourcils.

— Je connais ce regard, déclara Colby. Allez, dis-moi ce que tu as entendu.

Après une courte hésitation, elle lui relata les propos de Jared.

— Quel fils de pute ! s'exclama-t-il quand elle eut fini. L'histoire est vraie, sauf que ce n'était pas Trevor et moi qui avons baisé cette nana derrière les chutes, mais Jared et un de ses potes. On dépasse peut-être parfois les limites de ce qui est approprié, mais on ne manque jamais, *jamais*, de respect aux femmes de cette manière.

Jared n'avait donc aucun honneur et aucune limite. En y repensant, elle aurait dû le cogner plus fort !

Colby changea de position sur la banquette et Channing remarqua la bosse que formait son jean entre ses jambes. Elle contracta les parois de son sexe, impatiente de le voir à l'œuvre, tout nu, sur elle ou derrière elle.

— Serais-tu partante pour un plan à trois avec une autre nana ?

— Absolument pas.

— Puis-je savoir pourquoi ? demanda-t-il en haussant un sourcil sceptique.

— Parce que, répondit-elle en l'imitant, je pense que deux, voire trois queues me suffiront amplement.

— Jalouse ?

— Pas du tout, c'est juste que ça ne m'intéresse pas de coucher avec une autre fille. (Elle prit un bretzel et en croqua la moitié.) Et puis, je n'ai nullement envie de te regarder tringler une autre nana, ajouta-t-elle. J'espère que ça ne t'ennuie pas.

— Pas du tout, répliqua-t-il en lui ôtant un grain de sel de sa lèvre inférieure avec son pouce. J'adore ta bouche, Channing.

— Dans ce cas, embrasse-moi, cowboy.

Il se pencha vers elle et s'arrêta à quelques millimètres de son visage.

— Avec plaisir, mais, avant, je voudrais clore notre négociation. On est d'accord, tu me suceras et me branleras chaque fois que j'en aurai envie ?

— Oui, dans la limite du raisonnable. Par exemple, si tu me demandes de le faire là, tout de suite, je serai obligée de dire non.

— Hmm, dommage. Sinon, tu n'as rien contre les sex-toys et les jeux de domination et soumission ? Comme tu as sans doute pu le constater, je manie la corde comme personne.

L'espace d'un instant, Channing s'imagina allongée sur le lit, les poings liés au-dessus de la tête et les jambes écartées tandis que Colby couvrait son corps de caresses et de baisers. Doux Jésus, sa culotte allait prendre feu si elle ne cessait pas de penser à ça !

— Non… Rien contre, lâcha-t-elle, non sans peine.

— Aurai-je également le droit de te donner des fessées ?

Waouh !

Était-il sérieux ? Y avait-il vraiment des gens qui aimaient ça ?

— Je ne sais pas, ce serait juste des fessées ? Je veux dire, tu ne me frapperais pas autre part ?

— Bien sûr que non, déclara-t-il, contrarié. Pour qui est-ce que tu me prends, bordel ? J'imagine bien ton joli petit derrière rougi par quelques fessées. Et puis je suis sûr que, rapidement, tu seras tentée de me désobéir uniquement dans le but que je te punisse.

— Là, tu commences à me faire peur, cowboy, bredouilla-t-elle.

— Non, je pense plutôt que tu es excitée comme une pucelle le soir de son bal de promo, dit-il, un sourire confiant aux lèvres. Alors, marché conclu ?

Chapitre 3

— Oui, lâcha aussitôt Channing, avant d'avoir le temps de réfléchir et refuser.

— Tu m'en vois ravi, ma belle. Une dernière chose…

Elle retint son souffle. Devait-elle s'attendre au pire ?

— Pourquoi as-tu accepté le marché ? J'aimerais comprendre le sens de ta démarche.

Comment pouvait-elle répondre sans passer pour une fille désespérée ? D'un autre côté, elle savait que, quelle que soit la réponse qu'elle lui donnerait, Colby ne la jugerait pas.

— Parce que j'en ai marre de me restreindre au lit par peur d'être cataloguée comme une dépravée ou, pire encore, une dérangée mentale. Et j'en ai assez de sortir avec des mecs qui voient en moi leur mère et/ou la mère de leurs enfants. Mais, surtout, bien que je n'aie rien contre la position du missionnaire, j'aimerais essayer autre chose, je voudrais découvrir de nouveaux trucs.

Colby lui caressa la tempe du pouce et sa large main épousa sa joue.

— Je te comprends. Tu as frappé à la bonne porte. Je vais te provoquer et tester tes limites, mais je dois t'avertir que je suis très exigeant et que j'aime avoir le contrôle.

— OK.

— Prends le temps de bien réfléchir à tout ça, Channing. Je veux que tu saches exactement dans quoi tu t'embarques.

Elle tourna le visage et lui embrassa la paume.

— Je suis sûre de moi, Colby.

— D'accord. Alors suis-moi sans poser de question.

Il se tourna pour se lever, mais Channing le retint par le bras.

— Uniquement si tu m'embrasses avant, murmura-t-elle quand il se fut retourné vers elle.

— Pourquoi tiens-tu absolument à ce que je t'embrasse ?

— Parce que, quand tu m'as embrassée sur la piste de danse, hier, j'ai cru que j'allais avoir un orgasme sur place.

Colby émit un petit grognement puis captura ses lèvres des siennes. Avec avidité, il glissa sa langue dans sa bouche, et elle put enfin savourer son goût viril et envoûtant. Il mêla sa langue à la sienne, alternant caresses et mordillements, un long moment, avant de la retirer de sa bouche en une invitation silencieuse.

Elle s'exécuta aussitôt et le baiser devint plus passionné. Elle explora ardemment sa bouche quelques instants avant qu'il reprenne le dessus. À un moment, elle crut qu'il allait rompre le baiser, mais il se mit à lui mordiller la lèvre inférieure avant de souffler légèrement dessus et couvrir les coins de sa bouche de petits baisers.

La sensation que Channing éprouvait lui donnait presque le tournis. Jamais aucun homme ne l'avait embrassée ainsi. Ses tétons se tendirent douloureusement sous son soutien-gorge et elle émit un petit gémissement. Si un simple baiser la mettait dans un état pareil, comment son corps réagirait-il lorsque Colby la toucherait, lorsque les *trois* cowboys la toucheraient *en même temps* ?

Colby rompit le baiser et elle ouvrit les yeux, croisant son beau regard.

— J'ai hâte de te toucher et te caresser, ma belle.

Il observa ensuite son décolleté et sourit avant d'ajouter :

— Et j'ai hâte aussi que tu me branles avec tes seins. Mais, avant ça, je voudrais te faire passer un petit test.

Il se leva et sortit un billet de dix dollars qu'il posa sur la table, puis lui tendit la main. Elle la saisit et il l'entraîna hors du bar. Ils traversèrent la route et se dirigèrent vers le parking de l'arène où s'était tenu le rodéo. Le parking était vide, hormis une vieille Dodge blanche à laquelle était accroché un immense van pour chevaux.

En les voyant arriver, Edgard et Trevor descendirent de la barrière de l'enclos sur laquelle ils étaient assis. Channing prit quelques secondes pour les détailler du regard. Difficile de dire lequel des deux hommes était le plus beau.

Edgard Mancuso, le partenaire de Trevor dans l'épreuve de prise du veau au lasso en équipe, était brésilien et avait une tête d'ange sur un corps d'athlète. Trevor, quant à lui, était américain aux origines nordiques, comme en témoignaient ses traits anguleux et ses cheveux blonds.

Soudain, une question lui traversa l'esprit : et si les deux hommes refusaient qu'elle se joigne à eux ?

— Channing, tu es ravissante ce matin, la complimenta Trevor.

— Merci.

— Que se passe-t-il ? demanda-t-il ensuite en se tournant vers Colby.

— Nous avons un changement de programme de dernière minute. Comme vous le savez déjà, Jared a lâchement abandonné cette demoiselle et il se trouve que cette dernière ne souhaite pas encore retourner chez elle. J'ai donc accepté qu'elle voyage avec nous jusqu'à Cheyenne, mais à quelques conditions.

— Lesquelles ? s'enquit Trevor.

— Elle sera notre groupie attitrée, répondit Colby, tout sourires.

— Personnellement, je n'y vois aucune objection, annonça Trevor.

Edgard lui jeta un regard incisif avant de reporter son attention sur Colby, ce qui n'échappa pas à Channing.

— On peut avoir n'importe quelle nana quand on veut, où on veut. Pourquoi se contenter d'une seule ? demanda le cowboy brésilien.

— Parce qu'elle a accepté de faire tout ce qu'on veut, quand on le veut et où on le veut, et je sais qu'il y a des choses que vous rêvez de faire, mais que vous n'avez jamais eu le courage de soumettre à nos anciennes partenaires de jeu.

Edgard fit une moue contrariée avant de dire :

— OK, mais comment être sûr qu'elle fera vraiment *tout* ce qu'on lui dit ?

— Justement, j'attendais que l'un de vous deux me pose cette question, annonça Colby, visiblement satisfait. Que diriez-vous de lui faire passer un petit test ? S'il s'avère concluant, on l'embarque avec nous.

— Tous les trois ? Là, tout de suite ? s'étonna Edgard, perplexe.

— Oui, on va commencer doucement, notre style de vie lui est encore totalement inconnu.

Le cœur de Channing se mit à battre à tout rompre et des frissons d'anticipation traversèrent son corps.

— Tu proposes quoi, Colby ? l'interrogea Trevor.

— Allons dans le van et je vous expliquerai.

— Je passe mon tour, cette fois, fit savoir Edgard.

Colby et Trevor échangèrent un regard entendu puis emmenèrent Channing dans le van. Une fois dedans, Channing fut surprise en constatant que l'espace de vie était bien plus grand et propre qu'elle ne l'avait imaginé. D'un côté, il y avait un petit coin cuisine avec un meuble, dans lequel était encastré un mini-frigo, surmonté d'une table de cuisson à deux foyers. À côté, il y avait un four à micro-ondes ainsi qu'un petit évier. Juste derrière se trouvait une table et deux banquettes, l'une en face de l'autre, pouvant facilement accueillir quatre personnes et, plus à l'arrière, elle aperçut un coin douche et W.-C.

Channing leva légèrement la tête. Une mezzanine accessible par une échelle en métal avait été aménagée en chambre à coucher et elle fut étonnée en découvrant un immense lit à deux places. L'espace, très fonctionnel, sentait le cheval, le cuir et la testostérone.

— Vous dormez tous ici ? demanda-t-elle en se retournant vers Colby et Trevor.

— À tour de rôle, répondit Trevor. C'est trop petit pour nous trois.

Colby alluma une petite lampe puis s'avança vers elle, le regard pétillant, tandis que Trevor l'observait avec attention, adossé contre le mur.

— Déshabille-toi, ma belle, lui ordonna Colby.

Channing eut un moment d'hésitation. Aurait-elle le courage d'aller jusqu'au bout ? Une chose était sûre, elle en avait vraiment envie.

Prenant une profonde inspiration, elle commença à déboutonner son haut. Lentement, elle défit un bouton, puis deux, puis trois… Colby et Trevor la considéraient d'une manière qui lui insuffla un étrange courage. Elle enleva le haut et le jeta par terre, attendant les instructions à venir.

— Parfait, murmura Colby. Maintenant, retire ton soutif, mais lentement. Prends ton temps, fais monter la température, ma belle. Dévoile-nous ta jolie paire de nichons.

Channing passa une main dans son dos et dégrafa son soutien-gorge tout en le maintenant en place de l'autre main. Les bretelles glissèrent le long de ses bras, puis, au bout de quelques secondes, elle écarta le tissu qui alla rejoindre son haut à ses pieds.

La respiration des deux hommes s'accéléra et Channing pinça les lèvres, ne sachant pas trop quelle posture adopter.

— Pas mal, hein, Trevor ? dit Colby en inclinant légèrement la tête en arrière.

— En effet.

— T'as déjà vu une paire de seins aussi magnifique ?

— Non.

— Mate-moi un peu ces mamelons ; on dirait des petites cerises bien mûres que je meurs d'envie de goûter.

Peu habituée à ce qu'on lui fasse des compliments sur son physique – enfin, des compliments tout court –, Channing rougit.

— Caresse-toi, ma beauté, dit Colby. Dis-nous ce que tu aimes.

Channing ferma les yeux et posa les mains sur son ventre avant de les faire glisser le long de ses côtes, jusqu'à ses seins. Elle les prit en coupe, effleurant ses tétons de ses pouces et bomba sa poitrine en avant. Elle sentit alors Colby prendre ses mamelons entre ses doigts avant de les presser et les tirer fortement.

— Par quoi commencerais-tu, Trevor ? demanda Colby. Les lécher et les sucer ou plutôt glisser ta queue entre ces petites merveilles ?

— Tu me poses une colle, là, gloussa Trevor. Je commencerais par les lécher et les sucer, et j'y glisserais ma queue pour une bonne branlette espagnole.

Au lieu de la choquer, le dialogue vulgaire de Colby et Trevor excita Channing au plus haut point et fit naître une humidité tiède entre ses cuisses. Elle était littéralement chaude comme la braise, prête à se soumettre sans réserve à ces deux hommes.

Gardant toujours les yeux fermés, elle laissa retomber les bras le long de son corps et tressaillit lorsque Colby recouvrit ses seins de ses paumes avant de les malaxer habilement. Ses lèvres vinrent ensuite se poser sur son cou et Channing rejeta la tête en arrière, bouleversée par la traînée de baisers qu'il avait entrepris de semer à la lisière de son décolleté. Il enfouit la tête entre ses seins et traça du bout de sa langue le sillon de sa poitrine.

Quand elle le sentit se redresser, Channing ouvrit les yeux puis baissa la tête, désireuse de croiser son regard. Plongeant ses yeux dans les siens, Colby s'empara de son téton droit et le taquina de la langue tout en pressant fortement son téton gauche entre le pouce et l'index.

— Oh… C'est… C'est trop bon, balbutia-t-elle avant de se mordre la lèvre inférieure. Ne t'arrête pas, s'il te plaît.

— Tu entends ça, Trev ? Viens me filer un coup de main. On ne voudrait surtout pas décevoir cette jeune demoiselle, n'est-ce pas ?

— Avec plaisir.

Trevor les rejoignit et prit en coupe son sein gauche avant de le palper avec soin. Il baissa la tête, emprisonna son mamelon entre ses lèvres et le suça avec ferveur. Un gémissement s'éleva de la gorge de Channing, qui était en proie à deux sensations bien différentes. La façon de faire de Colby était un peu plus agressive tandis que la langue de Trevor semblait plus chaude, plus douce.

Colby souffla légèrement sur son téton humide et elle gémit de plus belle.

— Tu vas jouir, ma belle, déjà ? lui demanda-t-il avant de lécher son mamelon. Il suffit qu'on te tripote un peu les seins, c'est tout ?

— Non… Je ne sais pas… Ça ne m'est jamais arrivé avant.

— Tu sais ce qu'on dit, il y a une première fois à tout.

Sur ces mots, Colby se redressa et vint se mettre à côté d'elle, laissant ainsi plus de place à Trevor, qui porta aussitôt son autre main à son sein droit. Pendant que celui-ci jouait avec ses tétons, Colby lui embrassa le cou, la joue et, enfin, la bouche. Elle ouvrit ses lèvres et il y glissa sa langue. Elle adorait l'embrasser, cette sensation délicieuse de ses lèvres chaudes contre les siennes. Elle sentit ensuite sa main se poser sur sa nuque puis ses doigts descendre le long de sa colonne vertébrale et geignit.

— Es-tu excitée, Channing ? lui demanda-t-il.

— Oui.

— Tu mouilles ? Es-tu en train de m'imaginer la tête entre tes cuisses ?

— O… Oui.

— Moi aussi, ma belle. On va bien s'occuper de toi. Mais, avant ça, je meurs d'envie de sentir tes lèvres autour de ma queue. Baisse mon froc, Channing.

Les mains légèrement tremblantes, la jeune femme entreprit de défaire sa ceinture. Il lui saisit la main droite et la plaça sur la bosse de son jean. Elle fit glisser ses doigts le long de son érection et tira d'un coup sec sur le bouton. Elle s'attaqua ensuite à la braguette, la faisant glisser avec une lenteur délibérée.

Colby gémit.

Channing tira sur la ceinture de son jean, introduisit les doigts sous l'élastique de son boxer et l'abaissa. Elle effleura son gland humide du pouce tout en refermant la main autour de son sexe et réprima un halètement de surprise.

Colby était monté comme un étalon, et c'était peu dire. Un frisson de peur courut alors le long de son dos. Arriverait-il à la pénétrer sans…

—Allez, ne t'arrête pas, marmonna-t-il.

Elle continua de le caresser tandis que Trevor semait des baisers sur sa poitrine. Puis, soudain, il saisit un téton entre les dents et le mordilla, et Channing ressentit une légère douleur qu'il apaisa aussitôt d'un coup de langue. Elle se cambra vers lui et essaya de se concentrer sur la sensation de ses lèvres chaudes et mouillées sur sa peau. Il avait sans doute le don de lire dans son esprit parce qu'il était en train de faire exactement ce qu'elle aimait. Dire qu'aucun de ses ex n'avait jamais porté autant d'attention à sa poitrine.

Brusquement, Colby donna un coup de coude à Trevor et celui-ci se décala sur le côté.

—Mets-toi à genoux, ma belle, lui ordonna Colby en posant les mains sur ses épaules.

—Et moi, alors ? s'enquit Trevor.

Colby regarda Channing et lui caressa la joue avec une douceur qui lui noua la gorge.

— T'inquiète, je ne t'oublie pas, mon pote, dit-il en portant son attention sur Trevor. On va voir si Channing est capable de faire plusieurs choses à la fois.

En entendant cela, une chaleur intense se propagea au creux du ventre de Channing.

— Tu vas me faire une pipe tout en branlant Trevor, déclara-t-il en baissant les yeux sur elle.

Channing opina de la tête.

— Parfait. Trev, baisse ton pantalon.

Tout en parlant, Colby abaissa davantage son jean et son boxer, et Channing put enfin voir sa verge superbement dressée. Elle en saliva presque. Hormis dans le magazine *Playgirl*, c'était de loin le pénis le plus gros qu'elle ait jamais vu. Quelques gouttes de liquide perlaient déjà sur son gland et une large veine descendait jusqu'à la base de son sexe avant de disparaître entre ses testicules recouverts d'un fin duvet de poils sombres.

Sans attendre, Channing effleura le gland humide de sa langue et il soupira. Tout comme la bouche de Colby, son liquide pré-éjaculatoire, chaud et légèrement salé, avait une saveur délicieuse, presque euphorisante. Elle se tourna alors vers Trevor qui lui adressa un sourire à tomber par terre. Il tendit une main vers elle et lui repoussa une mèche de cheveux de son front.

— Jamais je n'aurais pensé que tu aimais ce genre de choses, déclara-t-il.

— Je sais, répliqua-t-elle. Les apparences sont souvent trompeuses.

Elle porta son regard sur ses grandes mains, posées sur la braguette de son jean.

— Qu'y a-t-il, Trev ? s'enquit-elle, animée par une audace qu'elle ne se connaissait pas. Allez, ne sois pas timide, montre-moi ce que tu as.

— Tu ne risques pas d'être déçue, ma jolie.

Il défit sa braguette et baissa son jean en dessous duquel il ne portait rien. Puis, un sourire effronté aux lèvres, il croisa les mains derrière la tête et remua des hanches.

— Alors, heureuse ?

— Oh que oui, répondit Channing détaillant son sexe du regard.

Elle eut l'impression qu'il était un peu plus long que celui de Colby, mais moins large. La peau était plus pâle, faisant davantage ressortir la couleur des veines qui saillaient sur sa verge.

— Approche-toi, murmura-t-elle.

Il s'exécuta et vint se placer à côté de Colby qui observait la scène sans bouger. Channing se pencha alors vers Trevor puis le prit lentement dans sa bouche sur toute sa longueur, le caressant de sa langue. Submergée par des sensations exacerbées, elle entama un mouvement de va-et-vient.

— Hé ! fit Colby. C'est moi que tu es censée sucer, pas lui.

— Je sais, dit-elle en se redressant avant de refermer une main autour du sexe de Trevor. Il fallait bien que j'humidifie sa queue pour le branler plus facilement.

Elle se mit alors à caresser le sexe palpitant de Trevor de bas en haut et celui-ci grogna.

— C'est bien comme ça, cowboy ?

— Un peu plus fort, ma jolie.

Channing resserra son emprise et accéléra le mouvement de sa main.

— Oh, putain, ouais, comme ça, c'est parfait, souffla-t-il en rejetant la tête en arrière.

Elle sourit et leva les yeux vers Colby. Il lui caressa la joue avant de saisir son sexe de l'autre main.

— À moi, maintenant, fit-il valoir en effleurant ses lèvres de son gland moite. Je veux que tu me prennes tout entier.

Elle ouvrit la bouche et Colby y introduisit son sexe, la poussant à le prendre au plus profond de sa gorge. Sentant les larmes lui monter aux yeux, Channing se raidit et il lui plaqua une main derrière la tête.

— Relax, ma belle, chuchota-t-il. Respire par le nez. Ne t'en fais pas, tu ne vas pas t'étouffer.

Elle eut le réflexe de mordre, mais se retint, attendant que sa salive lui remplisse la bouche.

— Voilà, doucement, l'encouragea Colby. Relâche les épaules, tu seras plus à l'aise, crois-moi.

Sans arrêter de caresser Trevor, Channing suivit les instructions de Colby et fit glisser ses lèvres, centimètre par centimètre, le long de son pénis.

— Putain que c'est bon, marmonna-t-il quand elle enroula la langue autour de son gland.

— Ouais, t'as vu, se fit entendre Trevor. Je pense que je ne vais pas durer longtemps.

Channing reprit Colby plus profondément dans sa bouche, lui arrachant un gémissement de plaisir. Le nez contre ses poils pubiens, elle inspira autant que sa position le lui permettait. Son parfum viril, mêlé à l'odeur de sexe, mit tous ses sens en éveil. Le suçant avidement, elle referma une main sur la base de sa verge et essaya, tant bien que mal, de coordonner les mouvements de ses doigts et sa tête. Le liquide chaud de Colby se mélangeait à sa salive et dégoulinait sur son menton.

— Oui, ma belle, parfait, ne t'arrête pas. Si tu savais ce que ça me fait de te voir à genoux devant moi, ma queue disparaissant entre tes lèvres…

Jamais aucun homme ne lui avait parlé aussi crûment mais, étrangement, au lieu d'éprouver de la honte, Channing sentit son excitation monter d'un cran et la chaleur humide entre ses jambes commença à la submerger.

— Plus fort, Channing, dit Trevor. Oui, oui, encore… Oui, comme ça… Putain, oui ! Ah, ouais !

En l'entendant crier sa jouissance, Channing libéra le sexe de Colby de sa bouche et se tourna vers Trevor. L'instant d'après, le sperme chaud de ce dernier gicla par saccades sur sa poitrine et quelques gouttes coulèrent sur ses doigts. C'était la première fois qu'un homme éjaculait sur elle et cette expérience chassa ses derniers scrupules.

Lisant le plaisir sur le visage de Trevor, Channing se sentit envahie d'une force qui balaya toute inhibition en elle. Elle pencha la tête vers la verge de Trevor qu'elle tenait toujours entre ses doigts et lécha son gland rouge et gonflé.

— Putain ! s'exclama celui-ci, et elle le relâcha.

— Continue de me sucer, Channing, lui ordonna alors Colby. Ne t'occupe plus de lui, fais-moi jouir dans ta bouche.

Elle prit son sexe dans sa main droite et glissa la gauche en dessous avant de la refermer sur ses testicules. Elle les pressa légèrement avec ses doigts avant de le prendre dans sa bouche.

— Ne t'arrête surtout pas, ma belle. Quand je te le dirai, tu relâcheras ma queue pour me prendre entièrement dans ta bouche. Oh… Vas-y, maintenant !

Channing obéit et resserra ses lèvres autour de la base de son sexe.

— Oui, pompe-moi, je veux que tu avales jusqu'à la dernière goutte de mon sperme.

Elle sentit sa verge se tendre davantage et tressaillir contre sa langue. Amorçant un mouvement de va-et-vient, Colby l'agrippa par les cheveux et elle le sentit se déverser en elle. Les larmes lui montèrent de nouveau aux yeux, mais elle les ignora et se concentra uniquement sur le plaisir de Colby. Ce dernier ondula encore plusieurs fois dans sa bouche avant de se retirer lentement. Elle souffla légèrement sur son gland luisant, et Colby perdit l'équilibre.

— Hé, doucement l'ami, dit Trevor en le retenant fermement par les bras. Ça va ?

— N… Non.

Fière d'avoir repoussé ses limites, mais aussi d'avoir vraisemblablement déstabilisé Colby, Channing s'essuya la bouche du dos de la main.

— Alors, les mecs, j'ai passé le test ou pas ?

CHAPITRE 4

Attendant une réponse, Channing regardait Colby reprendre ses esprits. D'un geste vacillant, il remonta son boxer et son jean, puis sa braguette.

Trevor lui tendit la main et l'aida à se relever. Il prit un torchon de cuisine posé sur le four à micro-ondes et essuya délicatement les traces de son orgasme qu'il avait laissées sur sa poitrine. Il lâcha ensuite le torchon et s'empara de ses lèvres en un baiser fiévreux qui augmenta la chaleur logée entre ses cuisses. Quand il s'écarta, elle sentit Colby se placer derrière elle. Il lui souleva les cheveux et lui embrassa le cou.

— Tu m'as bluffé, ma belle. Il va de soi qu'on te garde avec nous.

— Entièrement d'accord, annonça Trevor.

— Et comme tu as été une très gentille fille…

Colby laissa sa phrase en suspens et posa ses mains sur sa taille avant de les faire remonter jusqu'à ses seins. Il les pressa l'un contre l'autre, et Trevor se pencha pour saisir un téton dressé dans sa bouche avant de s'attaquer à l'autre.

— Une très, *très* gentille fille, tu mérites une récompense. Trev, déboutonne son jean.

Channing retint son souffle pendant que Trevor baissait lentement son pantalon sur ses cuisses. Il se mit ensuite à jouer avec l'élastique de sa petite culotte sans pour autant glisser ses doigts en dessous. Un regard passa entre les deux hommes et elle comprit alors que c'était Colby qui menait la danse. Ce dernier posa une main sur son ventre et la fit glisser vers le bas, en dessous de son sous-vêtement. Il insinua les doigts dans les boucles qui recouvraient son intimité avant de tracer sa fente de l'index.

— Oh oui, ne t'arrête pas, bredouilla-t-elle.

— Chut, ma belle. Détends-toi, tu es entre de bonnes mains, murmura Colby. Ça ne durera pas longtemps étant donné qu'on ne doit pas trop traîner, mais on se rattrapera ce soir. Allez, écarte les jambes.

Il marqua la courbe de son cou de baisers humides avant de s'adresser à Trevor :

— Elle adore quand on lui suce les tétons.

Une décharge électrique se propagea dans son corps quand Trevor mordilla son mamelon gauche avant de l'aspirer entre ses lèvres, et elle enfouit les mains dans ses cheveux. Quand Colby introduisit un doigt en elle, puis un second, Channing laissa aller la tête contre son torse. Il les fit aller et venir en elle tandis qu'il effleurait son clitoris du pouce. Elle sentit alors la bouche de Trevor autour de son autre téton et ne put réprimer un petit cri de plaisir.

— Jouis dans ma main, Channing, marmonna Colby contre la peau de son cou. Je veux sentir l'odeur et le goût de ta mouille.

— Plus vite avec tes doigts… Appuie un peu plus fort sur mon clito, voilà, comme ça, oui… Oh, Colby, je suis proche. Oui, oui… Ouiiii !

Percevant un premier spasme de plaisir la traverser de part et part, Channing ferma les yeux et une myriade d'étoiles explosèrent derrière ses paupières. Son corps était emporté par un orgasme fulgurant, si bien qu'elle entendait à peine ce que Colby lui murmurait à l'oreille. Trevor s'activait toujours sur ses seins avec ses doigts et sa bouche, et un deuxième spasme la secoua. Submergée par un plaisir intense, elle se débattit inconsciemment, mais les deux hommes la tenaient fermement, rendant ses mouvements limités.

Quand son orgasme s'apaisa enfin, Channing se laissa aller contre Colby, les jambes en coton. La respiration saccadée, elle avait l'impression que tout tournait autour d'elle.

Colby écarta les doigts en elle en même temps que Trevor lui léchait les tétons avant de souffler légèrement dessus, et son souffle se bloqua dans sa gorge.

— Regarde-moi, Channing, lui commanda Colby.

Elle déglutit puis ouvrit les yeux et tourna la tête vers lui. Il retira sa main de sa culotte et elle vit du coin de l'œil Trevor la saisir et la porter à ses lèvres. Un à un, il lécha les doigts humides de Colby, et Channing crut défaillir devant cette scène aussi étrange qu'excitante.

— Elle est bonne ? s'enquit Colby.

— À toi de me le dire, répondit Trevor.

Sans la quitter du regard, ce dernier plaça la main de Colby sur son ventre, la recouvrit de la sienne et la guida en dessous de sa petite culotte. Elle sentit plusieurs doigts s'enfouir en elle avant que Colby retire sa main. Channing le regarda se sucer les doigts l'un après l'autre pendant que Trevor continuait de la doigter. Il saisit une pointe de son sein entre les lèvres et, l'instant d'après, Colby la prit par le menton, la forçant à le regarder. Il l'embrassa sauvagement et elle perçut le goût de sa propre jouissance sur sa langue, ce qui l'entraîna vers un autre orgasme.

— Je sens qu'on va bien s'amuser cette semaine, annonça Colby en souriant quand il eut détaché ses lèvres des siennes.

Perdu dans ses pensées, Colby chargea les valises de Channing dans le van pendant que Trevor et Edgard finissaient de s'occuper des chevaux. Ce qui s'était passé entre Trevor, elle et lui un peu plus tôt avait été pour le moins surprenant et, depuis, il éprouvait une envie constante d'être près de Channing, de lui parler, la toucher et l'embrasser.

Tu te ramollis, mon vieux !

Il venait de finir de ranger la dernière valise lorsque Edgard apparut à côté de lui.

— Tout est en ordre, on est prêt à partir, déclara-t-il.

— OK, qui conduit ?

— Trevor. J'ai pensé que toi et Channing, vous pourriez vous installer à l'arrière. Comme ça, tu pourras lui expliquer quelles seront ses autres attributions, hormis celle de s'occuper de ta libido.

Un sourire en coin, Colby hocha la tête.

— OK. Quel est notre prochain arrêt ?

— Limon, dans le Colorado. D'ailleurs, heureusement que le concours commence demain parce qu'on a une longue route à faire. C'est à environ neuf cents kilomètres d'ici.

— Dans ce cas, ne perdons pas de temps, dit Colby avant de descendre du van.

Il balaya les alentours du regard et aperçut Channing de dos, appuyée contre la barrière du parking, une expression rêveuse sur le visage.

— Chan ! s'écria-t-il. Viens, il est temps de partir.

Elle se retourna vers lui et rangea le cahier qu'elle tenait dans son sac. Un sourire malicieux aux lèvres, elle se dirigea ensuite vers lui, les talons de ses bottes turquoise cliquetant sur le bitume.

Colby sourit malgré lui et tendit la main vers elle quand elle fut à quelques pas de lui. Elle plaça sa main dans la sienne et il la porta à ses lèvres pour lui embrasser le poignet.

— Prête ?

— Oui.

Il la contempla quelques instants.

— Êtes-vous sûre de votre décision, jeune fille ? s'enquit-il en lui écartant une mèche de sa joue.

Elle se mit sur la pointe des pieds et lui embrassa le menton.

— Plus que jamais. Mais, s'il te plaît, Colby, ne m'appelle plus jamais « jeune fille ».

— Pardonnez-moi, mam'zelle Channing, gloussa-t-il. Oui, tu as raison, les jeunes filles sont douces et innocentes, alors que toi, tu es une petite coquine, une diablesse qui cache bien son jeu.

Channing rougit comme une pivoine, ce qui ne laissa pas Colby indifférent.

— Allez, cowboy, assez parlé, déclara-t-elle après s'être raclé la gorge. L'aventure nous appelle.

À peine eut elle fini sa phrase qu'un imposant pick-up rouge cabossé vint se garer à côté de leur van, et Colby entraîna Channing vers le véhicule pour saluer Gemma Jansen, la propriétaire de ce tas de ferraille.

Veuve depuis plusieurs années, Gemma était une éleveuse de bétail des environs de Sheridan. Elle avait décidé de reprendre l'affaire de son défunt mari et était parvenue à s'imposer comme l'un des principaux fournisseurs de bétail du circuit de rodéo. Vraie fille de l'Ouest américain, elle représentait la quatrième génération d'une famille connue du Wyoming et savait tout ce qu'il y avait à savoir sur le rodéo. Elle était très appréciée de tous sur le circuit et, à la quarantaine passée, était très, *très* bien conservée. Même si Steve, son mari, était décédé depuis plusieurs années déjà, Colby s'attendait toujours à le voir, lui, et non pas Gemma, derrière le volant.

Quand le pick-up s'arrêta, Gemma se pencha au-dessus du siège passager et baissa la vitre poussiéreuse.

— Vous allez où, les cocos ? demanda-t-elle.

— Limon, et toi ? s'enquit Edgard à son tour en portant la main au rebord de son chapeau pour la saluer.

— Je dois faire un détour par chez moi. À ce qu'il paraît, ils n'ont pas assez de chevaux sauvages à Cody.

Je dois donc envoyer un de mes hommes sur place au plus vite. Avec un peu de chance, ils nous prendront quelques étalons.

— Ils ont tout intérêt à le faire, commenta Edgard.

— Oui, je l'espère aussi, mais mon employé ne partage pas trop mon opinion, et je pense que sa fainéantise y est pour beaucoup. Il ne veut pas de bouger son cul, c'est pour ça que je préfère repasser par mon ranch et m'assurer qu'il n'est pas en train de se la couler douce. C'est le troisième responsable que j'engage en dix-huit mois ! Je n'arrive tout simplement pas à trouver une main-d'œuvre efficace.

— Et pourquoi tu n'embauches pas Cash ? demanda Colby. Je suis persuadé qu'il ferait un boulot du tonnerre à Cody. Cet homme pourrait vendre de la glace aux Esquimaux.

— Rien que de penser à lui, ça me donne la migraine, marmonna-t-elle. Ce fanfaron de pacotille devrait aller jouer aux cowboys et aux Indiens dans un parc d'attractions pour amuser les touristes.

— Tu y vas un peu fort, là, Gemma, objecta Colby, les sourcils froncés. Je sais que vous ne vous entendez pas très bien, mais tu dois reconnaître que c'est un excellent cowboy qui sait y faire avec le bétail.

— Ah oui ? s'enquit-elle, un sourire moqueur aux lèvres. Pourtant, il n'a pas fait long feu sur l'un de mes taureaux, hier. Il a été éjecté comme une merde.

Colby ne put s'empêcher de rire et, à ce moment, la portière côté conducteur de leur van s'ouvrit et Trevor apparut.

— Ah, Gemma, ma douce et belle Gemma ! s'exclama-t-il. C'est toujours un vrai plaisir de te voir.

— Si tu n'existais pas, Trevor, il faudrait t'inventer ! déclara-t-elle. Tu n'en loupes pas une, toi, hein ?

— Disons que je fais de mon mieux.

— Tu perds ton temps avec moi, mon petit. Je crains d'avoir passé l'âge de me faire draguer.

Avant que Trevor n'ait eu le temps de lui répondre, Gemma se tourna vers Colby.

— Et, sinon, qu'as-tu pensé de Big Time, le taureau que tu as monté hier ? lui demanda-t-elle. Tu avais l'air de bien te débrouiller sur lui. Je me demande même si je ne ferais pas mieux de le remplacer par un plus gros gaillard.

— Détrompe-toi, Gemma, ça n'a pas été une mince affaire de le monter. Il m'a donné du fil à retordre avant même qu'on ait ouvert le portail des chutes. La preuve, je n'ai pas réussi à dépasser la barre des quatre-vingt-dix points. En plus, j'ai entendu des gars dire qu'ils voudraient bien le monter, eux aussi. Il est prévu sur d'autres tournois ?

— Oui, celui de Valentine, probablement.

Le regard de Gemma se posa ensuite sur Channing qui était restée silencieuse tout ce temps.

— Bon, étant donné que ces trois jeunes hommes ont dû laisser leurs bonnes manières chez eux, je me présente : Gemma Jansen.

Elle lui tendit la main, et Channing la saisit.

— Channing Kinkaid, enchantée.

— Tu voyages toute seule ?

— Non, elle est avec moi, dit Colby.

— J'accompagnais Jared avant, mais je l'ai plaqué hier, après avoir appris qu'il était marié.

— Tu ignorais qu'il était marié ? s'enquit Gemma, visiblement peu convaincue.

— Oui, m'dame, répondit-elle avant de baisser la tête.

En signe de soutien silencieux, Colby lui passa un bras autour de la taille.

— Tu as bien fait, déclara Gemma, et Channing leva les yeux sur elle. Il y a beaucoup de nénettes sur le circuit qui n'ont aucun scrupule à séduire des hommes mariés pour leur plaisir. Comme quoi, les liens sacrés du mariage ne sont plus ce qu'ils étaient. En tout cas, viens me trouver si jamais tu fais une overdose de ces trois-là. Après tout, on doit se serrer les coudes entre nanas.

— C'est noté. Merci.

Gemma soupira puis dit :

— Non pas que je m'ennuie avec vous, mais le devoir m'appelle, les gars. Bonne chance à Limon, on se reverra dans le Nebraska.

— Sois prudente sur la route, Gem.

Sur ces mots, Edgard tapota la portière du pick-up et celui-ci démarra avant de sortir du parking et s'engager sur la route.

Trevor ouvrit alors le capot de la Dodge et Edgard le rejoignit pour faire les dernières vérifications. Colby les laissa faire et ouvrit la portière arrière du véhicule avant de faire signe à Channing de monter. Elle se glissa sur la banquette en cuir et Colby s'installa à son tour avant de claquer la portière.

— Alors, c'est quoi le programme ? demanda-t-elle en posant son sac sur ses genoux.

— Une longue route nous attend. Trevor conduira et Edgard le remplacera quand il sera fatigué.

— Et nous, on fait quoi ?

— On se détend et on en profite parce que c'est moi qui prendrai le volant jusqu'à Valentine, répondit-il en envoyant du revers de la main une brique vide de lait chocolaté par terre. D'habitude, on vit à un rythme beaucoup plus soutenu. Dès qu'on est tous les trois éliminés, on fonce prendre nos gains et on part vers la prochaine étape du circuit.

Il la regarda, mais Channing ne semblait plus l'écouter.

— Cet endroit est une véritable porcherie, commenta-t-elle en se penchant en avant.

— Ouais.

— « Ouais » ? Ça ne te dérange pas d'avoir une décharge publique à tes pieds ?

— Non, pas plus que ça.

— Eh bien, moi, si. En attendant que Trevor et Edgard finissent ce qu'ils sont en train de faire, on va ramasser tout ça et le jeter à la poubelle.

— Tu n'es pas notre bonne à tout faire, Channing, annonça Colby, contrarié.

— Je sais. C'est pourquoi j'ai employé la première personne du pluriel et non pas du singulier, fit-elle remarquer en lui adressant un sourire éblouissant.

Puis, quelque chose parut attirer son attention parce qu'elle se baissa et se redressa, quelques secondes plus tard, tenant dans la main la moitié d'un petit pain à la cannelle.

— Vous êtes vraiment de porcs, lâcha-t-elle en brandissant la pâtisserie sous son nez. Trouve-moi quelque chose qui pourrait nous servir de sac-poubelle et, hop, au boulot !

Il glissa la main sous le siège et en ressortit un sac en plastique. Channing jeta le petit pain dedans, puis commença à ramasser le reste des ordures et Colby fit de même. C'était bien la première fois qu'il faisait le ménage pour faire plaisir à une femme.

— Ça vous arrive de manger autre chose que de la malbouffe ? demanda-t-elle en jetant un paquet de chips vide.

— Les fast-foods, tu les classes dans quelle catégorie ?

Elle ramassa une chaussette grise en dessous de son siège et lui adressa un regard interrogateur avant de la jeter.

— C'est pas bien, ce que vous faites. Vous allez finir par faire un arrêt cardiaque si vous continuez comme ça.

— Je sais, opina Colby en ramassant la chaussette assortie à celle dont elle venait de se débarrasser et la jetant aussi. En plus, ce n'est pas comme si on n'avait pas un coin cuisine dans le van.

— Ça vous arrive de l'utiliser ?

— Non.

— Ça, ça va changer à partir de maintenant, déclara-t-elle d'un ton résolu. Une fois à Limon, on ira dans un supermarché et on fera des vraies courses. Il est hors de question que je mange uniquement des cochonneries.

— Pourquoi pas ? Tu sais, ça fait partie intégrante des attraits du rodéo. Des tortillas nappées de fromage et une bonne bière fraîche, que demander de plus ?

— Une place au cimetière due à ton décès prématuré ?

Il rit tout en continuant de nettoyer.

— Tu sais, fit-elle en retirant un paquet XXL froissé de croustilles de maïs soufflés au cheddar en dessous du tapis de sol, avec votre hygiène de vie, je ne tarderais pas à devenir un gros tas de graisse ambulant.

Colby sourit, mais ne dit rien et ils continuèrent de ranger en silence.

— Channing ? l'appela-t-il une fois qu'ils eurent terminé.

— Oui ?

— Viens par là et embrasse-moi.

— Mais…

— Il n'y a pas de mais qui tienne. Embrasse-moi, j'ai dit.

Sur ces mots, il l'attira brusquement vers lui. Channing ouvrit la bouche pour protester, mais il ne lui en laissa pas le temps et l'embrassa avec fougue. Elle passa les bras autour de son cou et se colla contre lui. Ses lèvres étaient à la fois douces et avides, sa langue joueuse et aguichante. Cette femme le rendait fou.

Poussé par un désir irrépressible, Colby la saisit par la taille et la hissa à califourchon sur ses genoux. Il glissa les mains sous son tee-shirt et lui effleura le bas du dos. Le corps de Channing répondait à chacune de ses caresses.

— Si seulement tu avais la minijupe jaune que tu portais la première fois qu'on s'est rencontrés, marmonna-t-il en lui mordillant la lèvre inférieure.

— Colby…

— Il me suffirait juste de la relever et glisser ma main dans ta petite culotte pour te caresser la chatte. Tu jouirais dans ma main en moins de deux minutes. Je parie que ça te plairait.

— Moins de deux minutes ? Tu as l'air très sûr de toi, cowboy. J'en conclus que tu es incapable de me faire jouir à travers mon jean.

— Est-ce un défi que tu me lances là, ma belle ?

— Oh oui, mon joli. À présent, mets-la en veilleuse et au travail. Tu as déjà perdu dix secondes.

Elle resserra son étreinte autour de son cou et se redressa sur ses genoux, comme pour lui faciliter l'accès. L'assaut sensuel de sa langue brouillait l'esprit de Colby et il lui fallut quelques instants pour reprendre le contrôle de la situation. Cette femme était une bombe atomique.

Lentement, Colby fit courir un doigt le long de la couture de son jean et elle gémit contre ses lèvres. Tout aussi lentement, il enroula ensuite sa langue autour de la sienne, et elle poussa plusieurs petits gémissements de plaisir.

— Colby, que fais-tu ? s'enquit-elle au bout d'un moment. Je pense que tes deux minutes se sont écoulées.

Il lui prit la tête entre les mains et la rejeta légèrement en arrière avant de tracer un sillon de baisers humides le long de sa gorge. Elle sentait si bon qu'il avait envie de la croquer.

— Figure-toi que j'ai changé d'avis. Étant donné que je me lance constamment dans une course contre la montre lors des épreuves de rodéo, j'ai décidé de ne pas relever ton défi et de prendre… tout… mon… temps.

Il entrecoupa la dernière partie de sa phrase de baisers.

— Je veux te faire languir. Comme ça, ce soir, tu auras tellement envie de moi que tu me supplieras de te prendre et de te faire jouir.

— Et toi, Colby, auras-tu envie de moi ?

Il enfouit une main dans ses cheveux avant d'attirer son visage vers le sien et l'observa quelques instants en silence.

— Channing, j'ai tellement envie de toi que j'en ai presque physiquement mal. Mais je ne te donnerai pas le plaisir de me voir perdre mon sang-froid. N'oublie pas que c'est moi et moi seul qui fixe les règles de notre petit jeu. C'est donc…

Brusquement, le capot du véhicule claqua, secouant la Dodge et interrompant le moment intense et, l'instant d'après, Trevor et Edgard ouvrirent chacun leur portière et s'installèrent à l'avant.

— Vous comptez baiser pendant tout le trajet ? demanda Edgard avec une moue de dédain en se tournant vers eux. Parce que, si c'est le cas, allez dans le van.

— Ouais, idem, surenchérit Trevor. D'ailleurs, je pensais qu'on reprendrait ce soir notre petite sauterie là où on s'était arrêté.

— Bah, alors, Trevor, tu te sens délaissé ? l'interrogea Edgard.

— N'importe quoi, répondit celui-ci. Je te rappelle que c'est toi qui n'as pas voulu te joindre à nous, tout à l'heure.

Colby réprima un chapelet de jurons. Il s'était comporté comme un puceau à son premier rencard, ce qui risquait à présent de créer un incident diplomatique entre ses amis. Il devait absolument apprendre à se contrôler avec Channing et faire comme si de rien n'était. Il avait une réputation à préserver, après tout.

Il fit descendre Channing de ses genoux, et elle se rassit de son côté de la banquette.

— Désolé, les gars, dit-il. On s'est un peu emporté. Vous êtes sûrs que vous ne voulez pas que je conduise ? Parce que, en toute franchise, je ne peux pas vous promettre que ce qui vient de se passer ne se reproduira pas. Comme l'a dit Edgard, nous avons neuf cents kilomètres devant nous. On devra bien trouver un moyen de tuer le temps.

Channing étouffa un petit rire.

— Tenez-vous bien, ça va un peu secouer, je dois faire demi-tour, annonça Trevor, ignorant la question de Colby.

Edgard et Colby saisirent les poignées se trouvant au-dessus de leurs têtes tandis que Trevor manœuvrait le véhicule sur le parking. Channing, elle, frotta les mains sur ses cuisses puis se pencha et finit de ramasser la poubelle qui traînait encore au sol.

— Vous avez des choses à jeter, les gars ? demanda-t-elle en se penchant en avant. J'ai tout ramassé ici.

Edgard se retourna brusquement et lança un regard effaré à Colby.

— Tu lui as demandé de nettoyer ?

— Ça va pas, non ! rétorqua Colby. Je ne lui ai rien demandé du tout. C'est elle qui a voulu tout ramasser.

— Oui, parce que quelqu'un doit bien s'y coller un jour ou l'autre, non ? fit remarquer Channing en plissant les yeux.

— *Obrigado*, mam'zelle, la remercia Edgard. On va faire un peu plus d'efforts maintenant que tu fais partie du voyage, promis.

— Oui, Edgard a raison, déclara Trevor.

Channing croisa les bras sur le dossier de la banquette avant et posa la tête dessus.

— Et, du coup, comment va-t-on s'arranger pour dormir ? s'enquit-elle. Je doute qu'on puisse s'installer tous les quatre dans le van.

— Il n'y a pas assez de place, même quand on n'est que tous les trois, répondit Trevor en mettant le clignotant avant de tourner sur la route. Du coup, on prend aussi une chambre d'hôtel. Comme ça, à tour de rôle, deux d'entre nous dorment dans la chambre et le troisième dort dans le van de manière à pouvoir surveiller les chevaux.

— À tour de rôle ? s'esclaffa Colby. Le plus souvent, c'est *moi* qui dors dans le van.

— Et puis, tu sais, on a aussi besoin d'un peu d'intimité. Ça fait du bien de se retrouver un peu seul de temps et temps, expliqua Edgard, ce qui lui valut un regard perplexe de Trevor.

Channing l'observa d'un air étonné, mais Colby se contenta de hausser les épaules. Elle finirait bien par s'habituer aux piques qu'ils ne cessaient de se lancer et, surtout, il ne préférait pas s'en mêler.

— J'ai dit à Colby qu'il était hors de question de manger uniquement des cochonneries, déclara-t-elle en se penchant de nouveau vers Trevor et Edgard. Ça ne me dérange pas de faire la cuisine, il faudrait juste faire quelques courses.

— Channing, je te répète que tu n'es pas notre femme de ménage. Ne te sens pas obligée de nettoyer et de nous faire à manger, dit Colby.

— Surtout si tu comptes cuisiner des légumes, ajouta Trevor en esquissant une moue de dégoût. Un sandwich de viande séchée ou un hot-dog, ça fera parfaitement l'affaire.

— Ouais, ou alors des tacos, miam ! s'exclama Edgard.

— Ou un bon morceau de viande avec des frites, proposa Colby.

Channing leva les yeux au ciel, prit son sac et en sortit un lecteur de CD portable. Elle mit les écouteurs, alluma l'appareil puis roula sa veste en boule et la cala contre la vitre avant de poser la tête dessus en fermant les yeux.

Un silence plaisant s'installa dans la camionnette, et Colby observa Channing un long moment. Il cligna plusieurs fois des yeux et tourna la tête vers sa vitre. Au-dehors, des champs s'étendaient à perte de vue et des nuages gris s'amoncelaient à l'horizon. L'Oklahoma était décidément un coin bien pourri.

Il soupira en pensant à son ranch dans le Wyoming, aux vallées verdoyantes bordées de montagnes et parsemées de buissons de sauge, aux forêts de cèdres, aux troupeaux d'antilopes qui gambadaient librement dans les prairies avoisinantes…

Channing bougea légèrement, interrompant le fil de ses pensées. Cette fille était un sacré numéro, pensa-t-il en admirant l'expression paisible de son visage endormi.

— Réveillez-moi quand vous ferez le plein, dit-il à Edgard en lui tapotant l'épaule.

Il s'installa ensuite contre le dossier de la banquette, dissimula son visage derrière son chapeau et sombra dans le sommeil, bercé par le bruit familier des roues sur l'autoroute.

Chapitre 5

— Channing ?

La jeune femme ouvrit les yeux et battit plusieurs fois des paupières, éblouie par le soleil.

— Hein ? Quoi ? s'enquit-elle d'une voix encore à moitié endormie. Où sommes-nous ?

— On est presque arrivé à Limon, répondit Trevor en lui caressant tendrement la joue. Je t'ai réveillée au cas où tu aurais besoin d'aller aux toilettes avant qu'on reprenne la route.

— On est déjà presque arrivé ? Mais j'ai dormi pendant combien de temps ?

— Cinq heures. Je dois admettre que j'ai un peu appuyé sur le champignon, déclara-t-il fièrement.

— Ah oui, en effet. Où sont Colby et Edgard ?

— Ils sont partis soulager leurs vessies. Pourquoi, tu as besoin d'eux ?

Il lui caressa de nouveau la joue, subjugué par la douceur de sa peau. Elle était si agréable au toucher.

— Non, non, je demandais ça par pure curiosité, dit-elle en pressant davantage sa joue contre sa paume. Je devrais descendre de la camionnette pour me dégourdir les jambes et faire un tour aux toilettes.

— Attends, je vais t'aider, déclara Trevor en la saisissant par la taille avant de la soulever du siège.

Lorsque les pieds de Channing touchèrent le sol, Trevor referma la portière arrière du véhicule d'une main et emprisonna le corps de la jeune femme entre le sien et la Dodge.

— Je te laisserai aller aux toilettes en échange d'un bisou, annonça-t-il avec un sourire en coin.

Elle lui retourna son sourire, se mit sur la pointe des pieds et déposa un baiser à la base de sa gorge, juste sous sa pomme d'Adam.

— Comme ça ? s'enquit-elle d'un ton faussement innocent.

— Non, espèce de petite chipie, pas du tout.

— Dans ce cas, montre-moi ce que tu attendais de moi. Comme ça, la prochaine fois que tu me demanderas un bisou, je saurai quoi faire.

Trevor repoussa légèrement son chapeau de cowboy en arrière et se pencha vers elle, leurs visages se touchant presque. Puis il l'embrassa tendrement. Il laissa ses lèvres contre les siennes un long moment, sans rien faire, savourant simplement la sensation de son contact. Il posa ensuite une main sur son épaule et sentit son cœur tambouriner au creux de sa gorge, son pouls rapide sous son pouce. Il saisit la lèvre inférieure de Channing entre les dents et tira légèrement dessus, ce qui la fit gémir.

Pris d'un désir inexpliqué, il leva son autre main vers son visage et saisit son menton entre le pouce et l'index, la forçant ainsi à ouvrir la bouche afin qu'il puisse approfondir son baiser. Channing répondit avec la même ardeur, jouant de sa langue contre la sienne, et Trevor se sentit soudainement à l'étroit dans son boxer. Il n'avait qu'une envie à présent : baisser son froc et le jean de Channing, et la prendre rapidement contre la Dodge. Heureusement qu'ils étaient dans un endroit public et que le peu de décence qu'il lui restait l'empêchait de mettre son plan à exécution.

Au bout d'un certain temps, il mit fin au baiser et, le souffle court, pressa son front contre celui de Channing. Poussant un profond soupir, il se redressa.

— Tu vois, ce n'était pas si difficile que ça, lui fit remarquer Channing en lui remettant son chapeau en place.

— Ça y est, vous avez fini de vous peloter ? On peut reprendre la route ? entendit-il derrière lui.

Trevor se retourna et croisa le regard d'Edgard.

— Ça va, Ed, détends-toi un peu. Laisse le temps à Channing d'aller se rafraîchir et de s'acheter un truc à grignoter si elle a faim.

Trevor s'attendait à ce qu'Edgard lui fasse une réflexion acerbe, mais celui-ci ne dit rien et monta dans la Dodge, du côté passager. Channing lui sourit et il la regarda se diriger vers les toilettes d'un pas vif. Edgard allait-il se comporter ainsi tout le temps que Channing serait avec eux ? Que pouvait-il faire pour mettre fin à cette situation pour le moins inconfortable ?

Soudain, Colby surgit de nulle part et s'appuya contre la pompe à essence, les bras croisés.

— Tout va bien ? demanda-t-il.

— Ouais, ouais, bredouilla Trevor en évitant le regard de son ami. Quelle créature fascinante, cette Channing, hein ?

— Ouais.

— Je pense qu'elle te plaît bien plus que tu ne veux l'avouer. J'espère que ça ne te pose pas de problème de la partager avec moi, mec. S'il y a un malaise entre nous à cause de ça, je préfère le savoir tout de suite.

— Ne t'en fais pas, mon pote, il n'y a aucun problème. Cette fille a assez d'énergie pour nous deux, et puis elle veut profiter à fond de son aventure, alors… Cela dit, ce n'est pas avec moi que tu devrais avoir cette discussion.

Trevor poussa un soupir et Colby se redressa puis prit la raclette servant à laver les pare-brise avant de la secouer pour enlever l'excédent d'eau. Il contourna le pick-up et alla se placer sur le côté pour laver le pare-brise, et Trevor décida d'aller jeter un coup d'œil sur les chevaux.

Quand il revint, Colby avait fini de laver le pare-brise et il vit Channing s'avancer vers eux, un large sourire aux lèvres. Elle tenait une pomme rouge dans la main qu'elle frotta contre son tee-shirt avant de mordre à pleines dents dedans. Quelques gouttes de jus coulèrent sur son menton et Trevor tressaillit devant ce spectacle plus qu'alléchant.

— Dis-moi, elle a l'air délicieuse, cette pomme, commenta-t-il quand elle fut à sa hauteur.

— Tu veux mordre dedans ?

Elle tendit le fruit vers lui, mais il se pencha vers elle et lécha le jus qui avait coulé sur sa peau avant de mordiller ses lèvres et glisser, quelques instants, la langue dans sa bouche.

— Mmm, délicieux, j'avais raison.

Channing rougit et secoua la tête avant de remonter dans la camionnette.

Une fois à Limon, ils allèrent prendre une chambre dans le motel le plus proche de l'arène, après quoi Trevor et Edgard firent descendre les chevaux du van et décrochèrent celui-ci de la Dodge. Laissant les deux hommes s'affairer autour des animaux, Colby emmena Channing faire quelques courses dans un supermarché situé aux abords de la ville. En arrivant dans le magasin, elle alla chercher un Caddie et ils se mirent à arpenter les allées côte à côte, en silence.

Channing prit quelques fruits et légumes, deux paquets de céréales complètes, du pain, du soda light et une brique de soupe. Colby, lui, déposa dans le Caddie un pack de bière, quatre paquets de poudre de tabac ainsi qu'une boîte de préservatifs nervurés extra-larges.

Depuis qu'il avait placé le dernier article dans le chariot, le regard de Channing ne cessait de revenir dessus. Une chose était sûre, elle n'allait pas s'ennuyer au lit avec Colby ; un frisson la parcourut tout entière à cette idée.

Quand ils arrivèrent devant l'étal de la boucherie, elle prit une barquette de filet de porc et son attention fut attirée par un magnifique morceau de côte de bœuf.

— Tu vois, dit-elle à Colby en pointant la viande du doigt, si j'avais une Cocotte-minute, je pourrais y mettre ce joli morceau avec quelques pommes de terre et laisser mijoter le tout pendant toute la journée. Comme ça, en rentrant du tournoi, le soir, on aurait juste à mettre les pieds sous la table.

Colby passa un bras autour de ses épaules et lui embrassa le front.

— Même si j'insiste toujours sur le fait que tu n'es pas obligée de cuisiner pour nous, murmura-t-il contre sa tempe, je dois avouer que je ne dirais pas non à une bonne côte de bœuf accompagnée de pommes de terre. Tu sais, les bons petits plats de ma mère me manquent, c'est une sacrée bonne cuisinière.

Channing ne dit rien et poussa le chariot. Ils passèrent à la caisse et Colby chargea les courses dans le véhicule. Lorsque son téléphone portable sonna, elle le laissa prendre l'appel et en profita pour aller chercher un seau de poulet frit pour le dîner.

Comme la soirée était douce, ils mangèrent tous les quatre sur l'aire de pique-nique aménagée à côté du motel. La lune grimpait lentement dans le ciel et il n'y avait pas un souffle de vent. Plusieurs autres cowboys du circuit vinrent les rejoindre et une atmosphère bon enfant s'installa rapidement autour de la table.

Un peu en retrait, Channing observait tous ces hommes rire et se chamailler entre eux. Même s'ils étaient rivaux dans l'arène, une fois la compétition terminée, ils redevenaient tous les meilleurs amis du monde, ou presque. Ils étaient un peu comme une grande famille, se serraient les coudes quand il le fallait. Tout le contraire de sa propre famille, qui n'avait jamais été unie.

Une fois le pack de bière vidé, la petite foule qui s'était réunie autour de la table commença à se disperser. Trevor et Edgard se rendirent dans l'arène pour s'entraîner et Colby les rejoignit après avoir été chercher son cheval.

Channing alla dans la chambre et se détendit sous une bonne douche chaude. Elle se rasa les jambes tout en fredonnant puis sortit de la douche et s'enveloppa dans une des serviettes accrochées à la porte. Elle fouilla dans sa trousse de toilette et en sortit un pot de crème qu'elle s'appliqua généreusement sur tout le corps.

Elle se regarda dans le miroir mural tout en se frottant les mains l'une contre l'autre pour enlever l'excédent de crème. Qu'allait-il se passer quand Colby, Trevor et Edgard seraient de retour ? Que devait-elle faire ? Les accueillir toute nue ou alors enfiler son pyjama et exécuter un strip-tease dès qu'ils auraient franchi le seuil ? Elle fronça les sourcils en observant son reflet dans la glace. Savait-elle vraiment dans quoi elle s'était embarquée ? Une galère ou bien la meilleure aventure de sa vie ?

Channing préférera ranger ses doutes dans un coin de son esprit. Elle enfila son pyjama et alla se mettre au lit avec un des livres qu'elle avait emportés avec elle. Au bout de quelques minutes, elle entendit une clé tourner dans la serrure et posa le livre sur la table de chevet. La porte de la chambre s'ouvrit et Colby apparut, suivi de Trevor et Edgard. Ce dernier déposa le matériel qu'il avait dans les mains et se dirigea vers la salle de bains sans dire un mot. Il ferma la porte derrière lui et, l'instant d'après, l'eau de la douche se mit à couler.

— Je suis K-O, déclara Trevor en s'allongeant sur le lit pliant.

— Pas moi, dit Colby en examinant Channing de la tête aux pieds. Je dirais même que je pète la forme.

Ça promet, dis donc.

— Qui dort dans le van, cette nuit ? demanda-t-elle en tâchant de garder son calme.

— Edgard, répondit Trevor.

Cela voulait-il dire que, cette fois encore, il n'allait pas se joindre à eux ? Elle n'osa pas poser la question à voix haute parce qu'elle redoutait trop la réponse. Edgard regrettait-il d'avoir accepté qu'elle les accompagne jusqu'à Cheyenne ? Elle n'était peut-être pas son genre de fille. Ou pire encore ! Et s'il la trouvait… moche ?

À cet instant, la porte de la salle de bains s'ouvrit et Edgard en sortit. Il leur souhaita bonne nuit et quitta aussitôt la chambre. Colby alla prendre une douche et lorsqu'il eut fini, il lui fit un clin d'œil et sortit de la chambre. Trevor disparut dans la salle de bains à son tour et Channing se retrouva de nouveau seule avec ses pensées.

Son appréhension était à son comble quand Colby revint, un bout de corde dans une main et un foulard dans l'autre. Channing le regarda refermer la porte derrière lui tout en essayant de ne pas trahir son anxiété.

— Déshabille-toi, ma belle, lui ordonna-t-il, une lueur malicieuse dans le regard. Je veux voir ton joli corps.

Channing s'exécuta sans perdre de temps. Elle fit passer son pyjama par-dessus la tête et le jeta par terre avant de retirer sa petite culotte. Quand elle se redressa, elle eut le réflexe de couvrir ses parties intimes des mains, mais se ravisa.

— Tu es ravissante. Viens par ici.

Inspirant profondément, elle traversa la chambre et s'arrêta devant lui.

— Bien, maintenant, tourne-toi.

Elle obéit et Colby lui banda les yeux avec le foulard. Channing poussa un petit halètement de surprise et sentit ensuite les mains de Colby sur ses épaules.

— Assieds-toi là, lui enjoignit-il d'une voix ferme en la guidant vers ce qu'elle devinait être le lit. Ne bouge pas et ne pose pas de questions. Tu connais les règles, n'est-ce pas, ma belle ?

— Oui.

— Parfait, fit-il avant de l'embrasser légèrement au coin des lèvres. N'aie pas peur, on ne va pas te faire de mal.

Il lui mordilla le lobe de l'oreille avant d'ajouter :

— Enfin, pas trop.

Un intense frisson d'anticipation fit vibrer Channing de la tête aux pieds. La porte de la salle de bains s'ouvrit. Les deux hommes échangèrent quelques mots à voix basse, mais elle ne pouvait pas entendre leur conversation. Elle ravala la boule qui lui bloquait la gorge et inspira l'odeur de gel douche qui avait envahi la pièce. Des pas s'approchèrent et elle pinça les lèvres.

— On va jouer à un petit jeu, dit Colby. Un par un, on va te caresser, et tu devras deviner de qui il s'agit. Si tu donnes la bonne réponse, tu auras droit à une récompense. Sinon…

Channing se raidit.

— Allonge-toi sur le lit et lève les mains au-dessus de ta tête.

Elle se laissa aller sur le matelas et sentit une corde s'enrouler autour de ses poignets.

— J'ai fait exprès de ne pas trop la serrer, l'informa Colby. C'est surtout pour te décourager de nous toucher. Si tu y arrives, on laissera la corde telle quelle, dans le cas contraire, on t'attachera à la tête de lit. OK ?

— Oui.

— Écarte les jambes, ma jolie, dit Trevor. Enfonce bien tes talons dans le matelas.

— Tu es tellement belle, Channing, déclara Colby. Surtout, tu ne bouges pas tant qu'on ne te l'a pas permis.

Elle hocha de la tête, des milliers de pensées se bousculant dans sa tête, et ce fut alors qu'elle se souvint de quelque chose. Bien sûr ! Elle savait comment elle allait les différencier. Colby ne pouvait s'empêcher de marmonner en la touchant, avec un peu de chance…

Soudain, une musique envahit la chambre.

Bon, je peux dire adieu à mon idée, maintenant.

Qu'allait-elle faire ? Comment allait-elle pouvoir deviner…

Des lèvres brûlantes emprisonnèrent son mamelon gauche et elle réprima un petit cri. Puis elle sentit des doigts lui effleurer le ventre de haut en bas avant de remonter entre le sillon de ses seins, jusqu'à la base de son cou. Une main remplaça alors les lèvres qui taquinaient son téton et elle en sentit une deuxième prendre son autre sein en coupe. D'une lenteur délibérée, les paumes chaudes glissèrent le long de ses bras, de nouveau sur ses seins, vers ses hanches, ses cuisses, ses mollets et, enfin, ses pieds avant de parcourir le même chemin, mais en sens inverse.

Channing commença à trembler malgré elle.

Ces mêmes mains prirent ses seins en coupe et les pressèrent l'un contre l'autre. Quelqu'un passa ensuite sa langue sur un de ses mamelons durcis, puis sur l'autre, avant de les mordiller tour à tour, et elle poussa un soupir de plaisir. Il suça avidement chaque pointe avant de souffler dessus, et Channing souleva légèrement les hanches du matelas.

— Alors, qui est-ce ? s'enquit une voix profonde.

Elle n'en avait aucune idée.

— Trevor ? hasarda-t-elle.

— Non. Retourne-toi, lui ordonna Colby.

Elle s'exécuta, et l'un des deux hommes – Colby, sûrement – lui donna une fessée.

— Aïe ! Mais ça fait…

Elle n'eut pas le temps de finir sa phrase que deux autres fessées lui brûlèrent le derrière et elle se mordit la lèvre inférieure.

— Je n'hésiterai pas à t'en donner d'autres si je t'entends te plaindre de nouveau, la prévint Colby.

Au moins, cette fois-ci, elle ne s'était pas trompée : c'était bien lui qui lui avait donné les trois fessées.

— Tu as quelque chose à ajouter ? s'enquit Trevor.

Elle secoua la tête.

— Bien. Colby, installe-la sur le côté, veux-tu ?

Elle sentit des mains la saisir par la taille, la retourner brusquement, et on lui administra trois autres fessées sur la fesse droite.

— Voilà, dit Trevor, maintenant, on peut repartir à zéro. Allez, concentre-toi, Chan, ne nous force pas à te ligoter comme un taureau.

Elle opina de la tête, sentant ses joues rougir, mais pas d'humiliation, sinon… d'excitation. Oui, jamais elle n'avait été aussi excitée de toute sa vie. Doux Jésus, elle était déjà en train de basculer du côté obscur des plaisirs charnels.

On la saisit par les hanches et la fit glisser vers le bas du lit, ses fesses pratiquement au bord du matelas. Des mains lui écartèrent davantage les cuisses et, l'instant d'après, elle sentit une langue tracer la fente de son sexe avant de s'insinuer en elle. Instinctivement, elle se cambra, réprimant à grand-peine un cri d'extase.

— Mmmh-mmmh, lança aussitôt l'un des deux hommes en guise d'avertissement.

Son vagin se contracta autour de la langue qui explorait ses replis intimes avant de frôler le bouton de son clitoris. Les mouvements de la langue, décousus en apparence, étaient pourtant aussi précis qu'efficaces. Elle entendait son sang bourdonner à ses tempes et les premiers frissons de son orgasme naquirent au creux de son ventre.

Soudain, tout s'arrêta aussi vite que ça avait commencé et elle réprima un cri de frustration. Après ce qui lui sembla durer une éternité, on égrena des baisers légers comme une plume sur son bas-ventre, puis à l'intérieur de ses cuisses et sur sa chair intime. Une langue plongea de nouveau en elle. Channing essaya de se contenir, mais quand les lèvres chaudes et humides se refermèrent autour de son clitoris, elle poussa un cri.

Sans cesser de la lécher, on glissa deux doigts en elle et les fit aller et venir sur un rythme soutenu. Son souffle se bloqua dans sa gorge et elle fut secouée par des soubresauts violents, si bien qu'elle crut qu'elle allait perdre connaissance. Son orgasme fut si fort qu'elle arqua brusquement le corps.

Une fois qu'elle eut repris ses esprits, elle se laissa aller contre le matelas, sa respiration toujours courte.

— Et là, c'était qui ? s'enquit une voix rauque.

Elle se fichait pas mal de savoir lequel des deux hommes lui avait fait connaître un orgasme aussi fulgurant. Et, même si elle voulait tenter sa chance et donner une réponse, son cerveau se refusait toujours à coopérer.

— J'attends, s'impatienta la voix.

— C… Colby ?

— Gagné, marmonna-t-il contre la peau de son cou.

— Colby, c'était… Waouh, vraiment, je…

Il la réduisit au silence par un baiser enflammé et elle sentit le goût de sa jouissance sur ses lèvres. La langue de Colby explora l'intérieur de sa bouche tandis que des mains, certainement celles de Trevor, exploraient chaque parcelle de son corps tremblant.

— C'était… N'arrête pas, encore…, balbutia-t-elle lorsque Golby mit fin à leur baiser.

— T'a-t-on donné la permission de parler ?

— Non.

— Alors, chut, murmura Colby.

Elle sentit le matelas ployer sous le poids de Colby – ou de Trevor, elle l'ignorait –, et une étrange sensation l'envahit aussitôt. Plus personne ne la touchait ni l'embrassait, ce qui provoqua un vide immense en elle.

— Vous allez me punir parce que j'ai parlé ? s'enquit-elle d'une petite voix, des larmes lui montant aux yeux.

— Mais non, ma belle, la rassura Colby. On pensait pouvoir continuer ce petit jeu encore un peu, mais tu nous as tellement chauffés qu'on n'en peut plus d'attendre.

— Tu m'as enflammé comme une allumette, Chan, l'informa Trevor.

— Attendre quoi ? demanda-t-elle en souriant.

Des lèvres effleurèrent les siennes et elle reconnut immédiatement Trevor. Il était moins brusque que Colby et avait un goût différent.

— D'exaucer un de tes fantasmes : un plan à trois, déclara-t-il après l'avoir embrassée.

Le sang de Channing se figea dans ses veines.

— Détends-toi, ma belle, dit Colby comme s'il avait lu dans ses pensées. Il n'y aura pas de double pénétration cette fois-ci. On va y aller doucement.

Un des deux hommes s'installa à califourchon sur elle, avançant ses genoux jusqu'à les caler contre ses aisselles.

— J'ai hâte de glisser ma queue entre tes seins, gronda Trevor.

Channing sentit alors un contact froid sur sa poitrine et tressaillit. Trevor étala ce qu'elle supposa être du lubrifiant et pressa ses seins l'un contre l'autre. L'instant d'après, son pénis se glissa entre les deux globes maintenus en place par ses mains et son gland humide vint cogner contre son menton.

— Lèche-moi, Chan.

Au prochain coup de reins de Trevor, elle ouvrit la bouche pour y accueillir le bout de sa verge. Elle le titilla de sa langue jusqu'à ce qu'il se retire d'entre ses lèvres.

— Oh, c'est trop bon, bafouilla-t-il. Quand je serai sur le point de jouir, tu me prendras entièrement dans ta bouche, ma jolie.

À ces mots, une chaleur humide inonda son sexe.

— Je sens que tu mouilles, ma belle, déclara Colby en la saisissant par les hanches. Attention, je vais passer un peu de lubrifiant sur ta chatte.

Il introduisit deux doigts en elle et elle frissonna sous la fraîcheur du liquide. Quand il les retira, elle entendit le bruit d'un sachet de préservatif qu'on ouvrait, puis elle sentit le gland de Colby presser contre sa chair intime.

Waouh, pensa-t-elle, *il est vraiment... énorme.*

Même si elle mourait d'impatience de le sentir profondément logé en elle, un élan de peur la traversa.

— Détends-toi, Chan. Ça ira mieux une fois que je serai en toi, je te le promets.

Il commença à la pénétrer lentement pendant que Trevor accélérait le mouvement de ses hanches. Même si le bandeau qu'elle avait sur les yeux décuplait son plaisir, Channing regrettait de ne pas voir ce qu'ils étaient en train de lui faire.

— Ça y est, je suis proche, ouvre la bouche, souffla Trevor en passant une main derrière sa tête pour lui faciliter l'accès à son sexe.

Trevor intensifia son mouvement de va-et-vient. Au même moment, Colby la pénétra brusquement et elle se cambra contre lui. Trevor plongea une dernière fois en elle et éjacula au fond de sa gorge. Channing sentit le sperme chaud lui emplir la bouche et elle s'efforça de l'avaler.

La cadence des hanches de Colby devint frénétique, et elle eut l'impression de se noyer dans le flot de sensations, plus inédites les unes que les autres, que ces deux hommes éveillaient en elle. Trevor se retira alors de sa bouche et se concentra de nouveau sur ses seins.

— Je ne vais pas durer encore longtemps, ma belle, marmonna Colby en s'enfonçant profondément en elle.

— Moi… non… plus…

Colby effleura son clitoris du doigt et Channing eut un deuxième orgasme, encore plus puissant que le premier. À ce moment, il jouit à son tour, et elle sentit son sexe se resserrer instinctivement autour de son pénis. Un vague de chaleur intense se répandit en elle et ils crièrent leur plaisir à l'unisson avant que Colby retombe sur elle, haletant.

Trevor la détacha et lui massa doucement les poignets qu'elle sentait légèrement engourdis et irrités par la corde. Quelque peu abasourdie par ce qui venait de se passer, elle inspira profondément afin de reprendre ses esprits lorsqu'on lui souleva la tête avant de lui retirer le bandeau. Elle ouvrit les yeux et les laissa s'habituer à la lumière, puis croisa le regard de Trevor.

— Merci pour cet excellent moment, ma jolie, murmura-t-il. On remettra ça rapidement. Allez, repose-toi, maintenant. Je vais aller voir ce que fout Ed.

Sur ces mots, il se redressa et enfila son jean avant de quitter la chambre sans même avoir remis sa chemise. Channing soupira et Colby se retira d'elle avec une lenteur délibérée. Il roula ensuite le préservatif, l'enleva et y fit un nœud avant d'aller le jeter dans la poubelle. Il éteignit la radio et les lumières, et vint s'allonger dans le lit. Il passa un bras autour de sa taille et l'attira vers lui tout en rabattant les couvertures sur eux.

— Je suis si fatiguée, marmonna Channing.

— Dors, ma belle, dit-il en lui embrassant les cheveux. Tu vas avoir besoin de toutes tes forces ces prochains jours, parce que je compte bien profiter de ton corps de déesse. D'ici une semaine, tu marcheras avec les jambes arquées, comme les cowboys.

Elle étouffa un petit rire et se lova contre lui, humant son odeur virile. Elle avait sommeil, mais elle avait surtout envie d'en apprendre un peu plus sur Colby.

— Raconte-moi un peu ta vie, parle-moi de ton ranch dans le Wyoming, cowboy.

— C'est un peu comme l'enfer et le paradis réunis dans un seul et même endroit, déclara-t-il en lui caressant le dos de haut en bas. Il y a des paysages à couper le souffle, mais il y a également des terres désertes et abandonnées. Ce ranch est dans notre famille depuis plus d'un siècle. C'est et ça restera toujours ma maison.

— Tu n'as jamais vécu ailleurs ?

— Non. Depuis tout petit, je nourris une passion pour le ranch et le rodéo.

Il lui raconta les hauts et les bas de la vie qu'il avait choisie, ses doutes, ses frustrations, mais également ses réussites, et Channing l'écoutait attentivement en se demandant quel effet ça faisait de vivre en communion avec la nature et entouré de sa famille.

— Et toi, alors ? s'enquit-il. La vie en ville te convient-elle ? Ça doit être sympa, tu ne dois pas t'ennuyer.

— Ce n'est pas aussi bien que ça en a l'air, répondit-elle. Je me sens souvent… seule.

— Vraiment ?

— Oui.

— Même moi, qui ai grandi dans l'État qui est sans doute le moins peuplé des États-Unis, dans un patelin perdu au milieu des champs, je ne me suis jamais senti seul. Mais bon, il faut dire que ça aurait été assez difficile avec mes frères et mes cousins, on est vraiment une famille nombreuse. Et même si, aujourd'hui encore, ils me tapent souvent sur le système, je n'imagine pas ma vie sans eux.

— Parle-moi un peu d'eux, Colby.
— Une autre fois, OK ? Tu es fatiguée.
— S'il te plaît. Je ne suis pas…
Elle termina sa phrase par un bâillement.
— Oui, bien sûr, Channing, rétorqua-t-il. Allez, dors maintenant. On parlera de ce que tu voudras demain.
— Je te prends au mot, cowboy, balbutia-t-elle avant d'être aussitôt emportée par le sommeil.

Chapitre 6

Des lèvres chaudes vinrent se presser sur la nuque de Channing avant de descendre sur son dos, puis remonter jusqu'à son épaule. Allongée sur le ventre, elle ouvrit les yeux et enfouit la tête dans son oreiller en souriant. Mais, quand elle essaya de se retourner vers Colby, celui-ci la maintint fermement en place.

— Bonjour, ma belle, lui chuchota-t-il à l'oreille. Tu as dormi comme un loir. En même temps, ce n'est pas étonnant vu tout ce qu'on t'a fait hier. (Il lui mordit légèrement l'omoplate et un frisson la traversa aussitôt.) Tu n'as pas bougé de la nuit et tu t'es collée à moi comme une moule à un rocher, poursuivit-il. D'ailleurs, jamais je n'aurais cru que tu étais du genre câlin.

— Oh… Désolée.

— Ne t'excuse pas. Ça ne m'a pas déplu, loin de là, même. Tu es tellement belle quand tu dors, Channing. Ça faisait déjà dix minutes que je te regardais en espérant que tu te réveilles. Mais, comme tu peux le constater, ma patience a fini par m'abandonner et j'ai décidé de prendre les choses en main.

Channing se sentit rougir et tenta de nouveau de se retourner, mais il l'en empêcha en posant une main entre ses omoplates avant de la plaquer contre le matelas.

— Colby…

— Tu as des courbatures, ma belle ? l'interrompit-il.

— Oui, un peu.

— Je vais essayer de me contrôler, mais je t'avoue que ça ne va pas être facile. Tu me rends fou, j'ai tellement envie de toi.

Il se pencha sur elle et elle sentit son souffle chaud lui effleurer l'oreille.

— Je bande souvent le matin, mais jamais comme ça. Je suis dur comme du fer et c'est à cause de toi, Channing. C'est toi qui me fais cet effet. (Il s'allongea à côté d'elle et plaqua son sexe tendu contre sa cuisse.) Ne bouge pas, je reviens tout de suite, murmura-t-il avant de se lever.

Channing glissa les mains sous l'oreiller et ferma les yeux en respirant l'odeur de Colby dans les draps. Les souvenirs de la veille affluèrent aussitôt à sa mémoire et elle sourit, gagnée par une soudaine excitation. Elle entendit Colby déchirer l'emballage d'un préservatif et, l'instant d'après, le matelas s'enfonça à ses pieds. Colby lui donna deux fessées ; elle voulut protester, mais choisit de ne rien dire lorsqu'elle sentit sa langue lui caresser la fesse droite, puis la gauche avant de faire courir le long de sa colonne vertébrale.

— Remonte les genoux contre ta poitrine et les bras au-dessus de ta tête, ordonna-t-il.

Channing s'exécuta en tournant la tête sur le côté. Colby saisit un des oreillers et lui souleva les hanches avant de le placer sous son ventre. Il s'installa ensuite entre ses jambes et les écarta avec ses genoux. Elle retint son souffle quand sa main remonta sur son dos avant de redescendre avec une lenteur affolante.

Colby glissa deux doigts en elle et elle frissonna violemment à ce contact.

— Oui, c'est un peu froid, je sais, murmura-t-il. Comme tu as gardé quelques séquelles d'hier, je vais utiliser un peu de lubrifiant. On oublie les préliminaires cette fois-ci, j'ai envie de toi, là, tout de suite, maintenant.

Il commença à faire aller et venir ses doigts en elle.

— Putain, Channing, tu es magnifique. Tu as de courbes de rêve, je pourrais te regarder, comme ça, pendant des heures. Tu es de loin la créature la plus sexy que la Terre ait jamais portée.

Elle sourit, flattée par le compliment.

Colby se pencha sur elle et embrassa la peau sensible derrière son oreille.

— Prête, ma belle ? s'enquit-il.

— Oh oui.

Il se redressa et plaqua ses hanches contre ses fesses en lui écartant davantage les cuisses. Il pressa son gland à l'entrée de son sexe et la pénétra d'un coup de reins violent. Channing haleta de surprise, submergée par la sensation presque euphorisante que lui procurait le plaisir qui se mêlait à la douleur.

Colby imprima à ses hanches un puissant mouvement de va-et-vient et son corps répondit instinctivement à ses assauts.

— C'est trop bon, Chan, marmonna-t-il. Je ne vais pas durer longtemps. Je perds mes moyens chaque fois que je suis en toi.

À chaque coup de reins qu'il lui donnait, Channing avait l'impression qu'il s'enfonçait de plus en plus en elle. Elle ferma les yeux, sentant ses testicules buter contre ses fesses et les poils de ses jambes lui taquiner l'intérieur de ses cuisses. Cet homme devait être un devin pour avoir compris, en si peu de temps, ce qu'elle aimait. Le sexe avec Colby était tout simplement génial. Elle n'avait honte de rien lorsqu'elle était avec lui.

La respiration de Colby se faisait de plus en plus saccadée et elle perçut la montée de son propre orgasme quand, soudain, elle sentit le doigt de Colby titiller l'antre de son derrière.

— Oh… mon… Dieu…, balbutia-t-elle.

— Tu aimes ? demanda-t-il en glissant lentement son doigt en elle avant de le retirer sans pour autant ralentir le rythme de ses hanches.

— Oui, jamais je n'aurais pensé que…

— Ton corps sait ce qu'il veut, même si ton cerveau s'y oppose farouchement.

Il lui caressa l'anus encore quelques instants puis arrêta et Channing émit un gémissement de frustration. Au même moment, Colby glissa en elle non pas un, mais deux doigts, et elle se raidit sous l'effet de cette délicieuse intrusion.

— J'ai hâte de te prendre par-derrière, Channing. Tu es si chaude, si étroite… Parfaite.

À ces mots, il poussa un grognement et elle sentit son pénis se tendre en elle, ce qui exacerba ses sensations et déclencha son orgasme. Colby accéléra le mouvement de ses doigts et cela lui provoqua un spasme de plaisir si intense qu'elle cria tandis qu'il continuait d'aller et venir en elle, laissant éclater sa jouissance.

Colby retira ses deux doigts et couvrit son corps du sien, posant sa tête à côté de la sienne. Hormis le bruit de leurs respirations mêlées, la chambre était silencieuse. Toujours logé en elle, il pesait de tout son poids sur elle et Channing se sentait comblée. Jamais elle n'aurait cru qu'il pouvait y avoir autant de passion entre deux êtres humains.

— Ça va ? s'enquit-il en lui embrassant les cheveux.

— Mmmh, fut tout ce qu'elle parvint à dire.

Colby éclata de rire.

— Tu es une bombe atomique, Channing, surtout le matin, déclara-t-il. Si on vivait ensemble, jamais je n'aurais le courage de me lever pour m'occuper du ranch en te sachant nue dans mon lit.

— Mmmh-mmmh…

— Tu as faim, ma belle ? Tu veux que je te prépare quelque chose ?

— Il faudrait déjà que je recouvre ma motricité, murmura-t-elle en repoussant une mèche de cheveux qui lui barrait le visage.

— Je peux t'aider…

Il lui mordit l'épaule et elle frissonna comme il ajoutait :

— … si tu veux.

Son sexe était toujours enfoui en elle et elle ne put s'empêcher de sourire quand elle le sentit grandir de nouveau.

— Merci, mais non, merci, répliqua-t-elle. Allez, cowboy, lève-toi.

Il effleura la peau de sa nuque de ses lèvres, mais ne bougea pas.

— Merci d'avoir laissé ma nature dominante prendre le dessus de bon matin, ma belle, dit-il. Beaucoup de femmes détestent ça.

Channing, qui avait la tête tournée de l'autre côté, ne dit rien, et Colby dut sentir son malaise, car il s'empressa d'atténuer ses propos.

— Merde ! Je suis désolé, Channing, moi et ma grande bouche… Ce n'était pas très délicat de ma part. Parler d'autres femmes juste après qu'on ait… Enfin, bref, désolé.

Colby se retira et roula sur le côté. Au bout de quelques secondes, Channing se retourna lentement vers lui et contempla son profil. Il semblait gêné, comme s'il attendait qu'elle lui tombe dessus pour son manque de tact.

Le voyant ainsi pour la première fois, Channing ne put s'empêcher de sourire. Elle se redressa et glissa une main sous sa nuque pour l'attirer à elle avant de l'embrasser fougueusement.

— Je ne suis pas comme les autres femmes, cowboy, dit-elle en mettant fin au baiser. J'aime bien ta nature dominante et j'aime bien que tu ne me traites pas comme si j'étais une petite chose fragile, que tu restes qui tu es avec moi.

Il lui sourit et lui embrassa le nez.

— Tu es un sacré numéro, ma belle, déclara-t-il. Bon, allez, on va se lever et s'habiller vite fait parce que sinon je ne réponds plus de mes actes. En plus, on est déjà en retard.

Il bondit alors du lit et alla dans la salle de bains.

Après s'être douchée et préparée, Channing sortit de la chambre et se dirigea vers le van garé sur le parking ; des voix provenant de l'espace de vie interrompirent le fil de ses pensées. Elle s'arrêta devant la porte de l'arrière du van et fronça légèrement les sourcils.

— Je te dis que ce n'est pas la corde le problème, alors laisse tomber, OK ?

Elle reconnut la voix d'Edgard.

— Mais tu es aveugle ou quoi ? lui demanda Trevor. Cette corde, c'est de la merde. Tu t'en débarrasses ou je le ferai pour toi.

— Je te le répète encore une fois : ce n'est pas la corde le problème !

— Attends un peu, dit Trevor en haussant la voix, tu veux dire quoi par là ? Que c'est ma faute si tu lances le lasso comme une chochotte ?

— Je vais te faire regretter tes paroles ! Tu vas voir, je…

Channing s'éclaircit bruyamment la gorge, espérant attirer l'attention sur elle.

— Toc-toc, y a quelqu'un ? s'enquit-elle en inclinant la tête vers la porte.

Rien.

— Je sais que vous êtes là, les gars. Je vous ai entendus vous disputer. D'ailleurs, je pense que tout Limon vous a entendus vous disputer. Je vous dérange ?

— Oui, répondit Edgard.

— Non, dit Trevor au même moment.

— Je n'en ai pas pour longtemps, poursuivit-elle. Je voudrais juste préparer mon petit déjeuner, après quoi je vous…

La porte du van s'ouvrit et Trevor en sortit comme une furie. Quelques instants plus tard, Edgard apparut sur le seuil. Sans même la regarder, il sauta les marches du van et alla rejoindre Trevor qui s'était planté quelques pas plus loin, le regard perdu dans le vide.

OK…, pensa Channing.

Poussant un soupir, elle monta dans le van et prit un bol dans l'un des placards du coin cuisine. Elle entendait le murmure de voix dehors puis, soudain, le silence se fit autour d'elle. Channing haussa les épaules et versa des céréales dans le bol. Elle prit la bouteille de lait dans le frigo et en arrosa généreusement les céréales quand elle entendit quelqu'un monter dans le van.

Elle se retourna et croisa le regard d'Edgard. Cet homme était beau même quand il semblait contrarié.

— Tu en veux ? proposa-t-elle en montant le bol d'un signe de tête.

— Ouais, si ça ne t'embête pas.

— Pas du tout.

Elle posa le bol sur la table et lui fit signe de s'asseoir sur la banquette d'en face. Elle prépara un autre bol de céréales, sortit deux cuillères du tiroir et vint s'asseoir à son tour.

— Trevor n'est pas revenu dormir dans la chambre cette nuit, déclara-t-elle en plongeant sa cuillère dans son bol. Vous vous êtes battus ou quoi ?

La cuillère à mi-chemin de sa bouche, Edgard leva les yeux vers elle.

— Non, pourquoi tu dis ça ? marmonna-t-il.

— Parce que j'ai l'impression que vous n'arrêtez pas de vous disputer.

Edgard fit la moue et prit une bouchée.

— Ça fait partie des joies du travail en équipe, déclara-t-il. Et puis, il faut dire que c'est un peu tendu entre nous ces derniers temps.

— Comment ça ?

— On a perdu notre rythme et on a chuté au classement. Pas de points, pas d'argent. Pas d'argent et de moins en moins de tolérance l'un envers l'autre… Tu comprends ?

— Je suis désolée, Edgard.

— C'est la vie, que veux-tu.

Ne sachant plus quoi dire, Channing baissa la tête et se mit à jouer nerveusement avec ses céréales.

— Qu'est-ce qu'il y a ? s'enquit soudain Edgard.

Rassemblant son courage, elle le regarda droit dans les yeux.

— Ma présence te gêne, n'est-ce pas ?

Edgard se redressa et se laissa aller contre le dossier de la banquette.

— Qu'est-ce qui te fait dire ça ?

— Hormis le fait qu'on est supposé s'éclater au lit comme des malades et que, pourtant, j'ai l'impression qu'il y a un truc qui coince entre nous ? Rien de spécial.

Un léger sourire incurva ses lèvres, mais son regard demeura grave.

— Eh bien, on peut dire que tu n'y vas pas par quatre chemins, fit-il remarquer.

Si seulement tu savais, Edgard…

Oui, si seulement il savait à quel point elle était timide d'habitude. Peut-être que cela lui ferait changer d'avis à son sujet.

— Tu me trouves trop directe ? C'est pour ça que tu ne m'apprécies pas ?

— Je n'ai rien contre toi, Channing, répondit-il. Je te trouve même assez sympa. C'est juste que j'ai pas mal de choses qui me trottent dans la tête en ce moment, rien à voir avec toi.

— OK… Je ne te dégoûte pas, alors ?

— Non.

— Pourtant, j'ai cru comprendre que vous… partagiez tout, tous les trois.

— Non, pas du tout.

— Ah… Mais, tu sais, même si je ne suis pas ton type ou que tu ne me trouves pas attirante, ou je ne sais quoi, j'aimerais bien…

Elle s'interrompit et plissa les lèvres.

— Oh, et puis, laisse tomber.

Edgard soupira.

— Channing, crache le morceau.

Elle hésita quelques instants avant de briser le silence oppressant qui s'était installé entre eux.

— Malgré tout, j'aimerais quand même qu'on soit amis, toi et moi, parce que, que ça te plaise ou non, on risque de se croiser souvent au cours des prochains jours.

— Ouais, j'ai remarqué que le courant était plutôt bien passé entre toi et Colby, commenta-t-il avec un petit sourire en coin.

— Oui.

Elle fut tentée de lui demander pourquoi il n'avait pas inclus Trevor dans sa déclaration, mais y renonça. Soudain, Edgard lui saisit la main et y déposa un léger baiser.

— Colby a raison, tu es vraiment très belle.

Channing se sentit affreusement gênée.

— Tu viens assister aux épreuves, cet après-midi ? demanda-t-il.

— Oui, pourquoi ?

— J'espère que, maintenant que tu es avec nous, la chance nous sourira enfin.

Sur ces mots, il se leva et rinça son bol ainsi que sa cuillère dans l'évier.

— À plus, la salua-t-il avant de quitter le van.

Channing le regarda s'éloigner par la fenêtre, ne comprenant pas trop ce qui venait de se passer. Avait-elle marqué des points avec Edgard ? Les choses allaient-elles changer entre eu ? De toute façon, elle aurait la réponse tôt ou tard.

Chapitre 7

Une fois qu'elle eut trouvé une place dans les tribunes, Channing sortit un tube de crème solaire de son sac et en appliqua une couche généreuse sur ses bras. Le soleil tapait fort et elle se félicita d'avoir pensé à prendre son chapeau panama dont le bord faisait de l'ombre sur son visage.

Elle but une gorgée de son thé glacé et tira de nouveau sur sa petite jupe jaune. La couverture en laine sur laquelle elle était assise lui démangeait l'arrière des cuisses, mais elle préférait encore cela au contact direct du métal brûlant sur sa peau.

Quand ils étaient arrivés devant l'arène de rodéo, Edgard, Trevor et Colby avaient payé leurs droits d'entrée au tournoi, après quoi on leur avait donné un dossard chacun. Sans perdre de temps, ils s'étaient tous les trois rendus dans l'arène pour s'échauffer et Channing était partie faire un tour pour se familiariser avec l'endroit en attendant le début de la compétition.

Lorsqu'elle avait grimpé dans les tribunes, elle avait remarqué un groupe de femmes – les épouses et compagnes des participants, sans doute –, assises ensemble non loin d'elle, mais, comme elle n'en connaissait aucune, elle avait préféré s'installer toute seule.

— C'est maintenant au tour de Colby McKay de faire ses preuves dans la discipline de monte de chevaux sauvages avec selle, résonna la voix du présentateur dans les enceintes. Originaire de Sundance dans le Wyoming, Colby occupe actuellement la huitième place du classement avec 8 712 points et il est deuxième au classement général toutes épreuves confondues. Voyons voir à présent qui sera son adversaire à quatre pattes… Eh bien, McKay devra monter Elway, un étalon de trois ans de l'élevage *Sutliff Rodeo* de Livingston, dans le Colorado.

Channing prit ses jumelles et s'empressa de les diriger vers les chutes situées de l'autre côté de l'arène. Le garde-barrière attendait le signe de Colby qui était dissimulé derrière le portail en métal. De là où elle se trouvait, Channing apercevait son chapeau de cowboy marron. Soudain, Colby leva une main et le garde-barrière ouvrit le portail. Elway se précipita dans l'arène, enchaînant sauts, ruades et changements de direction afin de déséquilibrer son cavalier.

Une boule au ventre, Channing regarda Colby monter l'animal d'un mouvement étudié. Il était en phase avec le cheval, comme s'il parvenait à anticiper chacun de ses sauts, et elle était impressionnée de voir son corps onduler au rythme de l'étalon.

Au bout des huit secondes réglementaires, Colby relâcha la corde attachée au licou du cheval avant de se dégager de la monture d'un geste fluide et parfaitement maîtrisé, puis sauta sur le cheval du cavalier de secours qui avait fait son entrée sur le sable ocre de l'arène. La foule applaudit avec enthousiasme et Colby leva son chapeau en guise de salutation avant de se diriger vers le parc d'attente. Les yeux plissés, il se tourna ensuite vers le tableau d'affichage sur lequel repassait la séquence vidéo au ralenti de son épreuve.

Channing baissa ses jumelles et fixa son regard sur le grand écran, anxieuse de connaître le résultat de Colby. Un score de 78 en chiffres rouges s'afficha sur le tableau et l'assemblée applaudit de plus belle. Le présentateur annonça le prochain candidat et Channing sortit son cahier et un crayon de son sac.

Pour le moment, Colby était deuxième. Il y avait vingt candidats en tout et lui était passé en sixième, ce qui voulait dire que quatorze cowboys pouvaient encore battre son score. Elle fronça les sourcils. Il y avait de grandes chances que Colby ne figure pas parmi les cinq premiers du classement et ne soit donc pas sélectionné pour participer à la finale, le lendemain.

Channing relut ce qu'elle venait de noter dans son cahier et haussa les épaules. Elle était persuadée que Colby s'en remettrait rapidement étant donné qu'il s'était inscrit à deux autres épreuves : la monte de taureaux sauvages et la prise du veau au lasso. Si la première discipline était, pour beaucoup – cowboys *et* spectateurs –, de loin la plus excitante du rodéo, elle était aussi la plus dangereuse. Pour y participer, les cowboys devaient porter un équipement spécial afin d'éviter les graves blessures que pouvaient infliger les taureaux avec leurs cornes.

Un frisson d'angoisse traversa Channing à cette pensée. Et s'il arrivait quelque chose à Colby ? Certes, c'était un monteur de taureaux sauvages hors pair, mais on n'était jamais à l'abri d'un accident. Étrangement, cette idée ne lui avait jamais traversé l'esprit lorsqu'elle regardait Jared concourir.

Esquissant une petite moue, elle se remit à prendre des notes en attendant l'épreuve de prise de veau au lasso en équipe, celle à laquelle Trevor et Edgard devaient participer et qui était prévue après la monte de chevaux sans selle et la discipline du terrassement du bouvillon.

La prise de veau au lasso en équipe avait des règles bien spécifiques, et le rôle de chacun des deux cowboys était parfaitement défini. La particularité de cette discipline était que les deux participants travaillaient ensemble, mais accumulaient les points individuellement. Ainsi, Trevor sortait des chutes toujours quelques secondes avant Edgard et lançait le premier lasso afin d'attraper le veau par les cornes ou le cou. C'était ensuite au tour d'Edgard de lancer son lasso et d'attraper le bouvillon par les pattes arrière. L'épreuve était terminée une fois que les deux cowboys étaient face au veau capturé et que les lassos étaient bien tendus. Si le premier cavalier sortait des chutes avant le veau, aucun score n'était attribué et un temps de pénalité pouvait également être ajouté au score si, par exemple, le second cowboy n'avait réussi à attraper qu'une patte arrière.

Lorsque le présentateur annonça l'épreuve qui l'intéressait, Channing leva la tête et aperçut Trevor et Edgard dans le parc d'attente en train de préparer leurs lassos.

— Voyons voir comment vont se débrouiller Edgard Mancuso et Trevor Glanzer, retentit la voix du présentateur. Glanzer, qui occupait la troisième place le mois dernier encore, est désormais douzième au classement. Il faut dire que les deux jeunes gens n'ont pas eu trop de chance dernièrement. Espérons que le bouvillon des frères Martinson de Rapid City leur permettra de sortir de leur spirale de la défaite. Je vous rappelle que ces deux cowboys sont loin d'être des amateurs. La famille d'Edgard possède un des plus grands élevages de bétail au Brésil et le père de Trevor, Tater Glanzer, était autrefois champion de la même discipline dans laquelle concourt son fils aujourd'hui.

Brusquement, Chess, le cheval de Trevor, et le veau jaillirent des chutes.

— Et c'est parti ! s'exclama le présentateur au micro.

Trevor chargea le veau en faisant tourner le lasso au-dessus de sa tête. Il parvint à attraper l'animal par une de ses cornes et, l'instant d'après, Edgard jeta son lasso autour des deux pattes du bouvillon. La foule les acclama et applaudit à tout rompre, mais « PAS DE SCORE » s'afficha en grandes lettres rouges sur l'écran géant. Apparemment, le cheval de Trevor avait surgi des chutes avant le veau.

Voyant cela, Channing se mordit la lèvre. Elle pouvait lire la frustration sur les visages des deux cowboys.

Trevor et Edgard saluèrent la foule d'un signe de la main et suivirent les cavaliers de secours hors de l'arène.

Vu comment ils s'étaient disputés quelques heures auparavant, Channing n'osait même pas imaginer la polémique qu'allait créer leur performance ratée.

Une fois la discipline de prise de veau au lasso en équipe terminée, le présentateur annonça l'épreuve de la prise de veau individuelle, et Channing posa de nouveau son cahier. Colby était le premier à passer et, pendant que le présentateur faisait le point sur son score, Channing se demanda si Colby l'écoutait ou faisait plutôt abstraction de son entourage durant ces quelques secondes qui précédaient son entrée dans l'arène.

Elle se souvint alors d'une interview que Colby avait donnée pendant qu'elle voyageait encore avec Jared. La journaliste lui avait demandé pourquoi il s'inscrivait toujours à trois épreuves alors que la plupart des cowboys du circuit préféraient se limiter à deux, et il lui avait répondu que la nature de son travail, qui était de s'occuper d'un ranch de A à Z, le lui permettait, qu'il se sentait à l'aise dans les trois épreuves. La journaliste avait ensuite voulu savoir pourquoi il avait choisi la monte de taureaux sauvages comme troisième discipline, et Colby avait affiché un large sourire en répondant que c'était la seule chose qu'il ne pouvait pas faire dans son ranch, étant donné que c'était bien trop dangereux sans encadrement professionnel et qu'il voulait « voir l'effet que ça faisait ».

L'étalon de Colby, King, bondit hors des chutes, ramenant ainsi Channing à l'instant présent. Colby fit tourner le lasso au-dessus de sa tête et, lorsque King l'emmena assez près du bouvillon, il lança la corde autour du cou de l'animal avant de sauter de son cheval. Il immobilisa le veau en l'attachant selon les régulations du circuit, puis se redressa et leva les deux mains en l'air. Le chronomètre s'arrêta aussitôt et King tira sur l'autre extrémité de la corde qui était accrochée à son licou. Le bouvillon bougea légèrement et le score de 4,7 secondes apparut sur le tableau d'affichage.

Colby saisit alors les rênes de King et quitta l'arène sous les applaudissements de la foule en délire. Channing prit le programme de la journée qu'on lui avait donné à l'entrée et nota le score de Colby. Il s'en était très bien sorti ; il serait sans doute difficile pour les autres participants de faire mieux que lui. Il avait encore toutes ses chances de participer à la Finale nationale de rodéo à Vegas et d'être également qualifié pour la Semaine des finales de rodéo à Pocatello.

Le présentateur annonça la discipline de barils pour dames, et Channing balaya du regard le parc d'attente où plusieurs femmes se préparaient à concourir. Ces cowgirls faisaient rêver la majorité des cowboys du circuit. Non seulement elles étaient, pour la plupart, d'une beauté renversante, mais en plus elles savaient manier la corde et monter à cheval aussi bien que leurs homologues masculins. D'ailleurs, ces femmes étaient aussi connues pour leurs prouesses physiques en dehors de l'arène. À en croire les rumeurs, hormis les quelques cowboys mariés qui résistaient à bafouer les liens sacrés du mariage, les autres hommes s'étaient, plus au moins, tous permis certaines libertés avec ces demoiselles.

Ce fut Tara Reynolds, la tenante du titre, qui remporta l'épreuve en contournant les barils en 11,9 secondes. Channing observa la jeune femme en essayant de se souvenir qui lui avait dit qu'elle figurait sur le tableau de chasse de Colby et Trevor. Elle secoua la tête, préférant chasser cette pensée de son esprit.

L'épreuve finale de la journée, la monte de taureaux sauvages, fut enfin annoncée et la foule hurla en se levant comme un seul homme. Une musique presque assourdissante s'échappait des enceintes et des vendeurs de bière apparurent un peu partout dans les tribunes.

Cette fois-ci, Colby passait en onzième et avait tiré au sort Black Bart, un taureau robuste et endurant qui se débarrassait sans peine des cowboys qui le montaient. Jared aussi s'était frotté à lui une fois et n'avait même pas tenu deux secondes sur le dos de l'animal avant de tomber au sol, la tête la première.

Les dix premiers cowboys furent tous éjectés de leur taureau avant la fin du temps réglementaire. Quand le présentateur annonça le tour de Colby, Channing se redressa tout en se penchant en avant. Elle se mordit la lèvre jusqu'au sang en essayant de se persuader que Colby savait ce qu'il faisait et qu'il ne lui arriverait rien.

Derrière les chutes, elle vit Colby s'installer sur le dos du taureau avec l'aide de Trevor. Ce dernier tenait la corde pendant que Colby appliquait de la colophane sur son gant en cuir afin d'avoir une meilleure prise sur la corde. Trevor monta ensuite sur la barrière et le taureau sembla s'agiter. À califourchon sur l'animal, Colby saisit la barrière d'une main et la corde de l'autre et se redressa. Il fit un signe de tête au garde-barrière qui ouvrit aussitôt la portière de l'enclos exigu.

Black Bart jaillit hors des chutes en soulevant un nuage de poussière. L'animal, qui semblait encore plus furieux que le cheval sauvage que Colby avait monté durant sa première épreuve, sautait dans tous les sens dans le but d'éjecter son cavalier. Colby résista pendant plusieurs secondes, mais, à un moment, le taureau changea brusquement de direction et parvint à le désarçonner.

Colby tomba par terre sur le côté avec un bruit sourd et se releva rapidement avant de se retourner vers le taureau. Celui-ci le chargea aussitôt ; Colby se précipita vers la barrière et grimpa dessus avant que l'animal n'ait eu le temps de l'atteindre. Le taureau s'arrêta net puis, ne voyant plus sa cible, rebroussa chemin vers l'enclos.

Channing suivit Colby du regard pendant qu'il allait récupérer sa corde dans l'arène. Il se tourna ensuite vers l'écran qui diffusait sa performance au ralenti avant d'afficher son score. Tout comme les autres participants, il n'avait pas réussi à tenir sur le dos de l'animal les huit secondes réglementaires, mais son temps – 5,2 secondes – lui permettrait peut-être de décrocher une bonne place au classement final.

Quand Channing tourna la tête vers l'endroit où se trouvait Colby, celui-ci n'était plus là. Était-il déçu de sa performance ? Mais, surtout, allait-il se rendre au poste de premier secours afin qu'on examine l'épaule sur laquelle il était tombé ? Maintenant que toutes les épreuves étaient finies, il fallait attendre les résultats finaux, après quoi ils prendraient certainement la route en direction de Greeley pour la prochaine compétition.

Channing poussa un soupir, ne sachant pas si elle devait aller retrouver les autres ou bien rester dans les tribunes jusqu'à l'annonce des résultats. Jared ne voulait jamais qu'elle le rejoigne après la fin des épreuves, surtout lorsqu'il était avec ses sponsors et ses amis, et elle comprenait pourquoi, à présent. Cependant, les choses étaient bien différentes avec Colby.

L'étaient-elles vraiment ?

Elle voulut se lever pour aller le rejoindre, mais changea aussitôt d'avis. Peut-être que Colby préférait également qu'elle reste en retrait.

— Que fais-tu ici toute seule, la cogneuse ?

Coupant court à son débat intérieur, Channing leva la tête et croisa le regard de Cash.

— Rien de spécial, répondit-elle en riant. Et toi, quoi de neuf ?

— Rien de spécial, non plus.

— Très belle performance, au fait. Alors, tu as réussi à te faire quelques billets ?

— Je pense que oui, dit-il en se grattant la tête. J'attends les résultats.

Il jeta un coup d'œil par-dessus la tête de Channing avant de lui demander :

— Tu connais Gemma Jansen ?

Elle acquiesça.

— Tu l'as vue, récemment ?

— Oui, je l'ai rencontrée hier, d'ailleurs. Elle est repartie chez elle.

— Ah bon ? s'enquit Cash en fronçant les sourcils. Pourquoi ?

— Si j'ai bien compris, ils manquent de chevaux sauvages à Cody. Elle voulait envoyer un de ses hommes sur place, mais il semble que le type soit un boulet. Du coup, elle a préféré faire elle-même un détour par Cody avant d'aller à Valentine.

— Quoi ?! Elle y est allée toute seule ? Cette femme est vraiment impossible ! Elle va traverser la moitié du pays, toute seule, dans son satané pick-up qui ne ressemble à rien et…

— Elle est majeure et vaccinée, non ? fit remarquer Channing, quelque peu amusée par la réaction de Cash. Serais-tu en train d'insinuer qu'elle n'est pas capable de faire correctement son travail parce que c'est une femme ?

— Pardonne mon élan de machisme, rétorqua-t-il avec une moue navrée. Je ne suis pas comme ça, d'habitude. C'est juste que Gemma est têtue comme une mule. Elle préférerait mourir plutôt que de demander un coup de main, et ça m'énerve.

— Channing !

En entendant son nom, elle se retourna et vit Trevor, appuyé contre la barrière de l'arène.

— Colby te cherche partout, déclara-t-il. Tu viens ?

— J'arrive ! Bon, on se voit à Greeley, Cash.

Là-dessus, elle tourna les talons et descendit les marches pour aller rejoindre Trevor.

Colby faisait les cent pas devant l'entrée des participants en marmonnant dans sa barbe. Où était donc passée Channing ? Pourquoi n'était-elle pas là quand il avait besoin d'elle ?

— Colby ? Tout va bien ?

En entendant la voix de Channing derrière lui, il se redressa et calma sa respiration précipitée avec effort.

— Ça va, Colby ? Ton épaule te fait mal ? lui demanda-t-elle tandis qu'il s'approchait d'elle.

— Non, répondit-il sèchement. Je peux savoir où tu étais passée ?

— J'étais dans les tribunes, j'ai assisté à toutes les épreuves.

— Ah oui ?

— Oui, rétorqua-t-elle en fronçant le nez. Qu'est-ce qu'il y a ? J'ai fait quelque chose qu'il ne fallait pas ?

— Tu plaisantes, j'espère ! s'exclama-t-il.

— Comment ça ? Qu'est-ce qui te prend, Colby ?

Il la saisit par le bras et se pencha vers elle pour plonger son regard dans le sien.

— Pourquoi n'étais-tu pas dans les loges réservées aux compagnes des participants ? s'enquit-il.

— Hein ? Je... Je...

— Je t'ai cherchée là-bas après chaque épreuve, mais tu n'y étais pas. Dorénavant, c'est uniquement depuis ces loges-là que tu assisteras aux épreuves, me suis-je bien fait comprendre ?

Channing se dégagea brusquement de son emprise.

— Tu n'avais qu'à me dire que tu voulais que je sois dans ces satanées loges. Je me suis installée de l'autre côté de l'arène, comme je le fais d'habitude.

— De l'autre côté de l'arène ? répéta-t-il, surpris.

— Oui, Colby, de l'autre côté de l'arène, déclara-t-elle, visiblement énervée. Pourquoi ? Où est le problème ?

— Pourquoi est-ce que tu n'as pas voulu t'asseoir dans…

— Je t'arrête tout de suite, cowboy, l'interrompit-elle en pointant un doigt sur son torse. Je te signale que tu t'es barré sans un mot dès que tu as payé ton droit d'entrée. Je ne suis jamais venue ici et c'est la première fois que j'assiste à la compétition avec toi. J'étais censée faire quoi ? Rester sur place et attendre que tu changes d'avis et que tu me…

— Écoute-moi bien, Channing…

— Non, c'est toi qui vas m'écouter, le coupa-t-elle de nouveau en haussant le ton. Je n'ai pas d'ordres à recevoir de ta part alors que tu m'as abandonnée comme une malpropre. Pourquoi, Colby ? Tu as honte de moi ? Tu peux me le dire, j'ai l'habitude d'être une source d'embarras, tu sais. Et puis, soyons honnêtes, je n'ai pas le même niveau que les autres groupies qui te courent après…

— Channing, je vais vraiment m'énerver si tu n'arrêtes pas avec ces conneries. Jared ne t'a-t-il pas…

— Jared ne m'a jamais parlé des loges réservées aux compagnes des participants. Il ne l'a pas fait sans doute parce qu'il ne voulait pas que les gens pensent qu'on était ensemble. Tout comme toi, apparemment. Il semblerait que vous vous ressembliez bien plus que tu ne le penses.

Merde. Merde, merde, merde !

Colby fit un pas en arrière et ferma les yeux en se massant l'arête du nez. Comment avait-il pu être aussi con ? Il avait complètement oublié que Jared cachait Channing afin que personne ne le dénonce à sa femme. Bien évidemment que Jared ne lui avait jamais dit qu'une partie des tribunes était réservée aux proches des participants.

Quand il rouvrit les yeux, il vit Channing en train de s'éloigner d'un pas résolu.

— Channing, reviens ici.

— Non ! s'exclama-t-elle par-dessus son épaule.

— Channing, je te préviens, je…

— Oh, ferme-la, Colby !

Plusieurs personnes autour de lui le regardèrent d'un air surpris.

— C'est ta dernière chance, Channing !

Elle accéléra le pas et disparut dans la foule.

— Dommage que tu n'aies pas ton lasso sur toi, peut-être qu'elle t'aurait écouté si tu l'avais ligotée avant.

Colby se retourna et lança un regard glacial à Cash.

— Ta gueule, Cash.

— Que s'est-il passé ? s'enquit son ami.

— Ça ne te regarde pas.

— Y aurait-il déjà de l'eau dans le gaz entre vous deux ? le taquina Cash. C'est pour ça que tu lui as dit d'aller s'asseoir toute seule à l'autre bout de l'arène ?

— Je ne lui ai pas dit de faire ça !

— Pourtant, je l'ai vue, là-bas. Elle semblait si triste et perdue, la pauvre.

Colby serra les poings et les mâchoires.

— Franchement, Colby, je ne pensais pas que tu étais ce genre de mec, ajouta Cash.

— Quel genre de mec ?

— Le genre qui a peur de ce que les autres pourraient penser d'elle et du fait qu'elle voyage avec vous trois.

— Tu es sérieux, Cash ? Je n'en ai rien à foutre de ce qu'ils peuvent penser tous, et tu le sais.

— Où est le problème, dans ce cas ?

— Écoute, mec, mêle-toi de ce qui te regarde. Channing sait…

— Eh bien, non, justement, Colby, Channing ne sait rien. Elle ne connaît pas les règles qui s'appliquent aux proches des participants et ça, c'est *ta* faute. Vu comment Jared l'a traitée, tu ne penses pas que tu devrais lui expliquer certaines choses pour éviter ce genre de malentendu ? Pas étonnant qu'elle pense que tu as honte d'être vu en sa compagnie.

Avant même qu'il n'ait eu le temps de répondre, Cash s'en alla.

Merde !

Colby donna un coup de pied dans un caillou qui se trouvait devant lui et se fraya un chemin dans la foule, ignorant les signaux flagrants que lui envoyaient quelques groupies. Soudainement, une femme de forte corpulence, tenant un petit garçon par la main, surgit devant lui, et il s'arrêta net.

— Vous êtes Colby McKay ? lui demanda le petit garçon.

— Ouais.

— Oh, trop cool ! Je peux avoir un autographe, s'il vous plaît ?

— Bien sûr, mon bonhomme.

Colby s'accroupit devant le petit garçon puis prit le programme et le stylo qu'il lui tendait.

— Comment tu t'appelles, petit ?

— Mitchell.

— Tu aimes le rodéo, Mitchell ?

Il ouvrit grand les yeux et hocha frénétiquement la tête.

— Un jour, moi aussi, je deviendrai le meilleur cowboy du circuit, comme vous.

Colby n'eut pas le cœur de lui dire qu'il était actuellement classé deuxième au classement général toutes épreuves confondues. Il signa le programme et le rendit à Mitchell.

— Joli projet, bonhomme. (Il se redressa et lui ébouriffa les cheveux.) Bonne chance, Mitchell, déclara-t-il. Qui sait, peut-être qu'on se croisera dans le parc d'attente d'un des tournois, un jour.

Il poursuivit son chemin, mais, sans grande surprise, ne vit Channing nulle part.

Ah, les femmes !

« J'ai l'habitude d'être une source d'embarras, tu sais. Et puis, soyons honnêtes, je n'ai pas le même niveau que les autres groupies qui te courent après… », lui avait-elle dit.

Elle ne manquait pas de toupet !

Il inspira profondément et se dirigea vers le van. Il n'y avait qu'une façon de régler ce problème. Si elle voulait jouer à ce petit jeu-là, il savait exactement comment lui rendre la monnaie de sa pièce.

CHAPITRE 8

Edgard, qui était en train de manger des graines de tournesol, nonchalamment appuyé contre le passage de la roue du van, se redressa en voyant Colby approcher.

— Elle est à l'intérieur ? s'enquit Colby d'un ton sec.

— Oui, répondit son ami, elle est avec Trevor. Elle avait l'air en rogne. Qu'est-ce que tu lui as fait ?

— Rien comparé à ce que je vais lui faire maintenant.

L'expression d'Edgard se durcit instantanément. Il se redressa et vint se placer devant la portière du van qui donnait sur l'espace de vie.

— Laisse-moi passer, Ed. Channing mérite une bonne punition pour ce qu'elle a fait. Soit tu m'aides, soit tu dégages.

Edgard le considéra d'un air dubitatif, mais ne bougea pas.

— Écoute, McKay, dit-il, peut-être que, au lieu de débouler comme un chien enragé, tu devrais aller faire un tour et laisser Trevor calmer Channing.

— Non, et maintenant ôte-toi de mon chemin.

— Non.

— Tu commences sérieusement à me les briser, Mancuso.

— Ah ouais ? Et moi je n'aime pas du tout ton expression en ce moment, McKay.

— Et alors ?

— Étant donné que c'est peine perdue d'essayer de te faire changer d'avis, je préfère venir avec toi pour m'assurer que tu n'iras pas trop loin dans ton délire.

— *Pardon* ? s'enquit Colby, contrarié par cette remarque.

— Tu m'as bien compris, McKay. Channing est bien plus fragile que tu ne le penses et, vous connaissant, toi et tes « punitions », j'ai peur que tu ne te laisses emporter.

À ces mots, Edgard se retourna et ouvrit la portière. Colby réprima un juron et lui emboîta le pas, s'efforçant d'assimiler les propos que son ami venait de tenir.

Appuyée contre le plan de travail du coin cuisine, les bras croisés sur la poitrine, Channing racontait quelque chose à Trevor et eut un sursaut quand Colby claqua violemment la portière derrière lui.

— Qu'est-ce qui se passe ? demanda Trevor en tournant la tête vers lui.

— Déshabille-toi, ordonna-t-il à Channing sans même regarder Trevor.

— Quoi ?! s'exclama Channing.

— Déshabille-toi, répéta-t-il, exaspéré. Tu as intérêt à m'écouter cette fois parce que, crois-moi, tu ne veux pas aggraver ton cas, ma belle.

— Aggraver mon cas ?

Elle déglutit, mais soutint son regard avec une lueur de défi dans ses beaux yeux.

— De quoi est-ce que tu parles, mec ? intervint Trevor.

— Figure-toi que mademoiselle pense que nous avons honte d'elle, répondit-il en se tournant vers Trevor. Et quand j'ai essayé de lui expliquer que ce n'était pas vrai, non seulement elle est montée sur ses grands chevaux, mais en plus elle m'a également laissé en plan. Comme elle a refusé de discuter calmement, j'ai décidé de m'y prendre autrement.

— Channing, murmura Trevor en reportant son attention vers elle. Dis-moi que tu n'as pas fait ça.

Elle eut une petite moue en haussant les épaules, et Trevor répondit d'un sourire amusé.

— Je pense qu'on va bien s'amuser, commenta-t-il en se levant de la banquette. En quoi puis-je t'être utile, Colby ?

Channing écarquilla les yeux.

— Quoi ?! Tu es de son côté ?

— Bien sûr que je suis de son côté. Comment as-tu pu croire qu'on avait honte de toi ? Et avoir laissé Colby en plan au beau milieu d'une discussion ? Ce n'est pas une bonne idée que tu as eue là, ma jolie.

Immobile, elle l'observait, bouche bée.

— Allez, qu'est-ce que tu attends ? ajouta-t-il. Déshabille-toi.

— Va chercher la corde et des pinces, lui ordonna Colby.

Il reporta alors son regard sur Channing et lui sourit avant de dire :

— Ramène aussi du lubrifiant.

Trevor sortit du van et Channing le suivit des yeux, visiblement médusée.

—Mais…

—Il n'y a pas de mais qui tienne, ma belle. On a passé un marché : tu fais ce qu'on te dit, sans aucune question et sans aucun commentaire.

Edgard vint se placer devant elle.

—Allez, je vais t'aider, lui chuchota-t-il.

—Toi aussi, Edgard ? s'étonna-t-elle. Je pensais que tu…

—Tu penses trop, miss, l'interrompit-il. Fais ce qu'on te dit et tout ira bien.

Channing ne fut pas la seule à être surprise par la réponse d'Edgard. Colby, lui aussi, pensait que son ami resterait en retrait, comme d'habitude.

—J'ai peur, chuchota-t-elle.

—Tu n'as rien à craindre, Channing, la rassura Edgard. Tu te doutes bien que jamais on ne te ferait le moindre mal. Mais, comme tu t'es montrée insolente envers Colby, tu mérites une punition. Bien évidemment, tu as tout à fait le droit de dire ce que tu penses, mais pas de cette façon, devant d'autres gens, tu comprends ?

Tout en parlant, il lui caressait la joue et Channing sembla enfin se détendre un peu. Il se pencha vers elle et lui embrassa le front avant de murmurer contre sa peau :

—Allez, enlève tes vêtements.

Les mains tremblantes, elle déboutonna sa jupe qui tomba à ses pieds. Elle enleva ensuite son tee-shirt qui alla rejoindre l'autre vêtement au sol. Même s'il l'avait déjà vue en sous-vêtements, et même nue, d'ailleurs,

Colby sentit son sexe se tendre, presque douloureux, dans son boxer.

— Retire tes sous-vêtements à présent, déclara-t-il d'une voix rauque. Garde uniquement tes bottes.

Le regard fuyant, Channing s'exécuta. Elle fit glisser sa petite culotte jaune le long de ses jambes et dégrafa son soutien-gorge avant de dénuder sa poitrine généreuse.

— Magnifique, murmura Colby en s'approchant d'elle, se retenant de toutes ses forces de la toucher. Bon, avant tout, je me dois de te punir pour avoir pensé qu'on avait honte de toi, mais aussi pour la façon dont tu m'as parlé.

Même si je reconnais que c'était mérité.

— Trevor ! C'est pour aujourd'hui ou pour demain ? s'écria-t-il par-dessus son épaule.

L'instant d'après, Trevor réapparut, deux cordes à la main.

— On a plus de pinces, souviens-toi, on les a perdues, dit-il.

— Bon, ce n'est pas grave, on va faire sans, répliqua Colby. Ça nous donne une raison de plus d'aller faire un petit tour dans un sex-shop.

Channing lui adressa un regard chargé d'appréhension et il réprima un sourire malicieux.

— Attache-lui les mains derrière le dos avec une corde, s'adressa-t-il à Trevor, et donne-moi l'autre.

Quand Trevor lui donna la corde, Colby la fit claquer deux fois sur sa paume et Channing tressaillit. Puis Trevor la saisit par les bras et la fit se retourner pour lui attacher les mains.

— Ed, va chercher le miroir dans la salle de bains, dit-il quand Trevor eut fini d'attacher Channing.

Il pressa une main au creux de son dos et la guida vers la table à manger, puis la saisit par la nuque pour la faire se pencher en avant.

— Ah, mais c'est froid ! s'exclama-t-elle, le buste plaqué contre la surface de la table.

— Tu finiras par t'y habituer, ma belle, rétorqua Colby.

Ne pouvant plus résister une seconde de plus, il promena une main le long de son dos jusqu'à ses fesses. Dieu que sa peau était douce.

Edgard revint dans la pièce et lui tendit le miroir, que Colby positionna devant Channing, contre la fenêtre au-dessus de la table, de sorte qu'elle puisse voir son dos et ses fesses.

— Mais qu'est-ce que tu fais ? s'enquit-elle.

— Chut ! Ne m'oblige pas à te bâillonner. Garde tes yeux sur le miroir. Si je te vois détourner le regard ne serait-ce qu'une seconde, je reprendrai ta punition à zéro, c'est compris ?

Elle hocha la tête.

Colby prit l'extrémité effilochée de la corde et la fit glisser lentement entre ses omoplates, le long de sa colonne vertébrale, jusqu'à son derrière. Il lui caressa ensuite l'intérieur d'une jambe avec avant de remonter le long de l'autre et répéta le même mouvement plusieurs fois, devinant l'excitation de Channing qui montait rapidement. Puis, brusquement, il appliqua une dizaine de coups de corde sur ses fesses et Channing haleta bruyamment.

— Écoute-moi bien, maintenant, murmura-t-il en se penchant au-dessus d'elle. Je n'ai pas honte de toi.

Elle croisa son regard dans le miroir et pinça les lèvres.

— Répète ce que je viens de te dire, lui ordonna-t-il en lui donnant deux coups supplémentaires.

— Tu… Tu n'as pas honte de moi.

— Très bien.

Il promena l'extrémité de la corde le long de la raie de son derrière.

— Je me fiche de ce que pensent les autres, poursuivit-il.

Elle ouvrit la bouche et la referma aussitôt. Il lui administra alors trois coups et elle contracta les fesses.

— J'attends, lança-t-il.

— Tu te fiches de ce que pensent les autres, déclara-t-elle d'une voix à peine audible.

— C'est bien, tu apprends vite. Dernière chose : si tu veux me rentrer dedans, tu le fais en privé.

Il lui appliqua quatre autres coups et elle geignit.

— Plus d'insolence, Channing.

— Plus… d'insolence, répéta-t-elle.

— Eh bien, voilà. Tu vois, ce n'était pas si difficile que ça.

Il se pencha de nouveau au-dessus d'elle et inspira la douce odeur de sa peau.

— Avoue que tu aimes cette petite étincelle de douleur qui enflamme davantage ton plaisir, lui chuchota-t-il à l'oreille avant de se redresser.

Il lui donna dix autres coups, cinq sur chaque fesse, et rencontra son regard dans le miroir.

— Magnifique, marmonna-t-il en détaillant les traces roses qui contrastaient avec la blancheur crémeuse de son derrière.

Elle émit un petit bruit de gorge.

— Alors, fit-il, tu trouves la table toujours froide ?

Channing secoua légèrement la tête.

— Bon, j'espère que tu as bien appris la leçon, ma belle. Tu t'en es bien sortie en tout cas, laisse-moi te libérer les mains. (Il défit le nœud de la corde et la jeta de côté.) Écarte les jambes, dit-il ensuite en la saisissant par la taille. Je veux voir ta jolie petite chatte.

— Et moi, je peux faire quelque chose ? demanda Trevor.

— Tiens-lui le miroir de sorte qu'elle puisse voir ce que je suis en train de lui faire.

Colby s'agenouilla et saisit les fesses de Channing en coupe. Il prit le temps d'admirer la petite toison bouclée entre ses jambes, la moiteur sur ses lèvres intimes et le délicat bourgeon rose distendu qui semblait requérir toute son attention. Il ferma les yeux et inspira le parfum de son excitation. Il insinua ensuite la langue dans ses replis humides et se mit à la travailler sans relâche, sentant sa colère et sa frustration se dissiper peu à peu.

Il saisit le petit bouton dur de son clitoris dans sa bouche, le pressant sans relâche de la pointe de sa langue et le titilla jusqu'à ce la respiration de Channing s'accélère. Lorsqu'il sentit qu'elle était sur le point de jouir, il se redressa et se lécha les lèvres.

— J'ai envie de toi, Channing, déclara-t-il en croisant son regard dans le miroir. J'ai vraiment très envie de toi. Répète ce que je viens de te dire.

— Tu… Tu as envie de moi. S'il te plaît…

Il grogna et lui donna une fessée.

— Répète ce que je viens de te dire, bon sang !

— Tu as envie de moi… Tu as vraiment très envie de moi.

— J'ai toujours envie de toi, ne l'oublie jamais, ma belle.

Sans détacher son regard de ses prunelles noisette, il s'adressa à Edgard :

— Ed, baisse ton froc et glisse-toi sur une des banquettes.

Son ami s'exécuta et vint se mettre à genoux sur la banquette, à la même hauteur que la tête de Channing.

— Fais-lui comprendre que toi aussi, tu as envie d'elle, Ed, intima Colby.

— Mais…

— Fais-le.

Edgard commença à se caresser et Colby reporta son attention sur Channing.

— Je veux que tu le suces, ma belle. Fais comme si c'était ma queue qui glissait sur tes lèvres et ta langue.

Channing battit plusieurs fois des paupières et tourna la tête vers Edgard. Celui-ci s'installa de manière à ce qu'elle puisse le prendre dans sa bouche et effleura délicatement ses lèvres avec son gland. Il enfouit ensuite une main dans ses cheveux et elle ouvrit la bouche pour l'y accueillir.

Sous le regard presque enflammé de Colby, Ed se retira lentement de la bouche de Channing puis plongea de nouveau en elle en lui murmurant des mots en portugais. Puis il imprima à ses hanches un léger mouvement de va-et-vient, et Channing n'eut vraisemblablement pas de mal à s'adapter à son rythme.

Colby sentit sa gorge se serrer, subjugué par cette vision érotique. Elle était si belle, si sensuelle. Il avait envie de la toucher, l'embrasser, la lécher et la caresser, néanmoins, il s'interdit de fléchir. Il aurait voulu pouvoir remonter le temps et effacer leur stupide querelle, mais c'était impossible. Derrière lui, il perçut un bruissement. Visiblement, Trevor commençait à s'impatienter.

— Fais-la kiffer, Trev, marmonna-t-il en se retournant vers lui. Donne-lui ce dont elle a envie et besoin, OK ?

— OK, mais, et toi ? s'enquit-il.

— Je vais m'occuper des chevaux, répondit-il en réajustant sa queue tendue dans son jean. On ne doit pas trop traîner.

À ces mots, Channing tourna la tête.

— Colby ? fit-elle en lui adressant un regard interrogateur.

— Ça, c'est ma punition, ma belle. J'ai vraiment envie de toi, mais ça serait trop facile de me jeter sur toi comme si de rien n'était. C'est pourquoi je préfère me retirer du jeu, cette fois-ci. Je suis désolé de t'avoir donné l'impression que j'avais honte de toi, surtout après la manière dont Jared t'a traitée. Tu as ma parole que ce genre d'incident ne se reproduira plus. Amuse-toi bien avec ces deux-là. Allez, à plus.

Il tourna les talons et descendit du van, plus frustré que jamais.

Chapitre 9

Le voyage jusqu'à Greeley s'était déroulé dans un silence presque complet. Colby avait pris le volant et Channing avait préféré s'asseoir à l'arrière du véhicule, laissant à Trevor la place avant dans la Dodge.

Quand ils arrivèrent enfin à destination, Colby se gara sur le parking du motel situé non loin de l'arène de rodéo et alla s'occuper des chevaux avec Edgard. Channing et Trevor s'enregistrèrent à la réception et, dès qu'on leur eut donné les clés de leur chambre, Trevor la laissa seule, sans même lui dire un mot.

Channing se dirigea vers la chambre afin de défaire ses valises et s'aperçut que tout son linge était sale. Comme elle avait du temps à tuer, elle décida de partir à la recherche d'une laverie automatique. Elle en trouva une à côté du motel et lança deux lessives avant de s'installer dans un coin. Réprimant un soupir, elle sortit son cahier de son sac. Elle avait besoin de coucher sa colère sur le papier tellement elle en avait gros sur le cœur. Elle en voulait à la terre entière, à Trevor, à Edgard, mais surtout à Colby.

Elle fixa d'un regard vide la fenêtre. De toute évidence blessé dans son amour-propre, Colby s'était comporté avec elle comme un vrai goujat alors qu'elle n'avait rien fait de mal ! Elle ignorait tout de ces maudites loges réservées aux proches des participants à la compétition. Et, pour couronner le tout, il avait retourné la situation à son avantage afin de lui infliger une punition des plus étranges et excitantes à la fois. Il ne lui avait pas laissé d'autre choix que de se soumettre à lui et s'en était donné à cœur joie. Oui, il l'avait mise dans un état d'excitation folle avant de la conduire – et la laisser – au seuil de la jouissance ! Comment avait-il pu pousser le vice aussi loin ?

Cela étant dit, il l'avait tout de même laissée entre de très bonnes mains. Trevor lui avait procuré deux orgasmes fantastiques avant de se concentrer sur son propre plaisir. Edgard, en revanche…

Channing pencha la tête sur le côté.

Elle n'arrivait pas à éclaircir le mystère qui entourait Edgard. D'ailleurs, elle ne s'était pas du tout sentie à l'aise pendant la fellation qu'elle lui avait prodiguée. Déjà, il n'était pas circoncis, mais, surtout, il s'était retiré pour jouir dans sa main. Avait-il été déçu par sa performance ? Channing avait eu l'impression qu'il avait hâte qu'elle finisse. En somme, son comportement étrange avait de quoi lui donner des complexes.

D'un autre côté, il s'était montré très tendre avec elle. Il n'avait cessé de lui murmurer des mots en portugais pendant que Trevor la prenait sauvagement par-derrière. Mais pas une seule fois il ne l'avait embrassée ni touchée. Il s'était contenté de lui caresser le visage, rien d'autre. Il n'avait même pas reluqué, et encore moins touché, sa poitrine à laquelle les hommes accordaient toujours une attention toute particulière.

Pourquoi ne lui avait-il pas stimulé le clitoris pendant que Trevor s'occupait d'elle ? Si Colby était resté, il aurait certainement mis un point d'honneur à la faire jouir. Après les deux orgasmes qu'elle avait eus, elle n'avait pas matière à se plaindre, Trevor était un très bon amant, mais…

Mais ce n'était pas Colby.

Quelle imbécile tu fais, Channing! se rabroua-t-elle. *Tu le côtoies depuis deux jours à peine et tu joues déjà les amoureuses transies.*

Colby…

Il s'était comporté de façon exécrable, mais Channing devinait qu'au fond il s'en voulait d'avoir omis de lui expliquer comment se passaient les choses.

Le signal sonore des deux lessives qu'elle avait lancées retentit et elle transféra les vêtements dans le sèche-linge. Elle mit une lingette parfumée dans le tambour puis lança le programme avant de retourner s'asseoir. Elle prit son crayon et se mit à écrire, laissant ses pensées la guider. Elle écrivit plusieurs lignes sur Colby avant de griffonner quelques annotations sur les personnes qu'elle avait rencontrées depuis le début de son aventure.

Elle était bien loin des cercles huppés qu'elle avait l'habitude de fréquenter avec ses parents. Toutes les personnes dont elle avait croisé le chemin jusqu'à présent étaient plus… naturelles. Elle repensa à ce couple âgé qu'elle avait aperçu en faisant la queue au supermarché et qui échangeaient des baisers et se chuchotaient des mots doux, à la cowgirl qu'elle avait surprise en larmes en train de parler à son cheval, au jeune homme qui avait fait une mauvaise chute d'un taureau lors d'un entraînement et qui s'était bien amoché le bras, au jeune cowboy qu'elle avait vu dans les gradins en train de regarder, fasciné, les professionnels de longue date disputer les différentes épreuves de rodéo en se demandant sans doute si, lui aussi, il réussirait à percer dans la profession un jour.

Channing porta le crayon à sa bouche et se mit à le mâchouiller pensivement. Pour la toute première fois, elle explorait ce qui se passait dans la vraie vie, loin du bling-bling et du luxe auquel elle était habituée. Ce fut à ce moment qu'elle comprit la vraie raison qui l'avait poussée à partir à l'aventure : elle n'avait pas tout plaqué dans le seul but de faire enrager ses parents, elle était partie pour donner un sens à sa vie, définir qui elle était vraiment.

La sonnerie du sèche-linge résonna, la tirant de ses pensées, et elle regarda autour d'elle, ne pouvant s'empêcher de sourire. Elle aurait sans doute bien ri si on lui avait dit qu'elle aurait une vraie révélation à propos d'elle-même dans une laverie automatique, quelque part dans le Colorado.

Elle sortit ses vêtements propres du lave-linge et les rangea soigneusement dans la petite valise à roulettes, puis retourna au motel. Une fois dans la chambre, elle s'assit sur le lit en se demandant ce qu'elle allait bien pouvoir faire. À en croire les valises fermées, les garçons n'étaient pas repassés par la chambre et il était hors de question qu'elle les attende comme une pauvre cruche.

Elle se leva d'un bond, alla se recoiffer et retoucher son maquillage. Elle saisit son sac et quitta la chambre. La nuit était chaude, à peine rafraîchie par une légère brise parfumée d'une agréable odeur de pin. Elle entendait les clapotements de l'eau ainsi que des cris d'enfants qui chahutaient probablement dans la piscine située à l'arrière du motel.

Elle regarda sur sa gauche et aperçut plusieurs bars et restaurants, mais une enseigne au néon qui représentait un cowboy montant sur un cheval attira tout particulièrement son attention.

Le bar, bondé, était animé par une musique country à plein volume. La bière coulait à flots et Channing eut du mal à se frayer un chemin au milieu des cowboys qui semblaient tous s'être donné rendez-vous à cette heure précise.

Elle atteignit le bar, ignorant les avances, parfois grossières, que lui lancèrent plusieurs hommes. Elle commanda un hamburger et une bière et s'accouda au comptoir pour observer la salle. Elle se demanda alors si elle avait bien fait de s'aventurer, toute seule, dans un endroit pareil. Il semblait pourtant y avoir une bonne ambiance et elle se serait sans doute plus amusée si elle avait été accompagnée.

Pièce rapportée un jour, pièce rapportée toujours, pensa-t-elle amèrement en mordant à pleines dents dans son hamburger.

Le regard dans le vague, Channing mangea avec appétit en buvant sa bière. Quand elle eut vidé son assiette, elle s'essuya la bouche et les mains avec une serviette et sortit quelques billets qu'elle déposa sur le comptoir. Elle tourna ensuite sur son tabouret pour se lever et tomba nez à nez avec Cash.

— Channing ! s'exclama-t-il en la gratifiant d'un sourire chaleureux. Je n'étais pas sûr que ce soit toi. Où sont les autres ?

— Je l'ignore. Ils m'ont laissée dans la chambre et comme j'en ai eu marre d'être seule, j'ai décidé de venir ici pour me changer les idées.

— Colby ne sera pas content d'apprendre que tu es venue ici toute seule, fit remarquer Cash.

— Dans ce cas, dit-elle en se penchant vers lui d'un air conspirateur, il n'est pas obligé de le savoir.

Cash éclata de rire.

— Bien essayé, la cogneuse, mais je ne peux pas lui cacher quelque chose qu'il est en droit de savoir.

« En droit de savoir » ?

Si c'était une blague, elle était de mauvais goût. Channing fronça les sourcils et ouvrit la bouche pour répondre, mais Cash fut plus rapide.

— Alors tu sais s'ils ont organisé un concours de tee-shirts mouillés ? Tu pourrais peut-être ajouter un autre trophée à ta collection.

— Non, je ne pense pas, répondit-elle. Et puis, tu sais, un trophée ne constitue pas une collection. Vous, les cowboys, vous êtes toujours motivés par l'appât du gain, c'est ce qui vous pousse à vous surpasser. Moi, je préfère mettre un terme à ma « carrière » avant même que celle-ci n'ait commencé.

— C'est un bon raisonnement.

Il fit alors un signe de tête en direction de la piste de danse en demandant :

— On danse ?

— Allez, c'est parti, répliqua-t-elle gaiement en tirant légèrement sur sa tresse.

Elle se laissa guider vers la piste de danse et, concentrée, s'efforça de suivre les pas de Cash qui était un excellent danseur de country. Au bout de quatre chansons, essoufflée, Channing entraîna Cash hors de la piste ; ce dernier sortit son téléphone portable de sa poche avant de s'excuser et disparaître dans la foule.

Channing s'adossa contre une des colonnes en bois en suivant des yeux un vieux couple qui portait des chemises assorties et dansait joyeusement, toujours en rythme avec la musique. Elle aimait observer les gens, tout particulièrement ceux qui semblaient très amoureux l'un de l'autre. Elle eut un sourire attendri en se demandant depuis combien de temps ils étaient ensemble.

— Tu danses avec moi, joli cœur ? s'enquit soudainement une voix masculine derrière elle.

— Non, merci, répondit-elle sans prendre la peine de se retourner.

— Pourquoi ?

Elle sentit son haleine chargée d'alcool et réprima une grimace.

— J'ai mal aux pieds.

Tu ne sais pas lire entre les lignes ? Fous-moi la paix !

— On fait la belle ? Tu penses que tu es trop bien pour moi ? Pourtant, je t'ai vue danser avec Peau-Rouge. Qu'est-ce que cet abruti a de plus que moi, hein ?

Ignore-le, Channing, il finira bien par lâcher l'affaire.

Mais il n'en fut rien. L'homme la saisit par le bras et l'obligea à se tourner vers lui. Channing essaya de se débattre, mais il était bien trop fort pour elle et elle ne parvint pas à se libérer. Si seulement elle avait eu son trophée, elle aurait pu l'assommer avec !

— Je pense qu'on serait bien plus à l'aise en privé pour faire connaissance, déclara l'homme. Ça tombe bien, ma caisse est garée juste devant l'entrée. Et, tu verras, les sièges sont très confortables.

Une peur panique s'empara de Channing. Elle était entourée de monde, quelqu'un s'apercevrait que cet individu la malmenait, non ? Et puis Cash ne devait pas être loin. Décidant de ne pas céder à l'angoisse, elle déglutit et croisa son regard. Coiffé d'une casquette de base-ball, il avait de longs cheveux gras, et un sourire inquiétant jouait sur ses lèvres.

— On va bien s'amuser, toi et moi. (La tenant toujours fermement par le bras, il fit glisser un doigt entre sa poitrine, jusqu'à son nombril et elle tressaillit.) Mmm, tu aimes ça, hein ? demanda-t-il en approchant son visage du sien.

Elle eut une moue de dégoût.

— Je te conseille de la lâcher tout de suite ou tu risquerais de le regretter, dit une voix familière derrière elle.

— Dégage, cowboy, je l'ai vue en premier, elle est à moi, rétorqua l'homme à la casquette en regardant par-dessus l'épaule de Channing.

— Je vais vraiment m'énerver si tu ne la lâches pas dans la seconde qui suit, le tança Colby.

Ayant certainement senti la note de menace dans sa voix, l'homme la lâcha aussitôt.

— Tiens, je te la laisse. Tu feras moins le malin quand son mec reviendra et te bottera le cul.

Sur ces mots, il s'éloigna et s'enfonça dans la foule.

Channing se jeta dans les bras de Colby et nicha la tête au creux de son épaule.

— Tu vas bien, ma belle ?

Elle secoua la tête.

— Cet enfoiré t'a fait mal ? Il t'a touchée quelque part ? Je vais le buter.

Elle secoua de nouveau la tête, sentant sa peur la quitter petit à petit.

Il lui prit le visage entre les mains et son regard captura le sien.

— Qu'y a-t-il alors ?

— Tu n'imagines même pas à quel point je suis contente de te voir, Colby. Si tu n'étais pas intervenu… Je sais, je n'aurais pas dû venir ici toute seule, mais je m'ennuyais dans la chambre d'hôtel. (Les mots coulaient facilement de ses lèvres, et elle fut prise d'un besoin compulsif de se justifier, d'essayer d'arranger les choses.) J'avais faim et je ne savais pas si tu voulais me voir, comme tu avais l'air fâché, poursuivit-elle en un souffle.

Je peux très bien m'occuper de moi-même, je suis une femme indépendante après tout, mais…

Colby la fit taire par un baiser ardent et tendre à la fois. Quand il se redressa, elle sentit les larmes lui monter aux yeux.

— Je suis vraiment désolée pour ce qui s'est passé à Limon. Je ne voulais pas te mettre en colère.

— Ne t'en fais pas, répliqua-t-il. Allez, viens, on va danser pour apaiser les tensions.

Le morceau de country se termina et un slow lui succéda. Ils s'avancèrent sur la piste de danse et Colby l'attira contre lui.

— Ça va mieux ? demanda-t-il en se balançant doucement au rythme de la musique.

— Oui, beaucoup mieux. Merci, Colby.

— De rien, ma belle. Et, pour ce que ça vaut, moi aussi je suis désolé pour ce qui s'est passé à Limon.

Quand la chanson s'arrêta, Colby se dégagea légèrement et regarda autour d'eux.

— Dis, vais-je devoir donner une bonne correction à quelqu'un, ce soir ?

— Quoi ? s'enquit-elle en écarquillant les yeux. Non, pourquoi ?

— Tout à l'heure, l'autre abruti a fait allusion à ton mec et…

— Oh, il voulait parler de Cash. Il m'a tenu compagnie pendant un moment.

— Il est toujours là quand il faut, celui-là. Rappelle-moi de lui payer un coup à boire. En tout cas, le prochain qui pose ses sales pattes sur toi, je lui fais sa fête. Personne ne touche à ce qui m'appartient.

Il la serra de nouveau contre lui et ils dansèrent un long moment en silence avant que Channing prenne la parole.

— Colby, tu pensais vraiment ce que tu as dit ? Je suis à toi ?

— Bien sûr que tu es à moi. Tu es la seule femme capable de me faire perdre la tête autant que mon calme et mes moyens.

— Je n'aime pas me disputer avec toi, murmura-t-elle en posant la tête contre son torse.

— Moi non plus, je n'aime pas me disputer avec toi, ma belle.

Elle poussa un soupir de soulagement et se plaqua davantage contre lui ; sentant sa ferme érection contre son ventre, elle sourit.

— Et si je poussais le vice un peu plus loin… Je parie que je suis la seule femme capable de te faire perdre la tête, ton calme et tes moyens en même temps, cowboy, déclara-t-elle en levant les yeux vers lui.

— Channing…

— Je n'ai pas aimé la façon dont tu as réagi cet après-midi. Tu m'as chauffée avec ta langue et j'étais sur le point de jouir quand tu t'es barré comme un voleur. Rien qu'en repensant à tes lèvres sur…

— Channing, si tu continues comme ça, je vais finir par te prendre ici, devant tout le monde, marmonna-t-il en la saisissant par les hanches. Je suis sérieux, là.

— Mais moi aussi, je suis sérieuse, cowboy. Tu m'as tellement manqué, laisse-moi te monter à quel point.

Elle se haussa sur la pointe des pieds et pressa ses lèvres contre le cou de Colby, à l'endroit où battait son pouls. L'odeur de son après-rasage, un parfum à la fois viril et brut, envahit son nez et elle ferma les yeux. Quand elle les rouvrit, elle le contempla de sous ses cils. Il était si beau. Elle aimait la façon dont il serrait les mâchoires pour tenter de garder son sang-froid, la manière qu'il avait de la regarder, sa façon d'être, sa peau douce et ferme à la fois, son côté sexy… Tout, elle aimait absolument tout chez lui.

— J'ai envie de toi, Colby McKay, susurra-t-elle contre la peau de son cou, j'ai envie de planter mes ongles dans ton dos et nouer les jambes autour de ta taille pendant que tu me prends sauvagement. J'ai envie de plonger mon regard dans tes beaux yeux bleu océan, de te sentir aller et venir en moi, tes lèvres chaudes sur ma peau, de sentir ton corps glisser sur moi et ton souffle se mêler au mien. Je veux voir les petites fossettes se creuser dans tes joues quand je te…

— Ça suffit ! souffla-t-il. Putain, tu me rends dingue, Channing.

— Et ça a l'air de te contrarier parce que…

— Parce que je vais éjaculer dans mon froc avant même qu'on n'ait eu le temps de passer aux choses sérieuses.

Brusquement, il lui prit la main et l'entraîna vers…

Hein ?

À sa grande surprise, il ne l'entraîna pas vers la sortie, mais vers un groupe de cowboys qui jouaient aux fléchettes dans un coin du bar. Colby fit les présentations et Channing reconnut de nombreux visages. Elle échangea quelques banalités avec certains de ces hommes, laissant rapidement son esprit dériver vers Colby, tout nu, sur elle.

Colby s'assit sur une chaise et l'attira sur ses genoux. Son érection était toujours nettement perceptible sous son jean et elle voulut s'amuser un peu, mais il l'en empêcha avant qu'elle n'ait eu le temps de bouger, comme s'il avait lu dans ses pensées. Un serveur apporta une bière à Colby et il but quelques lampées avant de lui tendre la bouteille. Sous son regard brûlant, elle porta la bouteille à ses lèvres et avala une gorgée.

Elle se sentait tellement à l'aise, à sa place, sur les genoux de Colby, qu'elle ne vit pas le temps passer. Les conversations tournaient autour des pour et contre de certaines législations concernant l'élevage du bétail destiné au rodéo, et Channing les écoutait débattre, fascinée. Elle remarqua toutefois que les autres femmes présentes autour de la table les écoutaient à peine. Sans doute étaient-elles déjà au courant de tout ce qu'il y avait à savoir sur le sujet.

À un moment, Cash surgit de nulle part et Colby le remercia d'avoir tenu compagnie à Channing. Plusieurs jeunes cowboys se mirent à taquiner Cash en le traitant de vieux brisquard. Ce dernier balaya leurs badinages d'un geste de la main en riant. Il lui fit un clin d'œil et souhaita bonne nuit à tous avant de se diriger vers la sortie. Channing le suivit du regard et fut étonnée en constatant qu'il s'excusait poliment auprès de chacune des groupies qui se disputaient ouvertement son attention.

Étrange, pensa-t-elle.

Cash était l'un des rares cowboys du circuit qui semblaient résister sans peine à l'appel de la chair.

D'autres cowboys vinrent se joindre à eux. Channing se sentit fondre lorsque Colby se mit à lui caresser le bas du dos. Elle avait tellement envie de lui. Lentement, elle se cala contre lui, mais il se redressa d'un geste presque imperceptible tout en continuant ses caresses.

Je vois, tu veux jouer à ça…

Elle contracta les fesses puis les relâcha au rythme de son pouce et Colby se leva d'un bond, si bien qu'elle faillit tomber par terre. Sans perdre de temps, il l'entraîna hors du bar, sous les applaudissements et les commentaires plutôt crus de ses amis.

Lorsqu'ils furent dehors, Channing frissonna en sentant que l'air s'était rafraîchi. L'odeur du pin était toujours bien présente et, dans le ciel, la lune peinait à surgir d'entre les nuages. Ils descendirent la rue en silence et Colby l'attira dans un coin sombre derrière le motel. Il la plaqua contre le mur et prit ses lèvres dans un baiser passionné auquel elle répondit avidement. Tandis que leurs langues se tourmentaient, il prit ses seins en coupe et caressa ses tétons durs avec ses pouces avant de glisser un genou entre ses cuisses.

— Je n'en pouvais plus d'attendre, lui chuchota-t-il à l'oreille. Ça m'a presque tué de te laisser avec Ed et

Trevor tout à l'heure, mais je devais le faire. J'ai trop envie de toi, ma belle.

—Oh oui, Colby, prends-moi maintenant, s'il te plaît.

Il la saisit par les fesses et elle enroula les jambes autour de sa taille.

—J'adore ta petite jupe. Non seulement elle est super sexy, mais en plus elle me facilite grandement la tâche.

Il lui caressa les lèvres intimes par-dessus sa petite culotte et glissa un doigt en dessous.

—Tu me rends fou, Channing, dit-il en enfonçant le doigt en elle. Tu es déjà prête pour m'accueillir, j'adore ça.

Channing glissa une main fiévreuse entre eux et défit la ceinture de Colby, qui tomba au sol. Elle entreprit ensuite de faire descendre la fermeture Éclair de son jean puis posa ses doigts sur la taille de son pantalon, se débattant avec le tissu qui le collait comme une seconde peau.

—Ne te sens surtout pas insulté dans ta virilité, cowboy, mais je pense que tu devrais commencer à porter des jupes. Je n'arrive pas à baisser ton jean, il est super serré.

—Oui, je m'y sens très à l'étroit depuis tout à l'heure, d'ailleurs, dit-il en riant.

—Ce n'est pas drôle! s'impatienta-t-elle. Aide-moi au lieu de dire des bêtises.

—Attends…

Il la posa à terre quelques secondes, le temps de descendre son jean et son boxer sur ses cuisses, et la souleva de nouveau avant de la plaquer contre le mur.

Elle sentit son sexe, très dur, contre son ventre et émit un petit gémissement en se cambrant contre lui. Elle voulait le sentir en elle, tout de suite.

— Doucement, ma belle, l'avisa-t-il.

Il souleva son haut et son soutien-gorge, dévoilant ainsi sa poitrine.

— J'adore tes seins, Chan.

Il prit un mamelon entre ses lèvres et l'aspira avant d'ajouter :

— Je pourrais passer des heures à…

— Jouer avec, termina-t-elle pour lui, je sais. Et tu pourras le faire autant que tu veux, mais pas maintenant. Maintenant, je veux juste que tu me baises. Allez, hop, plie les genoux et pénètre-moi.

— Petite coquine, va. J'aime quand tu me parles comme ça.

À ces mots, il se baissa légèrement et entra en elle d'un puissant coup de reins. Un petit cri s'échappa de sa bouche et il l'embrassa vigoureusement. La sensation fit le vide dans son esprit. Quelqu'un pouvait les trouver à tout moment, mais elle s'en fichait complètement. Le besoin qu'elle éprouvait pour Colby était plus fort que tout.

Colby imprima à ses hanches un mouvement de va-et-vient lent et sensuel, rendant la friction de leurs sexes plus chaude. À bout de souffle, Channing rompit le baiser et renversa la tête contre le mur. Il traça alors un sillon de baisers humides le long de sa gorge et elle crut défaillir sur place.

— Oh oui, Colby… Continue comme ça, ne change rien.

— Et si je fais ça… ? s'enquit-il avant de lui mordiller le lobe de l'oreille.

Tout en parlant, il inclina les hanches plus haut et Channing sentit son sexe se contracter autour de lui. Les yeux fermés, elle sentait en elle chacune de ses poussées et se mordit la lèvre inférieure, voulant faire durer le plaisir éternellement.

— Je te sens proche, ma belle, marmonna Colby contre la peau de son cou. Prends-moi plus profondément en toi.

Il fit légèrement glisser ses cuisses sur sa taille et Channing resserra machinalement les parois de son vagin en le sentant durcir davantage en elle.

— Oh oui, Chan…

Leurs corps épousèrent le même rythme lent et ondulèrent ensemble jusqu'à ce qu'ils soient emportés par un orgasme ravageur qui l'ébranla tout entière. Colby pressa son front contre son épaule et elle poussa un soupir de contentement.

— Merde, fit-il brusquement.

— Qu'y a-t-il ?

— J'ai oublié de mettre une capote.

— Ah oui, merde, en effet, souffla-t-elle en reprenant peu à peu ses esprits.

La maintenant plaquée entre le mur et lui, Colby se redressa puis rencontra son regard.

— J'ai pas assuré sur ce coup-là.

— Ne t'en fais pas, le rassura-t-elle avec une moue coupable avant de fixer son regard sur l'ouverture de sa chemise.

— Chan ? s'enquit-il en lui relevant le menton d'un doigt. Qu'est-ce que tu me caches ?

— Bon, j'ai un aveu à te faire, murmura-t-elle, et je ne veux pas que tu te mettes en rogne, OK ?

— Channing…

— Je prends la pilule, lâcha-t-elle. Je ne vous l'ai pas dit parce que j'ai entendu tellement d'histoires sur les MST et ça m'a fait flipper. C'est pour ça que j'ai préféré prendre mes précautions en ayant uniquement des rapports protégés avec préservatif. Je suis désolée. Après ce qui s'est passé avec Jared, je ne voulais courir aucun risque et…

— Chut, ma belle, tu n'as pas besoin de te justifier. Je comprends tout à fait tes réticences. Et, si ça peut te rassurer, j'ai moi aussi toujours eu des rapports protégés.

— Tu ne m'en veux pas, alors ?

— Bien sûr que non.

— Ouf, fit-elle en rejetant la tête en arrière.

— Je peux te demander quelque chose ?

— Oui, bien sûr.

Lentement, il se retira d'elle avant de formuler sa question.

— Que dirais-tu de zapper la capote quand on est rien que tous les deux ? J'ai adoré te sentir autour de moi sans ce fichu bout de latex. Il n'y a pas de meilleure sensation.

— Je suis tout à fait d'accord avec toi. Au fait, je dors où ce soir ?

— Je pense que la vraie question est de savoir où, toi, tu veux dormir, ma belle.

— Avec toi, cowboy.

— Bonne réponse, plaisanta-t-il. On va dormir dans le van. Tu as besoin de passer par la chambre pour prendre des affaires ?

— Juste ma brosse à dents.

— Ça va, je ne t'ai pas fait trop mal ? demanda-t-il après lui avoir déposé un léger baiser sur le front.

— Si, un petit peu, quand même. Mon corps a du mal à s'habituer à être le centre de tous les intérêts.

— Et dire que cela fait trois jours qu'on se côtoie, commenta-t-il pensivement.

— *Juste* trois jours ou *déjà* trois jours ?

— Voyons, juste trois jours, quelle question ! C'est étrange, j'ai pourtant l'impression que cela fait une éternité que tu es avec moi. Je suis content d'avoir croisé ta route, Channing Kinkaid.

Personne ne lui avait jamais fait une déclaration aussi touchante que franche auparavant.

Moi aussi je suis contente de t'avoir rencontré, Colby McKay, répliqua-t-elle, le cœur serré par l'émotion.

Chapitre 10

Le matin suivant, Colby se réveilla de très bonne humeur. À côté de lui, les draps enroulés autour de son corps nu, Channing dormait toujours ; au prix d'un effort surhumain, il parvint à se maîtriser pour ne pas se jeter sur elle comme une bête en rut. Après la nuit qu'ils venaient de partager, il se doutait bien que chacun des muscles de Channing devait lui faire mal.

Il se pencha sur elle et effleura son mamelon de ses lèvres. Elle remua légèrement avant de plaquer son corps chaud et endormi contre le sien.

Lentement, il s'extirpa du lit et s'habilla en hâte. Il prit un café au distributeur automatique du motel et se dirigea vers la chambre.

— C'est Colby, déclara-t-il en frappant à la porte.

Quelques secondes plus tard, il entendit le bruit métallique de la chaîne de sécurité glisser sur son rail, puis la porte s'ouvrit et Trevor le fit entrer.

— Ça va, Colby ? s'enquit son ami en refermant la porte.

Colby regarda le lit défait et se tourna vers Trevor qui était torse nu et habillé seulement d'un jean.

— Ouais. Où est Ed ?

— Dans la salle de bains et, avant que tu demandes, oui, il est allé voir les chevaux ce matin et tout est en ordre.

Trevor bâilla en s'étirant avant d'ajouter :

— Où est Channing ?

— Dans le van, elle dort encore.

— Elle va bien ?

— Oui, ça va, répondit Colby en s'installant sur la chaise à côté de la fenêtre.

Il but une gorgée de son café et lui relata rapidement les événements de la veille.

— Tu l'as remis à sa place, cet abruti qui l'a importunée ? demanda Trevor quand Colby eut terminé son récit.

— Bien sûr.

— Et… Tout s'est arrangé entre Channing et toi ?

— Oui. Disons qu'on s'est réconciliés plusieurs fois sur l'oreiller.

— Tope là ! lui lança Trevor en tendant la main vers lui. Je dois reconnaître que, s'il y avait une femme pour laquelle je serais prêt à mettre un terme à ma vie de playboy, ce serait elle.

— Je suis tout à fait d'accord avec toi mais, attention, je l'ai vue en premier, mon pote. Pour en revenir à cet incident d'hier, c'est pour cette raison qu'on doit quand même garder un œil sur elle, tu comprends ?

— Garder un œil sur qui ? interrogea Edgard en sortant de la salle de bains.

Colby raconta de nouveau sa soirée de la veille et ils s'installèrent tous les trois autour de la table pour discuter des épreuves de rodéo qui les attendaient, plus tard dans la journée. Une fois leurs différentes tactiques mises au point, le ton monta entre Trevor et Edgard, et Colby s'excusa avant de quitter la chambre, refusant d'assister à leur énième désaccord.

Il reprit un café au distributeur automatique et retourna jusqu'au van. À la sortie du motel, il croisa des monteurs de taureaux sauvages de l'Utah et échangea quelques mots avec eux avant d'aller rejoindre Channing.

Quand il monta dans l'espace de vie du van, il s'arrêta net, saisi par le spectacle qui s'offrait à lui. Accoudée à la table et complètement nue, soutenant son menton d'une main, Channing était en train de tourner distraitement sa cuillère dans le bol de céréales devant elle.

— Ça va ? s'enquit-il en lui caressant le dos avant de s'asseoir à côté d'elle.

— Je suis exténuée, marmonna-t-elle avant d'étouffer un bâillement. Tu m'as achevée cette nuit, cowboy.

— Serais-tu en train de te plaindre ?

— Non, mais quand je t'ai dit hier que je voulais que tu me prennes sauvagement, j'ignorais que tu prendrais mes paroles au pied de la lettre. Je pense que mon dos et mes fesses se souviendront longtemps des ressorts du matelas.

— Mes pulsions sexuelles se sont démultipliées depuis que je te connais, je n'y peux rien.

— Si tu le dis… Dis, vous la rangez où, la cafetière ?

— On n'en a pas, désolé, ma belle.

Channing posa le front contre la table avec un gémissement plaintif.

— Tiens, déclara Colby en versant la moitié de son café tiède dans un gobelet en plastique, je veux bien partager le mien avec toi.

— Merci.

Elle prit le gobelet et avala le café d'une traite.

— La prochaine fois qu'on ira faire les courses, j'achèterai une cafetière et un paquet immense de café moulu. Comment faites-vous pour vivre sans votre dose journalière de caféine ? Je suis une vraie grincheuse sans mon café du matin !

— Madame la citadine commencerait-elle à regretter son pèlerinage quotidien à *Starbucks* ? la taquina-t-il.

— Tu me prends pour qui ? s'offusqua-t-elle. Leur café, c'est du pipi de chat ! Beurk… Et puis, qui est assez bête pour payer 4 dollars pour boire un café qui n'en est pas un ?

— Beaucoup de gens qui veulent être dans le coup. J'ai remarqué que c'était la mode de prendre un café à emporter et de se balader dans les rues, un gros gobelet à la main.

— Eh bien, pas moi ! Je préfère le vrai café, même si là, je me contenterais d'un café médiocre, du moment qu'il contient de la caféine.

Colby rit et lui repoussa une mèche de son visage.

— Je vais t'acheter une cafetière, ma belle, promis. « Rien que le meilleur pour la meilleure », tel est mon nouveau credo. Tu assisteras aux épreuves de cet après-midi ?

— Bien sûr, juste, n'oublie pas de me dire où est ma place exactement. Je ne sais pas si je pourrais supporter une nouvelle punition aussi rapidement après la dernière.

Elle lui adressa un sourire innocent et il secoua la tête en poussant un soupir.

— Tu as encore mal aux fesses, princesse ?

— Oui.

— Dommage.

— Pourquoi ? demanda-t-elle en fronçant les sourcils.

— Je pense que tu sais très bien pourquoi, ma belle.

Au bout de quelques secondes, elle parut comprendre où il voulait en venir et rougit.

— Oh…

Il regretta d'avoir abordé le sujet de cette façon. Certes, il était pressé de lui faire découvrir les joies du sexe anal, mais ça arriverait en temps et en heure.

— Bref, dit-il en se levant, un billet d'entrée à mon nom t'attendra à l'accueil. Je file.

— Tu ne veux rien manger avant ?

— Non, je ne mange jamais avant une compétition.

— Dommage…, déclara-t-elle.

À en juger par le sourire malicieux qui incurvait ses lèvres, elle ne se référait pas à de la nourriture.

Putain…

— Diablesse, va !

— Et encore, tu n'as rien vu, mon joli.

Colby l'observa quelques instants en silence.

— Ce qui veut dire ?

Elle émit un petit rire, mais ne dit rien.

— Tu t'exposes à une nouvelle punition, ma belle. Je vais même finir par croire que tu le fais exprès parce que tu as aimé mes fessées.

— Ce n'est pas vrai, enfin, ce n'est pas tout à fait vrai… Passons. Je te propose un marché.

Colby voulut objecter, mais se ravisa au dernier moment. Il savait que Channing était timide lorsqu'il s'agissait de parler de sexe et si elle se sentait plus à l'aise avec cette approche, il devait la laisser faire.

— Je t'écoute.

— Je suis prête à faire abstraction de mes douleurs aux fesses et te laisser faire… tu sais quoi, à condition que tu marques au minimum quatre-vingt-dix points à l'épreuve de monte de taureaux sauvages.

Il avait eu bien raison de ne pas protester et de la laisser parler.

— Tu es sérieuse ?

— Oui. Par contre, si tu totalises moins de quatre-vingt-dix points, tu devras aller m'acheter une cafetière illico presto.

— Marché conclu, très chère.

— Ah, oui… Dernière chose…

Bien sûr, c'était trop beau pour être vrai.

— Si tu gagnes et qu'on… tu sais, j'aimerais que ça reste entre nous. Enfin, que pour ma première fois on le fasse sans Trevor et Edgard.

— Pourquoi ?

— Parce que je me sens en sécurité avec toi et que je te fais totalement confiance.

Sentant son cœur se gonfler de tendresse, Colby l'embrassa à pleine bouche. Cette femme ne cessait de le surprendre.

— OK, mais, du coup, moi aussi j'ai une requête à formuler.

Channing se raidit sur la banquette.

— Laquelle ? demanda-t-elle d'une petite voix.

— Prévois beaucoup de lubrifiant, ma belle, on en aura besoin.

Elle voulut lui donner une petite tape, mais il l'esquiva et sortit du van.

Que dirait sa mère si elle apprenait les frasques sexuelles de son petit garçon ?

Il sourit à cette idée quand, soudain, son portable sonna.

Tiens, en parlant du loup, pensa-t-il en voyant le nom affiché sur l'écran tactile.

— Ouais ?

— Colby West McKay, est-ce là une manière de répondre à sa mère ?

— Non, pardon, m'man. Tout va bien ?

— Étant donné que tu ne m'appelles quasiment jamais, je voulais m'assurer que tu étais toujours en un seul morceau.

Colby leva les yeux au ciel, sachant très bien qu'il n'aurait jamais eu le cran de le faire devant sa mère.

— Désolé, m'man, mais ne le prends pas pour toi. J'ai été très occupé dernièrement et, dès que j'ai un moment de libre, j'en profite pour rattraper mon sommeil.

— C'est une excuse bidon, mon fils, et tu le sais, répondit sa mère à l'autre bout du fil. Je m'inquiète toujours pour mes enfants, c'est normal. Plus personne ne m'appelle ces derniers temps, pas même Cam.

— N'exagère pas, m'man. Tu sais que Cam a été astreint à un entraînement militaire, quelque part à l'étranger.

— Oui, c'est vrai. Cela dit, toi, tu ne vas pas t'en tirer aussi facilement. Des nouvelles blessures à me signaler ?

— Non, répondit-il du tac au tac.

Sa mère n'insista pas et lui raconta les derniers exploits de sa sœur Keely. Elle lui donna ensuite des nouvelles de son frère Cord, récemment divorcé, et de son fils Ky, dont il avait garde. Colt, un de ses autres frères, avait apparemment acheté un immense terrain qui jouxtait leur ranch familial, et Carter, son frère cadet, n'avait donné aucun signe de vie depuis plusieurs semaines.

— Votre pauvre mère se fait un sang d'encre et vous, ça vous est égal, se plaignit-elle.

— On se voit d'ici quelques jours à Cheyenne, m'man. Comme ça, tu constateras, *de visu*, que je vais bien.

— Oui, je sais, mon garçon. Et sinon, comment ça s'est passé à Limon ?

Il lui fit un compte rendu détaillé de toutes les épreuves auxquelles il avait participé et lui expliqua la situation tendue entre Trevor et Edgard. Une fois qu'ils eurent raccroché, Colby se demanda pourquoi il s'était gardé de parler de Channing. Était-ce parce que leur histoire, si on pouvait l'appeler ainsi, était encore trop récente ? Ou était-ce plutôt parce que, justement, il ne parvenait pas à définir ce qui se passait entre eux ?

Quoi qu'il en soit, sa mère le connaissait mieux qu'il ne se connaissait lui-même et elle avait certainement dû deviner qu'il ne lui avait pas tout dit. Et, même si elle ignorait tout de ses exploits sexuels, Colby était persuadé qu'elle en savait bien plus qu'elle ne le laissait entendre. Elle attendait avec impatience qu'il lui présente « l'élue de son cœur », la future mère de ses enfants, mais il préférait prendre son temps et, surtout, ne pas lui donner de faux espoirs. Et puis, avant d'en parler à qui que ce soit, il devait déjà déterminer la nature exacte de sa relation avec Channing. Et de la relation de Channing avec Trevor. Et avec Edgard.

Quel bordel !

Certes, il partageait Channing avec ses deux amis, mais il savait qu'au fond Channing le préférait, lui. Elle le lui avait d'ailleurs clairement fait comprendre à plusieurs reprises. Il se doutait aussi que Trevor et Edgard s'en étaient aperçus. Cela dit, les règles que Channing et lui s'étaient fixées étaient on ne peut plus claires : après Cheyenne, ils reprendraient chacun leurs routes respectives.

Colby secoua la tête, refusant de s'attarder davantage sur cette histoire qu'il écarta de son esprit. Pour le moment, rien n'était plus important que la compétition qui s'annonçait serrée et dont il espérait sortir vainqueur et remporter ainsi son pari.

Impatient de se retrouver de nouveau seul avec Channing, il prépara sa selle et son équipement et attendit que Cash vienne le chercher.

Trevor allait et venait nerveusement dans le hall du motel. Comment osait-il ? Comment Edgard osait-il rejeter toute la faute sur lui ? Oui, ils avaient considérablement chuté au classement et, oui, il était vrai qu'il était un peu sous pression en ce moment, mais il n'était pas l'unique responsable de la situation. Et, comble de l'ironie, Edgard ne cessait de dire qu'il était peut-être temps d'« envisager d'autres options » !

Il étouffa un juron.

Comme s'il avait d'autres options à envisager ! C'était sa dernière chance de participer à la Finale nationale de rodéo et, surtout, de faire honneur à son père, qui ne manquait pas une occasion de lui faire part de son mécontentement concernant ses derniers résultats. Il avait tout de même déjà remporté cinq tournois de rodéo, mais son père ne l'avait même pas félicité. Rien ! Que dalle ! Le vieil homme plaçait désormais tous ses espoirs dans Tanner, son frère cadet, qui semblait promis à une belle carrière dans le rodéo.

La dernière fois qu'ils avaient discuté, son père lui avait fait comprendre qu'il attendait de lui qu'il prenne les bonnes décisions concernant son avenir. Traduction : il voulait que Trevor « raccroche ses lassos » et revienne vivre au ranch familial.

Son estomac se tordit à cette pensée. Rien que l'idée de devoir travailler avec son père, de se le coltiner jour après jour, lui donna un haut-le-cœur. Il ne pouvait pas renoncer au rodéo, c'était toute sa vie. Et puis, il n'avait jamais été particulièrement proche de sa famille, le rodéo était le seul lien qui les unissait. Personne ne le comprenait et il était certain qu'aucun de ses proches ne le comprendrait jamais. En plus de cela, il y avait tellement de non-dits entre eux…

Il préférait rester sur le circuit et attendre que la chance tourne plutôt que de rentrer chez lui. Il ne se sentait pas la force d'affronter les questions et la pression de sa famille. Edgard et Colby ne comprenaient pas ses réticences. Leurs familles respectives les soutenaient. Lui, en revanche, craignait que son passé ne le rattrape. Non pas qu'il ne soit pas fier des choix qu'il avait pu faire, mais il ne voulait en aucun cas en faire état avec quiconque et encore moins avec ses proches.

Il vit Edgard s'avancer vers lui et serra les poings.

— Tu es prêt, on y va ? s'enquit ce dernier.

Tu te prends pour qui ? Mon chaperon ?

Trevor ravala son irritation et lui lança un sourire mielleux.

— Vas-y, toi, répondit-il. On se retrouve dans l'arène, je dois passer chercher un truc dans le van.

Sans même laisser le temps à Edgard de répondre, il tourna les talons et s'en alla. Il traversa le parking du motel, puis monta dans le van. À sa grande surprise, il y trouva Channing. Complètement nue, elle était assise à table en train de manger un bol de céréales.

— Trevor ! s'exclama-t-elle en tendant le bras pour attraper le drap qui pendait du lit surélevé. Qu'est-ce que tu fais ici ?

— Je te rappelle que c'est mon van. C'est plutôt à moi de te demander qu'est-ce que tu fais là, nue comme un ver, qui plus est.

— Je… je viens de me réveiller.

— Colby est déjà parti ?

— Oui.

— Intéressant, murmura-t-il en la toisant d'un regard de prédateur. Ça veut dire que je t'ai rien que moi.

— Euh… Oui.

— J'ai bien fait de repasser par le van.

Il la détailla longuement du regard. Ses orteils vernis en rose, sa poitrine généreuse, ses joues rougies et ses cheveux décoiffés. De là où il se trouvait, il pouvait même apercevoir une partie de la toison de boucles foncées au creux de ses cuisses serrées.

— Je vais avoir le droit au petit déjeuner des champions.

Rien de mieux pour se changer les idées.

Mais…

— Pas de mais, l'interrompit-il. Étant donné que Colby n'est pas là, c'est moi qui décide.

— OK, mais sache que je suis encore un peu sensible à cause d'hier. Je… Je ne suis pas habituée à tout ça.

— Oh, il n'y a rien qu'un bisou réparateur ne puisse arranger.

Comme Channing demeurait immobile sur la banquette, il lui demanda :

— Qu'est-ce qu'il y a ? C'est moi qui te rends nerveux ?

— Ça dépend... Tu comptes te servir d'une corde cette fois ?

— Non, rassure-toi, fit-il en riant. Allez, monte sur le lit, écarte tes cuisses et laisse tes jambes pendre hors du matelas. Je vais te manger toute crue, ma jolie.

Channing rougit comme une tomate et détourna le regard avant de se lever. Elle grimpa sur la petite échelle et glissa sur le matelas.

— C'est bien, comme ça ? demanda-t-elle une fois qu'elle se fut installée comme il le lui avait demandé.

Trevor se rapprocha et remarqua que son sexe était déjà humide et gonflé de désir. Il posa un genou sur le bord de la banquette et se baissa légèrement, de sorte que son visage soit à la même hauteur que l'intimité de Channing, puis se mit à la caresser de haut en bas avec sa langue.

— Oh... Mon... Dieu..., lâcha-t-elle.

— Tu jouis très vite quand on te lèche, n'est-ce pas ? s'enquit-il avant de souffler sur sa chaude moiteur.

— Oui...

— Dans ce cas, tu auras deux orgasmes pour le prix d'un : le premier sera fulgurant, je te préviens. Le second sera plus agonisant, disons.

Sur ces mots, il se remit à la travailler avidement. Il plongea sa langue en elle, savourant son goût légèrement sucré et épicé. Il prit ensuite son clitoris entre les lèvres et le suça avant de souffler légèrement dessus.

Il y avait quelque chose dans cet acte qu'il ne parvenait pas à s'expliquer. Était-ce parce que Colby n'était pas là ?

La poussée d'adrénaline à l'idée que quelqu'un puisse les surprendre à n'importe quel moment ?

— J'adore la saveur de ton excitation, Chan. On dirait du miel. Ça me fait bander comme jamais.

Il glissa les mains sous ses fesses et caressa les jointures de ses cuisses du pouce, sans pour autant toucher les lèvres de sa vulve.

— Oh, Trev, je suis si proche, balbutia-t-elle en soulevant les hanches vers lui.

— Mmm, je vois ça.

Trevor accéléra le mouvement de sa bouche en alternant baisers et mordillements et, lorsqu'il emprisonna son clitoris entre les lèvres et le suça avidement, il la sentit jouir sur sa langue.

— Oh oui… Oui… Ouiiii ! s'écria-t-elle en se cambrant.

Il n'arrêta pas de la lécher jusqu'à ce qu'elle retombe sur le matelas, tremblante. Il l'embrassa tendrement et se redressa en passant la langue sur ses lèvres. Sa queue était dure sous son jean, il était prêt à la posséder, mais il ne voulait pas la brusquer, surtout si elle subissait encore les effets secondaires de leur plan à trois de la veille.

Channing se redressa sur ses coudes et lui sourit timidement.

— Repu ?

— Repu.

Elle baissa le regard et se mordit la lèvre, comme si elle hésitait à lui révéler quelque chose.

— Je peux te confier un secret, Trev ? demanda-t-elle d'une petite voix.

— Bien sûr, ma jolie.

— J'ai un peu honte.

— Mais non, il ne faut pas. On est amis, tu peux tout me dire.

— Oui.

— Allez, dis-moi ce qui te préoccupe.

— Je n'ai jamais essayé le 69, avoua-t-elle.

Trevor s'attendait à tout, sauf à ça.

— Jamais ?

— Jamais.

— Et tu voudrais essayer ?

— Oui…

Elle marqua une pause, hésitant quelques instants avant de reprendre :

— Je me disais que, si tu as encore un peu de temps…

— Quoi ? Tu veux essayer maintenant ?

Elle acquiesça.

— Tu es sûre, Chan ? Je pensais que tu avais encore mal.

— Oui, mais ce n'est pas non plus une douleur insupportable. Et puis…

Elle se redressa et posa son regard sur son entrejambe.

— Il faut bien que quelqu'un s'occupe de toi aussi, non ?

Saisi d'admiration, il la contempla quelques instants en silence. Il connaissait la véritable raison de sa demande : elle ne voulait pas passer pour une ignorante devant Colby. Elle le faisait pour lui, et une étrange émotion envahit Trevor à cette idée. Il y avait quelque chose de très attendrissant dans sa démarche. Il sortit alors de sa torpeur et se déshabilla en un tour de main.

— Tu ne perds pas de temps, dis-moi, commenta Channing.

— Non, mam'zelle.

Il grimpa prestement à l'échelle et s'assit à côté d'elle.

— On va bien s'amuser, murmura-t-il avant de l'embrasser tendrement sur la bouche.

Sans rompre le baiser, il la repoussa sur le matelas, l'incitant à s'allonger sur le dos. Il fit courir ensuite la langue sur sa peau jusqu'à ses seins et happa un à un ses mamelons, attendant qu'elle se remette de son premier orgasme.

Lorsqu'elle commença à frotter ses cuisses l'une contre l'autre en poussant des petits gémissements, il sut qu'elle était prête à passer aux choses sérieuses. Il se redressa et lui caressa tendrement le visage.

— Tu verras, c'est très simple, déclara-t-il. Tu fais une fellation, normal, c'est juste ta position et la mienne qui changent. Fais attention à ne pas te faire mal au cou et, surtout, quand tu jouiras, évite de serrer les mâchoires si je suis encore dans ta bouche.

Un petit rire franchit les lèvres de Channing et elle hocha la tête.

— Prête ?

— Oui.

— Allonge-toi sur le côté.

Elle s'exécuta et Trevor l'imita, en sens inverse, la tête vers les pieds de Channing.

— Maintenant, lève la jambe… Oui, comme ça.

Il avança le visage au niveau de son sexe et passa la pointe de la langue sur sa fente intime. L'instant d'après, il sentit Channing lui lécher la verge avant d'emprisonner son gland entre ses lèvres chaudes. Lentement, elle le prit dans sa bouche sur toute sa longueur, caressant de sa langue chaque millimètre carré de sa queue tout en tâtant ses testicules du bout des doigts. Elle était très habile pour une novice.

Se sentant déjà proche de l'orgasme, Trevor prodigua une attention accrue au clitoris de Channing et, au bout de quelques minutes à peine, elle jouit de nouveau sous les caresses effrénées de sa langue.

D'un geste souple, il enjamba Channing, un genou de chaque côté de sa tête, et celle-ci s'allongea sur le dos, continuant à faire glisser ses lèvres le long de son pénis. Tandis qu'il embrassait ses replis inondés de sa jouissance, elle accéléra le mouvement de sa bouche et un frisson intense courut le long de sa colonne vertébrale.

À cet instant, la portière du van s'ouvrit. Trevor leva la tête et croisa le regard d'Edgard. Cette petite séance d'exhibitionnisme impromptu l'excita au plus haut point et, la seconde d'après, son orgasme le secoua en une seule vague puissante. Il ferma les yeux en rejetant la tête en arrière avec un grognement triomphal.

Quand il ouvrit de nouveau les yeux, Edgard était toujours là, dardant sur lui un regard sombre.

— Je me disais bien que ta queue avait dû, une fois de plus, prendre le dessus sur ton cerveau, commenta-t-il. Allez, fini de jouer, il faut y aller. On est déjà en retard.

Sur ces mots, il descendit du van et Trevor fronça les sourcils.

— Merde…

— Tout va bien, Trev ? s'enquit Channing.

Moins elle en savait, mieux cela valait pour elle.

— Oh oui, ça va même très bien, répondit-il en se redressant et sautant hors du lit. Il faut juste que je reprenne mes esprits.

— Vas-y si tu es pressé, ne t'en fais pas pour moi.

— Edgard a raison, on est vraiment en retard. Tu sauras te débrouiller pour rejoindre l'arène ou tu préfères qu'on t'attende ?

— Non, non, allez-y, je dois encore prendre ma douche.

Trevor l'embrassa délicatement et ramassa rapidement ses vêtements.

— Tu peux rajouter « maîtrise parfaite du 69 » sur ton CV sexuel, plaisanta-t-il en enfilant son jean. Je me suis bien éclaté.

— Moi aussi, répliqua-t-elle, un rose éloquent teintant ses joues.

En sortant du van, Trevor se fit une note mentale de mettre le verrou la prochaine fois, si prochaine fois il y avait.

Chapitre 11

Channing prit une douche rapide dans la chambre du motel, enfila des vêtements propres et se dirigea, d'un pas léger, vers l'arène. Le soleil brillait déjà haut dans le ciel, mais une légère brise rendait la chaleur supportable.

Comme Colby le lui avait promis, un billet l'attendait à l'accueil. Lorsqu'elle entra dans l'arène, elle jeta un coup d'œil autour d'elle et aperçut, juste à côté des chutes, les gradins réservés aux proches des participants. Sur le sable de l'arène, la discipline de tri de bétail en équipe battait son plein, et Channing préféra rester sur les marches afin de ne pas louper une miette de ce spectacle époustouflant.

Cette épreuve, qui faisait partie de l'équitation Western, également appelée équitation de travail, était inspirée des tâches quotidiennes du cowboy. À la différence des autres épreuves de rodéo, Channing avait l'impression que, dans l'équitation de travail, l'expérience l'emportait sur la jeunesse. Les participants qui concouraient en ce moment, deux hommes et une femme, avaient la cinquantaine passée et, pourtant, ils étaient parvenus à séparer trois bovins du reste du troupeau en un temps record avant de les guider vers l'enclos à taureaux.

Channing se demanda alors si Colby songeait à se reconvertir dans l'équitation Western, un jour. Elle était curieuse de savoir quels étaient ses projets pour l'avenir. Le rodéo était-il un simple passe-temps pour lui, un moyen de se faire un peu d'argent, ou était-ce plutôt une passion qui coulait dans ses veines ?

Elle attendit la fin de l'épreuve et alla s'acheter une bouteille d'eau avant de rejoindre les loges. Elle venait de ranger la bouteille dans son sac quand son téléphone portable sonna ; elle décrocha sans même jeter un coup d'œil au numéro de son correspondant.

— Allô ?

— C'est toi, Channing ?

Merde…

— Oui, maman, qui veux-tu que ce soit ?

— Ne prends pas ce ton condescendant avec moi, jeune fille.

Inspire… Expire…

— Pardon, maman. Comment vas-tu ?

— Bien, et toi ?

— Bien, merci.

Un silence se prolongea à l'autre bout du fil et Channing leva les yeux au ciel.

Allez, maman, crache le morceau, je sais très bien que tu ne m'appelles pas uniquement pour prendre de mes nouvelles.

— Tant mieux, répondit-elle enfin. Bon, je t'appelle parce que j'ai reçu des nouvelles très intéressantes aujourd'hui.

Nous y voilà.

— Tu te souviens de Melinda Blackwell ? s'enquit-elle d'un ton joyeux. Eh bien, figure-toi qu'elle et son charmant fiancé, Robert, se sont enfuis à Aruba pour convoler en justes noces la semaine dernière. N'est-ce pas romantique ?

— Oui, très.

— La mère de Melinda était légèrement choquée en apprenant cela. C'est compréhensible, tu me diras, étant donné qu'elle avait déjà réservé la cathédrale pour l'événement. Quoi qu'il en soit, Melinda et Robert vont tout de même organiser une réception au Musée d'art moderne de la ville et j'ai promis à Melinda que tu serais présente.

Channing réprima un soupir, sentant sa tension monter d'un cran. Elle avait vingt-cinq ans, elle était en âge de prendre une telle décision toute seule, bon sang ! Sa mère ne comprenait-elle pas que, si elle avait décidé de partir à l'aventure sur un coup de tête, c'était en grande partie à cause de sa famille qui, justement, régissait un peu trop sa vie ?

— Je suppose que tu auras fini de traverser ta petite crise de rébellion d'ici là, ajouta sa mère.

Zen, Channing, zen.

— Je ne sais pas, peut-être, répliqua-t-elle.

— En tout cas, reprit sa mère après un long silence, j'ose espérer que tu seras rentrée à temps pour préparer ton déménagement et...

— Je ne sais pas, maman, on verra, l'interrompit Channing sèchement.

— Channing, ton père s'est donné beaucoup de mal pour t'obtenir ce poste d'enseignante au lycée Palmer. Je n'ose même pas imaginer le...

— Eh bien, dans ce cas, ne l'imagine pas, maman. Tu sais que je n'oserais jamais éclabousser le nom sacro-saint des Kinkaid.

— Tu dépasses les bornes, Channing, la rabroua sa mère. Quelle mouche t'a donc piquée, mon enfant ? Je ne te reconnais plus.

J'ai grandi et j'ai compris que je ne voulais pas faire partie de votre monde de pantins hypocrites aussi idiots qu'ennuyeux.

Une odeur de terre et de crottin vint lui chatouiller les narines. Channing inspira profondément pour s'imprégner de ce parfum désormais familier qui avait l'étrange don de l'apaiser. Comment réagirait sa mère en apprenant cela ? La grande Jacqueline Moore Kinkaid, mondaine férue de l'étiquette, en ferait certainement une syncope. Et que dirait-elle si elle venait à apprendre que sa fille cadette s'était également embarquée dans une aventure sexuelle pas très orthodoxe ? Elle ravala un fou rire à cette idée.

— Écoute, je n'ai pas envie de me disputer avec toi, maman. Passe le bonjour à Melinda de ma part, veux-tu ?

— Et ?

— Et on se rappelle bientôt, bisous.

Channing raccrocha, ne laissant pas le temps à sa mère de répondre. Ses parents ne la comprendraient jamais. Elle n'avait décidément vraiment pas sa place dans leur monde. Elle observa les gens autour d'elle : les cowboys qui se préparaient pour la compétition, les amateurs de rodéo qui s'installaient dans les gradins. Elle ne faisait pas partie de ce monde non plus. Mais, dans ce cas, où était donc sa place ?

Elle se dirigeait vers les loges quand son téléphone sonna de nouveau.

— Quoi encore ? s'enquit-elle nerveusement en décrochant.

— Tout va comme tu veux, beauté ?

Channing sourit, sentant aussitôt sa colère et l'irritation la déserter en entendant la voix sexy de Colby.

— Salut, cowboy, quoi de neuf ?

— Je voulais m'assurer que tu avais bien récupéré ton billet.

— Oui, c'est bon. Je viens de raccrocher avec ma mère et, du coup, je me demandais si je n'allais pas échanger la bouteille d'eau que je viens d'acheter contre quelque chose d'un peu plus fort. Qu'est-ce qu'on dit déjà… ? « L'alcool guérit tous les maux » ?

Colby éclata de rire et une chaleur se diffusa en elle comme du miel fondu.

— Nos mères ont dû se passer le mot parce que la mienne m'a téléphoné aujourd'hui aussi, déclara-t-il.

— Je parie que ta conversation était plus supportable que la mienne.

— Tout dépend de quel point de vue tu te places. Je doute que ta mère t'ait demandé de lui faire un récit détaillé de ta vie depuis la dernière fois que vous vous êtes vues, de lui énumérer toutes les blessures que tu t'es faites entre-temps, avant de lui faire un compte rendu détaillé sur ton alimentation et ton sommeil, mais également sur le carnet de santé de ton cheval.

Channing rit de bon cœur.

— Tu es sûre que ça va ? demanda Colby d'un ton sérieux. J'espère que ta mère ne t'a pas contrariée.

— Tout va bien, ne t'en fais pas. Bonne chance, cowboy, je t'encouragerai depuis les gradins.

— J'y compte bien, ma belle. Je vais enchaîner épreuve sur épreuve, du coup, je pense qu'on ne se verra pas avant ce soir, quand je viendrai réclamer mon dû.

Channing se sentit rougir jusqu'à la racine des cheveux et raccrocha, un sourire béat aux lèvres.

Colby et Trevor terminèrent parmi les cinq premiers à l'épreuve de prise de veau au lasso, se qualifiant ainsi pour le second tour, tandis qu'Edgard était éliminé. En attendant que l'un de ses trois cowboys concoure de nouveau, Channing sortit son cahier et y nota quelques observations, préférant ignorer les regards curieux que lui lançaient les autres femmes présentes dans les loges. Aucune d'elles ne lui avait adressé la parole et Channing se sentait incapable de rompre la glace en premier. Elle ne voulait pas passer pour une désespérée, elle avait eu son lot de rejets par le passé.

Avec un score de soixante-quinze points, Colby avait réussi à prendre la tête du classement dans la discipline de monte de chevaux avec selle. Trevor et Edgard avaient également fait un bon score et s'étaient donc qualifiés pour la finale qui devait avoir lieu le lendemain. Cependant, ils avaient eu moins de chance dans l'épreuve de prise de veau au lasso en équipe qui fut remportée par Cash et un autre cowboy dénommé Brian.

En début d'après-midi, Channing sentit son estomac gronder de faim et regretta de ne pas avoir pris un fruit ou un sandwich du van. Les hamburgers et les hot-dogs que vendaient les stands spécialement installés pour l'occasion avaient, certes, l'air appétissant, mais regorgeaient de graisse. Son estomac émit un autre grognement sinistre et elle posa la main dessus en réprimant une grimace.

— Ton ventre fait des bruits bizarres, lança une voix de fillette, non loin d'elle.

Channing tourna la tête et vit qu'une petite fille, portant de longues couettes, l'observait sous le rebord de son chapeau de cowboy rose. L'enfant, qui ne devait pas avoir plus de cinq ans, lui sourit et Channing lui rendit son sourire.

— C'est parce que j'ai faim, dit-elle.

La fillette la considéra quelques secondes puis se rapprocha d'elle et plongea la main dans le sachet qu'elle avait sur ses genoux. Elle fouilla dedans avant d'en sortir un biscuit en forme d'animal.

— Tiens. Tu sais, mon papa dit que tu es ce que tu manges, déclara-t-elle fièrement en lui tendant le biscuit.

— Merci, mademoiselle, fit Channing, amusée, en acceptant le petit gâteau.

Elle croqua dans le biscuit et mâcha avec application tout en réfléchissant si oui ou non elle devait demander à la petite fille comment elle s'appelait et engager ainsi une conversation avec elle.

— Mon papa, il ne mange jamais de poulet parce qu'il dit qu'il n'est pas une poule mouillée, révéla l'enfant.

Voilà une logique pour le moins intéressante, pensa Channing en esquissant un petit sourire. Avant qu'elle n'ait eu le temps de dire quoi que ce soit, la fillette lui demanda :

— Comment tu t'appelles ?

— Channing. Et toi, comment t'appelles-tu ?

— Calliope Jane, mais, tu sais, on ne m'appelle comme ça que quand j'ai fait une bêtise.

— Ah, d'accord. Et sinon, on t'appelle comment ?

— Callie. Mon papa m'appelle aussi Calamity Jane, des fois.

Elle se redressa et dirigea son regard vers les chutes en les pointant du doigt avant de poursuivre :

— Mon papa, il va sauter sur un veau, aujourd'hui. Et toi, il fait quoi, ton papa ?

Mis à part se taper sa secrétaire, pas grand-chose.

— Callie ! s'exclama soudain une voix féminine derrière elles.

Channing se retourna et vit une petite femme brune, vêtue d'un jean et d'une chemise à carreaux mauve, se diriger vers elles d'un pas pressé, les talons de ses bottes claquant sur la tôle des gradins.

— Callie, laisse la dame tranquille, tu ne vois pas qu'elle est occupée ? tança-t-elle la fillette en lui signalant de la main le cahier posé sur les genoux de Channing. Veuillez excuser ma fille, c'est une vraie petite pipelette.

— Oh, ne vous excusez pas, elle ne me dérange pas du tout, au contraire, ça fait du bien de pouvoir discuter avec quelqu'un. Je ne connais personne ici, lui expliqua Channing, décidant de saisir l'opportunité qui s'offrait à elle de faire la connaissance de quelqu'un.

La femme la dévisagea d'un air pensif.

— Excusez-moi, on se connaît ? s'enquit-elle au bout de quelques instants.

— Non, répondit Channing en lui tendant la main. Channing Kinkaid.

— Mary Morgan, enchantée. Il me semble que c'est la première que je vous vois dans les loges. Vous êtes venue avec qui ?

— Maman, dit Callie en tirant Mary par la manche, elle ne veut pas me montrer où il est, son papa à elle.

À ces mots, la lèvre inférieure boudeuse, l'enfant darda sur elle un regard contrarié et Channing ne put s'empêcher de rire.

— C'est peut-être parce qu'elle n'est pas venue ici avec son papa, lui fit remarquer sa mère.

Callie la regarda, bouche bée.

— Je suis avec Colby McKay.

— Ah, c'est donc toi la mystérieuse compagne de McKay, commenta Mary en haussant les sourcils d'un air malicieux.

Channing lui adressa un regard interrogateur et Mary ajouta :

— On ne parle que de toi sur le circuit, dernièrement.

— Ah bon ? Je ne sais pas comment je dois le prendre, bredouilla Channing en sentant les battements de son cœur s'accélérer dans sa poitrine.

— Oh, ne te prends pas la tête pour ça. Demain, ce sera au tour de quelqu'un d'autre d'être au cœur de toutes les discussions, puis de quelqu'un d'autre encore, et ainsi de suite. Tu es majeure et vaccinée et tu n'as de comptes à rendre à personne. Ignore les commentaires des cowboys qui appartiennent à la vieille génération et qui font mine d'être scandalisés par les mœurs d'aujourd'hui.

Hein ? Quel rapport tout cela avait-il avec Colby et elle ?

— Comme s'ils n'avaient pas fait les quatre cents coups dans leur jeunesse ! poursuivit Mary d'un ton accusateur. Laissez-moi rire ! Ils regrettent simplement de ne plus être dans la force de l'âge et que les projecteurs ne soient plus braqués sur eux, voilà tout. S'ils en avaient l'occasion, ou la force plutôt, ils se jetteraient sur les greluches qui…

— C'est quoi, une greluche, maman ? l'interrompit Callie.

— Tu l'apprendras bien assez tôt, ma puce, lui répondit Mary en tirant sur une de ses couettes.

— J'ai cru comprendre que le père de Callie concourt dans la discipline du terrassement de bouvillon, dit Channing, en profitant pour changer de sujet.

La règle de cette épreuve était assez simple : le cheval devait amener son cavalier assez près du veau pour l'atteindre, puis, toujours en pleine course, le cowboy devait se glisser sur le dos du bouvillon, l'immobiliser et, enfin, le terrasser le plus rapidement possible. Le gagnant de cette épreuve touchait un pactole assez conséquent, mais s'exposait également à un danger bien plus important que celui des autres disciplines. C'était d'ailleurs pour cette raison que les cowboys qui participaient à cette épreuve ne s'inscrivaient généralement à aucune autre.

— Oui, c'est Mike Morgan, il est classé deuxième en ce moment. On espère qu'il remportera l'épreuve ici et à Valentine, ce qui nous permettra de repasser par notre ranch avant de repartir pour Deadwood, puis Cheyenne. Tu sais, il y a des fois où je ne me rappelle plus à quoi ressemble notre chez-nous.

— Oui, ça ne doit pas être facile d'être souvent sur la route, fit remarquer Channing.

— Au début, c'est marrant. On voyage tous ensemble, on s'entraide, on forme tous une grande famille, et ça, ça n'a pas de prix. Mais, au bout d'un certain temps, ça devient lassant, du moins pour ma part. Parfois, j'aimerais retourner au ranch et reprendre une vie normale avec Mike et Callie.

— Vous venez d'où ?

— De Buffalo Gap, dans le Dakota du Sud. Et toi ?

— De Boston, déclara-t-elle, sentant aussitôt une crampe lui nouer l'estomac.

— Ah bon ? Et comment as-tu rencontré Colby ?

— Par pur hasard, disons.

Mary couvrit les oreilles de sa fille et se pencha vers Channing d'un air de conspiratrice.

— C'est un très bel homme, lui chuchota-t-elle, je tenterais bien ma chance avec lui si je n'étais pas mariée.

Channing fut flattée – déconcertée également, mais surtout flattée – par l'aveu de Mary.

— Mais bon, à en croire sa réputation, je pense qu'il ne me remarquerait pas même si j'étais la dernière femme sur terre. Apparemment, il est très, *très* exigeant dans ses choix et ne voyage jamais en compagnie féminine.

À ces mots, elle lui fit un clin d'œil et Channing sentit ses joues s'enflammer.

— Tu restes encore longtemps sur le circuit ? s'enquit-elle ensuite.

— Jusqu'à Cheyenne, répondit Channing.

— On aura l'occasion de se revoir, alors. Tu vas au *Wild Bronc*, ce soir ? On pourrait s'enquiller quelques shots entre nanas, si tu veux.

— Peut-être, tout dépend de la performance de Colby.

— Ah ! Ces cowboys, je te jure. Notre vie tourne autour de la leur. Mais bon, d'un autre côté, c'est nous qui l'avons choisi.

Elle marqua un temps d'arrêt avant de reprendre :

— Allez, viens, Callie, on va aller te débarbouiller avant que papa entre dans l'arène.

— À plus tard, salua Callie avant de se précipiter vers la sortie des gradins.

Channing regarda mère et fille s'éloigner, heureuse de s'être fait deux nouvelles amies.

Sans grande surprise, ce fut Mike Morgan qui remporta l'épreuve de terrassement de bouvillon. Durant la discipline de barils pour hommes, Channing en profita pour noter encore quelques idées dans son cahier, revenant sans cesse en pensée sur la conversation qu'elle avait eue avec Mary.

Quand le présentateur annonça l'épreuve de monte de taureaux sauvages, le cœur de Channing se mit à battre de toute vitesse. Et s'il arrivait quelque chose à Colby cette fois-ci ? Et si…

Elle prit une longue inspiration pour tenter de se calmer. Pourquoi était-elle prise d'une inquiétude soudaine ? Était-ce le contrecoup des orgasmes qu'il lui avait offerts la nuit dernière ? Oui, sûrement, parce que ça ne pouvait être rien d'autre, elle ne devait pas perdre de vue les règles qu'ils s'étaient fixées. C'était certainement leur pari qui la rendait si nerveuse. Au fond d'elle, elle voulait que Colby gagne et qu'il lui fasse découvrir de nouveaux horizons sensuels.

Channing regarda sa montre. Elle avait tout juste le temps d'aller chercher une bière avant que l'épreuve de Colby commence. Lorsqu'elle revint s'asseoir, la compétition avait déjà démarré. Elle avala plusieurs gorgées, sentant le liquide frais et mousseux couler dans sa gorge. La chaleur était écrasante et elle avait l'impression de sentir sa peau fondre. Des mèches de cheveux collaient à son visage en sueur, qu'elle dut essuyer plusieurs fois. Étrangement, aucun auvent ou toile n'avait été installé pour protéger du soleil les spectateurs des loges réservées, et la plupart des proches des autres cowboys étaient partis se réfugier dans les tribunes qui étaient déjà à l'ombre.

Comme si le destin avait décidé de jouer à un jeu cruel avec elle pour porter sa tension nerveuse à son comble, Colby était le dernier candidat à concourir à l'épreuve, et le taureau qu'il devait monter, surnommé Jack le cyclope, avait désarçonné les douze derniers cowboys qui l'avaient monté bien avant la fin du temps réglementaire.

Elle vit alors Cash rentrer dans les loges et se diriger vers elle.

— Ça va, la cogneuse ? demanda-t-il en s'asseyant à côté d'elle.

— Oui, et toi ?

— Nickel. Colby m'a demandé de venir voir comment tu allais. Alors, quel est ton pronostic ? Tu sais, Jack le cyclope est tenace, mais, comme l'a dit Colby lui-même, un autre cowboy avait déjà réussi à marquer quatre-vingt-douze points en montant cette bête.

— Vraiment ? Colby t'a dit ça ?

Channing sourit intérieurement à la sournoiserie de Colby. Cash ignorait sans doute les véritables motivations qui avaient poussé son ami à lui demander de lui tenir compagnie. Colby l'avait fait exprès, elle en était sûre et certaine, parce qu'il prenait un malin plaisir à la provoquer.

Cash et elle bavardèrent encore un moment, puis il retourna dans le parc d'attente. Quand le présentateur annonça le tour de Colby, Channing déglutit. Derrière les chutes, elle vit Trevor l'aider à s'installer sur le dos du taureau qu'elle trouva un peu trop calme, d'ailleurs. Était-ce à cause de la chaleur accablante ? Le taureau était-il en train de rassembler toutes ses forces pour désarçonner Colby le plus rapidement possible ?

Mon Dieu, faites qu'il ne lui arrive rien…

Elle se fichait pas mal du pari à présent, elle ne songeait plus qu'à la sécurité de Colby. Ce dernier attrapa l'une des barres de fer des chutes, se redressa sur l'animal et fit un signe de tête au garde-barrière.

Channing ne s'était pas trompée : Jack le cyclope avait bien préparé son coup. Il bondit hors des chutes et se dressa sur ses deux pattes arrière avant de faire volte-face et d'atterrir sur ses deux pattes avant. Le bras toujours bien levé, Colby ne lâchait rien. Le taureau se cambra ensuite sur ses pattes avant et se retourna brusquement, mais Colby pencha son corps du côté opposé, déjouant ainsi la ruse de l'animal.

Visiblement irrité, le taureau enchaîna plusieurs sauts et volte-face. Le buzzer indiquant la fin des huit secondes réglementaires retentit et Colby se laissa désarçonner avant d'atterrir sur le sol, sur les fesses. Un clown de rodéo entra alors dans l'arène pour attirer l'attention du taureau sur lui et Colby courut vers le parc d'attente.

Tous les regards se tournèrent vers le tableau de score qui afficha quatre-vingt-onze points. La foule applaudit en hurlant, et Channing, sentant un frisson d'anticipation la parcourir tout entière, regarda Colby. Celui-ci jeta son chapeau dans les airs et attrapa son lasso avant de croiser son regard. Il se dirigea vers elle d'un pas assuré, si bien que le souffle de Channing se bloqua dans sa gorge. Il sauta par-dessus la barrière et gravit les quelques marches qui menaient vers elle, puis, sans dire un mot, il l'embrassa ; la foule se mit à siffler et à l'encourager bruyamment.

Il l'embrassa encore une fois, plus tendrement, avant de lui susurrer dans l'oreille :

— Il est l'heure de payer ton dû, ma belle.

Chapitre 12

Channing rougit intensément à ces mots et, immédiatement, le désir que Colby éprouvait pour elle envahit tout son corps. Luttant pour conserver son sang-froid, il retourna dans le parc d'attente et rassembla toutes ses affaires. Il confia sa selle à Cash et garda uniquement son sac d'équipements, puis alla rejoindre Channing qui l'attendait devant l'entrée réservée aux concurrents.

En le voyant, elle lui adressa un sourire nerveux, mais il feignit de ne pas s'en apercevoir.

— Prête ?

— Euh… Oui. Ça te dirait de boire une bière avant ?

— Tu as soif ?

— Oui, un peu. Cette chaleur est dure à supporter, balbutia-t-elle en agitant la main comme un éventail devant son visage. Et puis je me suis dit que tu en voudrais peut-être une aussi. Tu sais, pour célébrer ta victoire. C'est moi qui régale.

— C'est très gentil de ta part, Chan.

Il plaça la main dans le bas de son dos et elle eut un sursaut.

— Relax, ma belle. Je ne vais pas me jeter sur toi devant tout le monde.

Elle leva vers lui un regard pétillant et déposa un baiser sur sa joue.

— Je sais, murmura-t-elle contre sa peau. Et je ne cherche pas à gagner du temps, j'ai vraiment envie d'une bière. Tu ne t'offres jamais quelques instants de répit bien mérité après la compétition ?

— Pas ici, non.

— Pourquoi ?

— Tu comprendras d'ici quelques secondes.

Channing haussa les épaules et se dirigea vers le stand de bière. À peine eut-elle fait quelques pas que Colby se retrouva entouré d'une mer de visages inconnus : des groupies, des enfants et des fans de rodéo qui voulaient le féliciter pour sa belle performance. Il serra quelques mains et signa plusieurs autographes, dont un sur la naissance d'une poitrine plus qu'opulente, comprimée dans un petit haut rose fluo.

Lorsqu'il leva la tête, il aperçut Channing, une bouteille de bière dans chaque main, qui paraissait hésiter à le rejoindre. Il lui fit signe d'approcher et, dès qu'elle fut à ses côtés, il lui passa un bras autour de son cou et l'étreignit avant de lui prendre une des bières. Plusieurs groupies s'en allèrent aussitôt.

— Merci, ma belle, lui chuchota-t-il à l'oreille avant de boire une gorgée.

— De rien, cowboy.

La tenant serrée contre lui, Colby prit le temps de discuter avec chacun de ses fans quand, soudain, une groupie fendit la foule qui s'était pressée autour de lui.

— Vous êtes ensemble, tous les deux ? s'enquit-elle quand elle fut arrivée à sa hauteur en les regardant tour à tour.

— Ouais, répliqua-t-il avant de reporter son attention sur l'homme avec lequel il bavardait avant d'être interrompu par la jeune femme.

D'un geste brusque, celle-ci rejeta ses cheveux en arrière et s'éloigna, prenant une attitude dédaigneuse. Il échangea encore quelques mots avec le petit groupe qui s'était formé autour de lui et, quand il eut fini sa bière, annonça :

— Merci à tous d'être venus me soutenir aujourd'hui, ça me touche énormément, mais là, je dois vous laisser. Il faut que je me repose pour être en forme demain.

Il les salua de la main, ajusta la bretelle de son sac sur son épaule et escorta Channing vers la sortie du complexe.

— Tu comprends maintenant pourquoi je préfère décompresser ailleurs qu'ici ?

— Ouais… Au fait, il y a une soirée au *Wild Bronc* ce soir apparemment, l'informa Channing. Si tu veux y aller avec les gars du circuit, tu peux, je ne t'en voudrai pas.

Colby fronça les sourcils. Avait-elle donc si peur que ça de se retrouver seule avec lui ?

— Oui, peut-être, je ne sais pas. Tu voudrais y aller, toi ?

— Pourquoi pas. J'ai rencontré une femme plutôt sympa dans les loges et elle m'a demandé si je comptais y faire un tour.

— Comment s'appelle-t-elle ?

— Mary Morgan. Sa fille, Callie, est venue me parler et c'est comme ça qu'on a fait connaissance. Tu la connais ?

— De vue. Mike, son mari, est un mec très sympa. Il a fini parmi les douze premiers au classement lors de la Finale nationale de rodéo, l'an dernier. Il excelle dans sa discipline.

Ils firent le reste du chemin jusqu'au van en silence. Trevor et Edgard ne semblaient pas être dans les parages. Colby glissa sa clé dans la serrure de la portière du van avant de s'effacer pour laisser Channing passer. Il jeta son sac dans un coin et la suivit dans l'espace de vie.

Muette comme une carpe, Channing semblait en proie à une vive appréhension. Plantant son regard dans le sien, il s'avança vers elle, la prit par la taille et la plaqua contre le mur en lui écrasant la bouche dans un baiser ardent. Aussitôt, il la sentit se détendre dans son étreinte. Après quelques instants, il mit fin au baiser afin de reprendre son souffle.

— Arrête de me fixer avec ce regard de biche aux abois, ma belle, lui dit-il. Je ne vais pas te prendre maintenant, en sachant que l'on risque d'être interrompus à tout moment. Il m'est, certes, difficile de résister à tes jolies fesses bien rondes et fermes. Cela dit, je pense pouvoir encore tenir quelques heures avant de les faire miennes.

— Tes flatteries me vont droit au cœur, déclara-t-elle.

Il rit et lui embrassa le bout du nez.

— Bon, je vais me doucher. Tu veux qu'on aille manger un morceau avant d'aller au bar ?

— Oui, c'est une bonne idée, répondit-elle d'un ton enjoué. J'ai vu un restaurant à grillades pas loin d'ici.

— Une belle femme et un bon bout de viande, que demander de plus ?

Une lueur intense éclaira le regard de Channing, et Colby sentit quelque chose remuer au fond de lui.

— On attend Trevor et Edgard ? s'enquit-elle.

Il voulut demander « pourquoi ? », mais n'osa pas. L'espace d'un instant, il éprouva une haine féroce envers ses compagnons de route avant de diriger sa rancœur vers lui-même. N'était-ce pas lui qui avait proposé à Channing de la partager avec eux ? Pourtant, à présent, et pour une raison qui lui échappait, il la voulait pour lui seul. Malheureusement, il se doutait bien que Channing, elle, souhaitait profiter de son aventure avec lui *et* ses deux amis, pour se trouver et s'épanouir sexuellement. Elle avait besoin de cette liberté pour pouvoir avancer et se construire, et il était hors de question qu'il la prive de cela. Et puis, qui sait, peut-être qu'elle finirait par se lasser de Trevor et d'Edgard.

À cet instant, Colby se rendit compte qu'il ferait probablement n'importe quoi pour elle et son ventre se noua, comme chaque fois qu'il posait les yeux sur elle.

— Oui, si tu veux, mais pas trop longtemps, parce que je crève la dalle.

— Moi aussi, je dois l'avouer.

Soudain, l'attention de Colby fut attirée par un gros sac en plastique posé sur le lit surélevé et il esquissa un sourire en coin.

— Ferme les yeux et tends tes deux bras vers moi, paumes vers le haut, lui enjoignit-il.

Channing parut vouloir protester, mais fit ce qu'il lui demandait. Il s'avança vers elle et vit son pouls battre sous la peau tendre de son cou. Décidément, elle avait vraiment les nerfs en pelote ! Il prit le sac et en sortit une boîte qu'il examina sous tous les angles. Un doute s'empara alors de lui. Que penserait Channing ? Allait-elle apprécier ou avait-il plutôt fait une énorme connerie ?

— Colby ?

La voix de Channing le tira de ses pensées.

— Oui, oui, je suis là. Tiens…

Il lui tendit la boîte et ne la relâcha pas avant d'être sûr qu'elle la tenait bien. Il fit ensuite un pas en arrière, attendant sa réaction. Elle ouvrit les yeux, puis baissa le regard sur l'objet qu'elle tenait et une expression de surprise se peignit sur ses traits.

— Mais… C'est une cafetière ! s'exclama-t-elle en levant la tête vers lui. Tu m'as acheté une cafetière ?

— Ouais. Il y a également des filtres et un sachet de café moulu dans l'autre sac, sur le lit.

— Je ne comprends pas… Pourquoi m'as-tu acheté une cafetière ? Tu as gagné le pari.

— Je sais, mais j'aurais également pu perdre.

— C'était donc un pari déguisé ?

— On peut dire ça comme ça, oui.

Channing regarda attentivement la boîte et fronça les sourcils.

— Quand est-ce que tu l'as achetée ? Tu n'as pas quitté l'arène de la journée, que je sache.

— Oui, en effet. En fait, j'ai filé de la thune à Cash en lui demandant s'il pouvait aller au supermarché pour t'acheter la meilleure cafetière qu'ils aient. Tu es contente, elle te plaît ?

— Si elle me plaît ? Je l'adore !

Elle posa la boîte sur la table et se jeta sur lui en nouant les bras autour de son cou. Elle couvrit alors son visage de baisers, sans oublier ses lèvres, en dernier.

— Colby McKay, tu es l'homme le plus attentionné qui soit. J'hallucine... Tu m'as acheté une cafetière ! Tu n'aurais pas dû...

— Oui, je sais, mais j'en avais envie.

— Merci, merci, merci !

Il crut distinguer des larmes dans ses yeux, mais Channing cligna aussitôt des paupières et l'embrassa passionnément.

— C'est sans doute la plus belle chose qu'on m'ait offerte.

Le cœur de Colby manqua un battement à cette déclaration. Il devait se montrer extrêmement prudent avec elle, sinon, il se pourrait bien qu'il finisse par tomber amoureux d'elle.

Il effleura ses lèvres des siennes et se dégagea soigneusement de son étreinte.

— Allez, je te laisse découvrir ton nouveau jouet pendant que je vais prendre ma douche et, après, on ira manger.

Ils dînèrent – en tête à tête – dans le restaurant de grillades que Channing avait repéré avant de se rendre au *Wild Bronc* qui était déjà bien rempli à leur arrivée. Channing dansa sur quelques chansons country avec Cash et Trevor, ce qui ne dérangeait pas Colby, du moment qu'elle lui réservait tous les slows. Edgard, quant à lui, avait préféré rester dans le van pour, soi-disant, compenser son sommeil perdu.

Colby avala les dernières gorgées de sa bouteille de bière et en commanda une autre. La soirée était bien engagée et il était ravi que Channing se soit fait une nouvelle amie. Néanmoins, il avait hâte de retourner dans la chambre d'hôtel avec elle. Même s'ils avaient passé la nuit dernière ensemble, il avait l'impression que ça faisait une éternité qu'il ne l'avait pas touchée, apprécié le contact de sa peau contre la sienne.

Pour la énième fois depuis qu'ils étaient arrivés au bar, il regarda l'horloge en forme de fer à cheval accrochée au mur et dirigea son regard vers l'endroit où se trouvait Channing. Accoudées au comptoir, Mary Morgan et elle rirent aux éclats avant de boire un autre shot d'un trait.

— Contrairement à toi, elle a l'air de bien s'amuser, dit Cash en s'asseyant à côté de lui. Tu n'arrêtes pas de regarder l'heure, tu es pressé ?

— Je pourrais très bien te faire part de mon programme de deuxième partie de soirée, mais bon, je ne voudrais surtout pas te frustrer plus que tu ne l'es déjà.

— C'est très noble de ta part, McKay.

Ils échangèrent un regard amusé en trinquant avec leurs bouteilles de bière. Cash l'observa en silence un long moment et Colby fronça les sourcils.

— Qu'est-ce qu'il y a ? s'enquit-il.

— D'habitude, quand tu veux quelque chose, tu fonces tête baissée et tu ne lâches pas l'affaire tant que tu n'as pas atteint ton but. Qu'est-ce qui te retient, là ?

— La peur que mon cher compagnon de route, j'ai nommé Trevor, nous voie nous en aller et décide de nous suivre. Quand il boit, il devient assez collant.

Il avait promis à Channing une nuit en tête à tête, mais il n'était pas certain de pouvoir honorer cette promesse et cela le rendait fou.

— Tu te prends la tête pour rien, mon ami, commenta Cash. Ne t'en fais pas pour Trevor, il peut dormir dans ma chambre cette nuit, j'ai un lit en plus. Et puis, s'il devient trop collant, comme tu dis, il dormira avec les chevaux.

— Tu es sérieux ? Ça ne t'embête pas ?

Un immense sentiment de soulagement envahit alors Colby.

— Non, pas du tout. Je suis peut-être frustré sexuellement, mais je ne reste pas moins un ami digne de ce nom. Allez, file avant que je ne change d'avis.

— Merci, mon pote, je te revaudrai ça.

Colby fixa un regard inquisiteur sur Channing et, quelques secondes après, celle-ci tourna la tête vers lui, comme si elle avait perçu les ondes de son désir.

— On y va, articula-t-il silencieusement avant de finir sa bière.

Elle rougit puis porta son verre à ses lèvres et le vida d'un trait. Colby salua Cash en lui donnant une tape amicale dans le dos et se dirigea vers Channing.

Soudainement, ce fut comme s'il ne voyait plus qu'elle, il avait l'impression qu'ils étaient seuls au monde.

Lorsqu'il arriva à sa hauteur, elle salua rapidement Mary, et il lui fit signe de passer devant en lui désignant la direction de la sortie, puis lui emboîta le pas, sentant son érection le gagner. Une fois dehors, ils marchèrent, côte à côte, en silence, jusqu'au motel. Le parfum fruité de Channing se mélangeait avec l'air frais et il inspira profondément cette odeur qu'il n'oublierait probablement jamais. Il percevait sa nervosité et se jura qu'il ferait de cette nuit la plus belle et la plus intense de toute sa vie.

Quand ils arrivèrent devant leur porte, il inséra la clé dans la serrure et la tourna. Il lui fit signe d'entrer et referma la porte derrière lui avant de glisser la chaîne de sécurité dans son rail. Mieux valait ne rien laisser au hasard. Il se retourna et croisa le regard de Channing. Une lueur intense brillait dans ses yeux. Il serra les poings, luttant de toutes ses forces pour garder son sang-froid.

Doucement, l'ami, doucement.

Il se dirigea ensuite vers la table dans le coin de la chambre et alluma la lampe à abat-jour coloré qui était posée dessus, inondant la pièce d'une faible lumière rose. Certes, le décor n'était pas des plus romantiques, mais cette chambre était plus agréable que la majorité des chambres de motel dans lesquelles il avait eu l'occasion de séjourner. Il regarda alors Channing, qui se tenait toujours immobile au milieu de la pièce.

— Déshabille-toi avant que ce soit moi qui le fasse, susurra-t-il d'une voix rauque.

— Colby…

— Déshabille-toi, Channing.

— Est-ce que…

— Je ne le répéterai pas une troisième fois.

Sans le quitter du regard, elle passa son haut orange par-dessus la tête et le jeta vers lui. Il l'attrapa et le huma en fermant les yeux.

— Continue, fit-il en laissant le vêtement tomber au sol.

Avec un sourire malicieux, elle envoya un escarpin valser en l'air et celui-ci retomba non loin de Colby ; elle fit de même avec l'autre. Elle glissa ensuite ses pouces sous la taille de son pantalon corsaire et le fit glisser lentement le long de ses cuisses avant de libérer ses pieds et d'écarter le vêtement avec.

Reste calme, Colby, surtout, reste calme.

Mais quand elle dégrafa – par l'avant – son soutien-gorge et le fit délibérément tomber par terre, Colby sentit son sang s'enflammer dans ses veines. La jeune fille timide s'était métamorphosée en une femme fatale, une créature sensuelle à laquelle il était tout simplement impossible de résister.

Envahi par une vague de désir, Colby ne lui laissa pas le temps d'enlever sa petite culotte en dentelle. Il franchit les quelques pas qui les séparaient et la souleva pour la porter vers le lit. Il la jeta sur le matelas et elle rit aux éclats. L'instant d'après, il s'allongea sur elle et couvrit sa bouche de la sienne.

Channing s'arqua contre lui et commença à le déshabiller en envoyant voler les vêtements à travers la pièce. Ses lèvres étaient chaudes et douces et avaient le goût de tequila. D'une main tremblante, il tira le couvre-lit tout en passant l'autre bras en dessous de sa taille pour la relever légèrement. Il accrocha ensuite deux doigts sur l'élastique de sa petite culotte et tira brusquement dessus, déchirant le sous-vêtement, puis enserra ses jambes des siennes et approfondit le baiser, caressant avidement sa langue. La chaleur de son corps l'apaisait et l'exaltait en même temps, et ses caresses affolaient ses sens.

Il fit glisser les mains le long de ses bras, lui saisit les poignets et les lui bloqua au-dessus de la tête. Il lâcha sa bouche et lui embrassa tendrement le front, une joue, puis l'autre et son nez. Il dessina un chemin de baisers humides le long de sa mâchoire, entre ses seins, jusqu'à son nombril. Il remplaça ses lèvres par sa langue qu'il fit glisser plus bas encore, en veillant à contourner ses lèvres intimes, lui arrachant ainsi un gémissement frustré. Il lui embrassa une cuisse, puis l'autre, et fit courir sa langue sur toute la longueur de sa jambe, jusqu'à sa cheville.

— Colby ! s'exclama-t-elle quand il lui embrassa la plante du pied.

Brusquement, il la saisit par la taille et la retourna sur le ventre avant de parsemer de nouveau son corps de baisers, couvrant chaque centimètre de son dos. Channing releva légèrement ses fesses et Colby sourit contre sa peau.

Du bout de sa langue, il traça lentement chaque vertèbre et remonta jusqu'à son cou avant de lui repousser les cheveux sur le côté. Il déposa un baiser humide dans le creux sensible derrière son oreille et souffla légèrement dessus. Le frisson qui la parcourut se propagea en lui et il rejeta la tête en arrière en réprimant un gémissement.

Son cœur battait à tout rompre et la sueur perlait à son front.

Il glissa une main entre ses jambes et elle écarta davantage les cuisses. Tout en embrassant ses cheveux, il introduisit deux doigts en elle, les fit aller et venir. Au bout de quelques secondes, il les ressortit un court instant et les frotta contre son pouce. Il glissa de nouveau ses doigts en elle, stimulant en même temps son anus du pouce. Aussitôt, Channing se mit à haleter en remuant sous lui.

Colby lui assena alors une fessée qui la calma aussitôt et il se redressa pour attraper le tube de lubrifiant posé sur la table de chevet. Channing étira les bras au-dessus de sa tête et empoigna les draps en remontant un genou sur le côté pour relever davantage son derrière. Il posa les mains sur ses fesses et les caressa tendrement avant de les écarter. Il lécha son clitoris avant de tracer l'anneau serré de son anus du bout de la langue et Channing émit un gémissement plaintif. Colby fit le même mouvement plusieurs fois, la sentant se détendre petit à petit. Bientôt, il serait en elle, là où aucun autre homme ne s'était aventuré avant lui.

À cette pensée, son sang rugit à ses oreilles et il ouvrit le tube de lubrifiant avant d'en appliquer une couche généreuse sur son pénis. Il en déposa ensuite une noisette sur son index et son majeur et les insinua dans son derrière.

Channing poussa un soupir en serrant les fesses, et Colby lui laissa quelques instants pour qu'elle s'habitue à cette intrusion soudaine. Puis, lentement, il écarta les deux doigts afin d'élargir le passage étroit et sentit le corps de Channing se décontracter légèrement. Encouragé par sa réaction, il retira ses doigts avant de les introduire de nouveau plusieurs fois de suite.

Tiraillé par la violence de son désir, Colby décida de passer à la vitesse supérieure. L'odeur unique de l'excitation de Channing se mêlait subtilement à la sienne ; il inspira profondément en prenant le tube de lubrifiant qu'il avait posé à côté de lui. Il le pressa contre l'anus de Channing et appuya dessus. Elle tressaillit au contact du liquide frais, et il lui caressa le dos d'un geste qui se voulait apaisant. Il posa ensuite une main entre ses omoplates et elle tourna la tête sur le côté en ramenant son autre genou vers sa poitrine.

Colby s'installa entre ses cuisses, l'attrapa fermement par les hanches et positionna son gland lubrifié contre son anus. Quand il entra légèrement en elle, Channing poussa un petit cri et il réprima un juron. Il attendit quelques secondes et s'enfonça encore un peu plus profondément.

Elle était si chaude et si étroite qu'il faillit perdre l'équilibre. Son instinct le plus primitif se réveilla et il serra les mâchoires. Il mourait d'envie de la pénétrer d'un coup de reins brusque, de presser ses couilles contre ses fesses et la posséder sauvagement, jusqu'à ce qu'orgasme s'en suive et qu'il inonde son cul de sperme, mais se ravisa. La douleur ne devait jamais surpasser le plaisir.

Centimètre par centimètre, il avança en elle, essayant de lui faire le moins mal possible, même s'il savait parfaitement que cela était impossible. Une fois qu'elle l'eut entièrement accueilli en elle, Colby ferma les yeux et inspira profondément. Le monde pouvait s'effondrer, il s'en fichait complètement. Plus rien n'avait d'importance.

Channing contracta son anus et remua son derrière, comme pour lui signifier de poursuivre. Il commença à se mouvoir lentement en elle, subjugué par la friction de sa queue contre les parois étroites de son anus. Tout en allant et venant en elle, il lui titilla le clitoris du bout de l'index et elle gémit en se cambrant contre lui.

Ses coups de boutoir se firent de plus en plus rapides, si bien que la tête de lit se mit à cogner contre le mur. Il était sur le point d'amorcer son orgasme lorsqu'elle cria sa jouissance, contractant son anus autour de sa queue. Il ondula en elle une fois, deux fois et, la troisième fois, il se laissa submerger par l'orgasme qui le gagnait. Il éjacula en elle et renversa la tête en arrière criant son nom encore et encore. Jamais auparavant il n'avait connu une sensation aussi intense. Jamais.

Quand il eut repris ses esprits, il passa une main le long du dos de Channing et celle-ci frissonna violemment, mais demeura silencieuse. Son visage était caché par ses cheveux et sa respiration était saccadée. Pourquoi ne disait-elle rien ? Était-elle en train de pleurer ?

Vu comment tu viens de la sauter…

Un sentiment de honte l'envahit aussitôt. Avait-elle apprécié ? Avait-elle pris autant de plaisir que lui ? Lui avait-il fait mal ?

— Ça va, Chan ?

Rien.

Il se retira lentement d'elle et Channing se laissa retomber sur le lit. Colby se leva et alla dans la salle de bains pour se nettoyer. Il prit ensuite une petite serviette et la passa sous l'eau tiède avant de l'essorer. Lorsqu'il revint dans la chambre, Channing n'avait toujours pas bougé. Il s'assit à côté d'elle puis repoussa les cheveux qui lui couvraient le visage et la nettoya délicatement. Il jeta la serviette au sol et se glissa dans le lit. Il rabattit le drap sur eux et attira Channing contre lui, dos contre torse. À son grand soulagement, elle se laissa faire.

Que lui arrivait-il ? Cela ne lui ressemblait pas de rester silencieuse aussi longtemps. Après ce qui venait de se passer entre eux, après ce qu'il venait de lui faire, il avait besoin d'être rassuré, de savoir qu'elle allait bien.

— Channing, parle-moi, s'il te plaît, murmura-t-il dans ses cheveux.

— Pardon, c'est juste que… Je suis un peu sous le choc et je ne sais pas trop quoi dire.

Colby se raidit.

— Dois-je m'en réjouir ou m'inquiéter ?

— Je… Je ne sais pas.

Sentant sa patience atteindre ses limites, Colby la tourna brusquement sur le dos, couvrit son corps du sien et se redressa sur ses avant-bras en la dévisageant.

— Je veux une réponse claire et nette, Channing.

— Ce qui s'est passé entre nous, hasarda-t-elle, je n'arrive pas à trouver les mots pour t'expliquer ce que je ressens. La passion dont tu as fait preuve m'a littéralement laissée sans voix. Tu as joué de mon corps comme un virtuose. J'ai découvert des sensations que je n'avais jamais vécues auparavant, des sensations aussi merveilleuses que terrifiantes.

Cette déclaration le laissa bouche bée et ce fut à cet instant précis que la réalité le frappa de plein fouet : il commençait à éprouver quelque chose pour Channing. Pour la première fois de sa vie, il s'était réellement attaché à une femme. Mais, manque de pot, cette femme, leur histoire n'étaient qu'un bref interlude dans sa vie. Et même si elle était toujours là, sous lui, peau contre peau, il la regrettait déjà : leurs conversations, leur intimité…

Ne sachant pas quoi lui répondre, il se contenta de l'embrasser tendrement en espérant qu'elle comprendrait son silence accablé. Il roula sur le côté et l'attira contre lui, sachant qu'il ne fermerait pas l'œil de la nuit.

Chapitre 13

Le lendemain matin, Channing fut réveillée par un bruissement. Elle se redressa sur le lit et vit Colby en train d'installer la cafetière sur la table dans le coin de la chambre. L'esprit encore embrumé, elle cligna plusieurs fois des yeux et se laissa retomber sur le matelas. Elle entendit vaguement Colby lui dire de rester au lit et qu'il serait de retour avant l'heure de libérer la chambre.

Quand Colby referma la porte en sortant, elle ouvrit les yeux et se tourna sur le côté pour contempler la cafetière en réprimant un gémissement. En plus du coup de soleil qui l'avait frappée la veille, elle avait également une légère gueule de bois qui lui martelait le crâne. Sans parler des douleurs musculaires provoquées par le marathon du sexe auquel elle s'était livrée avec Colby, puis Trevor et ensuite de nouveau Colby.

Plusieurs images de la nuit passée surgirent alors dans son esprit. En plus de l'avoir initiée au sexe anal, lui ayant ainsi fait découvrir le mélange intense de douleur et du plaisir que procurait cet acte, Colby avait également levé le voile sur une partie d'elle-même qu'elle ignorait jusqu'à présent. Il avait libéré la passion bridée qu'elle contenait en elle tout en éveillant un désir intense pour lui, un désir qu'elle ne parvenait plus à refréner. C'était d'ailleurs probablement pour cette raison qu'elle avait éprouvé le besoin de lui dire, après leur étreinte, ce qu'il lui avait fait ressentir.

Elle dut s'admettre qu'elle tenait à Colby bien plus qu'elle ne le croyait. La manière dont il l'avait faite sienne… Jamais aucun autre homme n'avait été aussi fougueux, tendre et brutal à la fois avec elle. Quelque chose avait changé entre eux, et Channing n'était pas sûre de vouloir savoir comment ni pourquoi. Du moins pas encore. Leur histoire avait pris un tournant inattendu, mais elle préférait ne pas y penser pour le moment.

Elle se pelotonna dans le lit en serrant l'oreiller de Colby contre elle et resta ainsi, le regard dans le vide, un long moment. Sachant qu'elle ne se rendormirait plus, elle se leva, mit la cafetière en marche et se fit couler un bain en attendant. Elle se glissa lentement dans la baignoire, ferma les yeux et s'enfonça dans l'eau chaude.

Pendant de longues et délicieuses minutes, elle resta immobile, étendue dans l'eau, sentant ses muscles endoloris se détendre un à un. Quand elle sortit du bain, elle s'enveloppa dans une serviette avant de retourner dans la chambre. Elle versa du café dans le gobelet que Colby lui avait laissé et en but une petite gorgée avant de prendre un jean et une tunique blanche à manches longues dans sa valise. Elle se tourna vers le miroir accroché à la porte de la salle de bains et fit une grimace en voyant les coups de soleil sur son décolleté et ses bras. Elle s'était pourtant tartinée de crème solaire plusieurs fois tout au long de la journée, mais en vain. Heureusement qu'elle avait mis son chapeau panama, sinon elle aurait certainement eu droit à une insolation en prime.

Elle appliqua une crème hydratante sur tout son corps, s'habilla et chaussa une paire de sandales. Elle avala ensuite le reste de son café et fit sa valise qu'elle mit à côté de la porte d'entrée. Comme il lui restait encore assez de temps avant l'heure à laquelle il fallait libérer la chambre, elle rinça soigneusement le pot de la cafetière et rangea celle-ci dans sa boîte.

Le geste de Colby l'avait profondément touchée. Pour une personne extérieure, ce cadeau pouvait sembler d'une banalité extrême, mais, pour elle, c'était le plus beau présent qu'on lui ait jamais offert. Certes, ses parents l'avaient couverte de cadeaux – elle avait, entre autres, reçu une BMW pour son seizième anniversaire et un collier de perles de culture le jour de ses vingt et un ans –, mais tout cela n'avait aucune valeur sentimentale à ses yeux. Elle aurait préféré ne recevoir aucun cadeau de leur part et avoir une relation normale avec eux plutôt que de se sentir comme le vilain petit canard de la famille que l'on essayait à tout prix de changer. Colby, lui, ne la connaissait que depuis quelques jours à peine et, pourtant, il avait parfaitement cerné sa personnalité.

Soudain, un coup frappé à la porte la tira de ses pensées. Était-ce la femme de chambre ? Déjà ? Channing s'approcha de la porte et regarda dans le judas. C'était Edgard.

— Salut, dit-elle en ouvrant la porte. Je pensais que vous étiez tous du côté de l'arène.

— J'y vais, je passais juste récupérer les valises afin de les charger dans le van. D'ailleurs, tu veux venir avec moi ? Ça t'évitera d'y aller à pied.

— Oui, super, merci, répondit-elle en détaillant son visage.

Il semblait plus détendu que d'habitude.

— Tout va bien, Ed ? s'enquit-elle en plissant les yeux.

— Oui, c'est juste la compétition de cet après-midi que me rend un peu nerveux. J'espère vraiment qu'on va faire un bon score et empocher enfin quelques billets.

— Je l'espère aussi, murmura Channing. En tout cas, je serai là pour vous encourager.

Il y eut un moment de silence, et elle ajouta :

— Il faut dire que ma présence ne vous a pas porté chance comme tu l'espérais.

À sa grande surprise, Edgard lui sourit et l'embrassa sur la joue.

— Non, mais elle m'a quand même été d'une grande utilité.

— Comment ça ? Je ne comprends pas.

— Ce n'est pas important. Allez, ne perdons pas de temps parce que Colby a oublié sa selle ce matin et je dois la lui rapporter.

À ces mots, Edgard prit les valises. Channing, intriguée par sa déclaration étrange, le suivit hors de la chambre en refermant la porte derrière elle.

Ils sortirent du motel et elle ramena ses pensées vers Colby. Avait-il oublié sa selle parce que, comme elle, il subissait le contrecoup de leur nuit ? Comment allait-il se comporter avec elle, dorénavant ?

Elle monta dans la Dodge, des milliers de questions se bousculant dans sa tête. Lorsqu'ils furent arrivés à destination, Edgard se gara non loin de l'entrée de l'arène et lui tendit les clés du van.

— Colby m'attend, tu pourras fermer le van derrière moi, s'il te plaît ? demanda-t-il.

— Oui, bien sûr, file. Souhaite-lui bonne chance de ma part, dit-elle en prenant le trousseau de clés qu'il lui tendait.

— Tu veux aussi me faire un bisou afin que je l'embrasse de ta part ?

Hein ?

— Tu es sûr que tu vas bien, Ed ? Je ne te reconnais plus.

— Tout va super bien. À plus, ma jolie.

Il lui fit un clin d'œil et descendit du véhicule. Les sourcils froncés, Channing le regarda s'éloigner avec la selle de Colby et haussa les épaules. Elle ferma le van à double tour et se rendit à l'accueil pour récupérer son billet. Quand elle eut pris place dans les tribunes réservées, plusieurs femmes vinrent la saluer et une conversation détendue s'en suivit. Elles la taquinèrent sur son départ précipité de la veille qui, manifestement, n'était pas passé inaperçu, et Channing se sentit rougir. Certaines femmes lui avouèrent même être jalouses de la relation qu'elle entretenait avec Colby, regrettant que cette excitation des débuts ne soit plus toujours au rendez-vous avec leurs compagnons respectifs. Elles lui proposèrent ensuite de participer au pari qu'elles avaient pour habitude de mettre en place lors de chaque tournoi.

Les règles étaient simples : chacune d'entre elles misait une petite somme et il était interdit de parier contre son homme. Ravie de cette soudaine popularité, Channing accepta de jouer le jeu, bien décidée à dépouiller ses nouvelles copines.

— Mesdames et messieurs, retentit la voix du présentateur, êtes-vous prêts à voir de l'action ?

La foule hurla et l'homme annonça la première épreuve : la monte de chevaux sans selle. Avec une mise de deux dollars, Channing en remporta vingt-cinq. Quand l'épreuve suivante – la monte de chevaux avec selle – commença, elle réprima un frisson. Colby était le deuxième à passer, et quand le cheval sauvage bondit hors des chutes en essayant de le désarçonner, Channing se redressa sur son siège. Sa performance lui valut soixante-quinze points, et il finit à la troisième place du classement.

Étant donné que c'était le dernier jour du tournoi, les épreuves étaient plus longues que d'habitude, mais, malgré cela, Channing eut l'impression que le temps passait à une vitesse folle. Vers la fin de l'après-midi, les loges commencèrent à se vider et elle se retrouva rapidement seule.

Les coudes sur les genoux et le menton dans les mains, Channing regardait d'un œil distrait l'épreuve de barils pour dames, regrettant amèrement d'avoir oublié son cahier dans le van, quand, soudain, quelqu'un lui tira les cheveux. Avant même qu'elle n'ait eu le temps de se retourner, Callie vint s'asseoir à côté d'elle.

— Salut, Channing, dit-elle gaiement.

— Salut, Calamity Jane.

La fillette fut prise d'un fou rire et couvrit sa bouche de la main.

— Où est ta maman ? lui demanda Channing.

— Derrière les chutes en train d'aider mon papa à bander la patte arrière de son cheval.

Cette petite fille est vraiment trop mignonne, pensa Channing.

— Le cheval de ton papa est blessé ?

Callie haussa les épaules et Channing but une gorgée de son soda.

— Dis, est-ce que toi aussi, comme ma maman, tu as mal à la tête et au ventre aujourd'hui ?

Channing faillit recracher sa boisson par le nez.

— Non, pourquoi ?

— Ouf, parce qu'elle est de mauvaise humeur et j'avais peur que toi aussi, tu le sois.

— Je t'ai entendue, Calliope Jane Morgan ! se fit alors entendre la voix de Mary qui venait vers elles.

Callie pouffa de rire et Mary s'installa à côté de Channing.

— Malheureusement pour moi, ma fille n'a pas tort, marmonna-t-elle, affectant une expression sérieuse. Non seulement j'ai l'impression que ma tête va exploser, mais en plus j'ai des remontées.

Mary la regarda alors par-dessus ses lunettes de soleil roses et ajouta :

— Et moi qui espérais te retrouver dans le même état que moi, c'est raté. Tu as très bonne mine aujourd'hui.

— Il ne fallait pas boire autant, s'esclaffa Channing.

— Mais il fallait bien fêter la victoire de Colby, non ? Et puis, j'ai l'impression de ne pas avoir bu tant que ça.

— Tu dis toujours ça, maman, déclara Callie.

— On ne t'a rien demandé, petite peste ! Que va penser notre nouvelle copine de moi, maintenant ?

Toutes les trois rirent à l'unisson et Channing avala une autre gorgée de son soda.

— Vous allez à Valentine ? s'enquit-elle.

— Oui, on part tout de suite après l'annonce des résultats des épreuves. Vous ?

— On y va aussi.

Lorsque Callie descendit jusqu'à la première rangée des loges, son attention vraisemblablement attirée par quelque chose dans l'arène, Mary se tourna vers Channing, ouvrit la bouche et la referma aussitôt.

— Je peux te demander quelque chose ? hasarda-t-elle tout de même, au bout de quelques secondes.

— Oui, bien sûr.

— Ça fait quoi de voyager avec Colby *et* Trevor *et* Edgard ? On vous a vus, Colby et toi, filer à l'anglaise, hier soir. Et Trevor était tellement bourré que Cash a dû limite le traîner hors du bar. Je l'ai croisé ce matin et il m'a dit que Trevor n'avait pas voulu dormir dans sa chambre et qu'il avait certainement dû passer la nuit dans le van.

Channing sentit son pouls s'accélérer, devinant la question qui allait suivre.

— Vous vous organisez comment pour dormir ? Colby et toi arrivez quand même à vous retrouver en tête à tête ?

Elle prit quelques secondes pour réfléchir à une réponse sensée. Sa nouvelle amie serait sûrement choquée en apprenant l'existence, ainsi que les détails, du marché qu'elle avait conclu avec Colby. Cela dit, en y repensant, elle avait passé toutes les nuits uniquement avec Colby.

— Trevor et Edgard sont très compréhensifs, répondit-elle. Une nuit, c'est Colby et moi qui prenons la chambre du motel tandis qu'eux dorment dans le van et on change la nuit suivante. Comme ça, tout le monde est content.

D'un point de vue technique, ce n'était pas un mensonge.

Mary était sur le point de dire quelque chose quand Callie revint s'asseoir entre elles.

— Maman, j'ai chaud, se plaignit la fillette.

— Je sais, ma puce. On ne va pas tarder.

— Dis, est-ce que je peux acheter un mini-ventilateur au monsieur là-bas ? s'enquit-elle en pointant du doigt un homme qui se promenait entre les rangées, un panier rempli de babioles en tout genre dans les mains.

— Non.

— Un collier alors ?

— Non plus.

— Et un sifflet ? Ça coûte pas cher, un sifflet, maman.

— Non, Callie, fit Mary, visiblement à cran. Arrête de m'embêter maintenant, OK ?

— OK, maman, mais est-ce que je peux au moins m'acheter une glace, s'il te plaît ?

Mary poussa un soupir résigné en sortant son portefeuille de son sac et donna un billet de cinq dollars à sa fille.

—Va pour une glace, mais ne traîne pas en route. Tu vas jusqu'au stand et tu reviens tout de suite après.

—Oui, maman.

Callie adressa alors un regard triomphal à Channing et celle-ci réprima un rire en secouant légèrement la tête.

La fillette revint rapidement et l'épreuve de terrassement de bouvillon commença peu de temps après. Channing perdit dix dollars parce que, même si elle avait parié que Mike remporterait le deuxième tour, elle ne l'avait pas donné gagnant en finale. Une fois l'épreuve terminée, Mary et Callie quittèrent la loge en lui promettant de se retrouver à Valentine.

Malheureusement, Trevor et Edgard furent éliminés dès le second tour de l'épreuve de prise du veau au lasso en équipe. Grâce à leur résultat de la veille, ils étaient tout de même sûrs d'empocher une modeste somme, mais, à en croire leurs expressions graves, cela leur importait peu. Tandis que le présentateur faisait le point sur leurs scores, les deux cowboys rangèrent leurs équipements sans se parler, ni même se regarder. Ce soir encore, l'ambiance risquait d'être tendue.

Génial…

Channing regarda l'épreuve jusqu'au bout puis, sentant la faim la gagner, elle décida d'aller s'acheter quelque chose à manger en attendant l'épreuve de monte de taureaux sauvages. Après avoir dégusté un hot-dog et s'être désaltérée avec une bonne bière fraîche, elle regarda sa montre. Elle avait encore une bonne heure à tuer avant la discipline à laquelle Colby participait et décida donc de retourner au van afin de récupérer son cahier.

Le vaste parking jonché de détritus en tout genre était pratiquement désert, la plupart des cowboys ayant déjà pris la route vers Valentine. Lorsqu'elle arriva devant le van, Channing sortit le trousseau de clés de sa poche et était sur le point de déverrouiller la portière, quand, soudain, un bruit sourd se fit entendre à l'intérieur.

Inquiète, elle se figea et colla l'oreille contre la portière. L'instant d'après, plusieurs bruits se succédèrent, suivis par un juron lancé par une voix masculine enrouée.

Merde.

Trevor et Edgard en étaient-ils venus aux mains à cause de leur performance décevante ? Que devait-elle faire ? Elle ne pouvait pas partir à la recherche de Colby, il n'allait pas tarder à faire son entrée dans l'arène et elle ne voulait surtout pas l'inquiéter avant son épreuve. Elle allait devoir se débrouiller toute seule.

Elle tourna la clé dans la serrure et monta dans le van en veillant à refermer la portière sans faire de bruit. Elle avait plus ou moins préparé un discours mais, quand elle pénétra dans l'espace de vie, ce qu'elle y vit la stupéfia.

Trevor et Edgard n'étaient pas en train de se battre.

Éberluée, elle cligna plusieurs fois des yeux.

Non, elle ne rêvait pas.

Putain de merde.

Entièrement nu, les yeux clos, Trevor était adossé contre la paroi qui séparait le coin cuisine de la salle de bains alors qu'Edgard, également en tenu d'Adam, était agenouillé devant lui et lui faisait une… une fellation.

— Bouge tes hanches, Trev, je vois bien que tu en meurs d'envie, marmonna Edgard avant de rependre le sexe de l'autre homme dans sa bouche.

— Oh, Ed, si tu savais à…

À cet instant, il ouvrit les yeux et croisa le regard de Channing.

— Channing ?! s'exclama-t-il. Qu'est-ce que tu fous ici ?

Edgard leva les yeux vers lui puis tourna la tête vers elle et se redressa, une grimace horrifiée tordant ses beaux traits. Pendant un long moment, personne ne bougea. Trevor avait le regard rivé au sol, Edgard, lui, regardait nerveusement de droite à gauche et Channing, quant à elle, ne pouvait se résoudre à détacher les yeux de leurs corps nus et en sueur.

Tout était clair comme de l'eau de roche, à présent. Elle comprenait pourquoi Edgard ne l'avait pas accueillie à bras ouverts et pourquoi il avait refusé de se joindre à leurs petites sauteries. C'était également la raison pour laquelle Trevor n'avait jamais insisté pour passer une nuit avec Colby et elle.

Étrangement, cette révélation la rassura plus qu'autre chose. Edgard n'était pas attiré par elle pour la simple et bonne raison qu'il préférait les hommes.

Ouf !

— Ce n'est pas ce que tu crois, Channing, dit Trevor, rompant ainsi le silence oppressant qui régnait dans le petit espace.

Mais, attends une minute… Cela veut-il également dire que…

— Colby est gay, lui aussi ? demanda-t-elle, appréhendant la réponse.

— Je ne suis pas gay, rétorqua Trevor, visiblement offensé, et Edgard lui adressa aussitôt un regard noir.

— Tu n'es peut-être pas gay, mais tu es bi, visiblement. Colby aussi, du coup ?

— Non, répondit Trevor.

— Il sait que vous êtes… ensemble ?

— Oui.

— Et ça ne le gêne pas ?

Le monde du rodéo était connu pour être macho et homophobe, surtout. Les cowboys avaient des idées très arriérées sur l'homosexualité. Et la bisexualité.

— Colby s'en fiche, du moment qu'il ne nous voit pas en pleine action, lança Edgard.

— Oh…

Channing était sidérée et ne savait pas quoi dire d'autre.

— Chan, ça serait bien que tout ceci reste entre nous, dit Trevor. Si d'autres personnes venaient à apprendre que…

— Oui, oui, bien sûr.

Edgard attrapa son jean en soupirant avant de déclarer :

— Je vais aller m'occuper des chevaux.

Avant même de comprendre ce qu'elle faisait, Channing se planta devant Edgard, lui barrant ainsi le passage.

— Non, murmura-t-elle en posant une main sur son torse, si quelqu'un doit partir, c'est moi. Je suis vraiment désolée de vous avoir interrompus dans un moment aussi intime.

Trevor et Edgard échangèrent un regard surpris.

— Tu n'es pas choquée, ou dégoûtée, par ce que tu viens de voir ? demanda Trevor, confus.

— Non, bien au contraire.

— Que veux-tu dire par là ? s'enquit Edgard en fronçant les sourcils.

— Je viens de voir deux mecs super sexy s'abandonner, sans retenue, à une passion intense que j'ai moi-même eu la chance d'éprouver récemment.

Elle rougit à son propre aveu avant de poursuivre :

— Je n'ai aucun préjugé concernant vos préférences sexuelles, et puis...

Channing se mordit la lèvre, hésitant à finir sa pensée.

— Quoi ? fit Edgard en lui caressant la joue. Dis-nous, n'aie pas peur.

— Et puis, je dois reconnaître que ça m'excite un peu. Je me suis toujours demandé à quoi pouvait ressembler une relation entre deux hommes. En plus, vous êtes bâtis comme des dieux, avec vos épaules larges, vos fesses de cowboy parfaites, vos tablettes de chocolat, sans parler de vos...

Elle dirigea le regard vers le sexe de Trevor, puis celui d'Edgard, et ce dernier eut un sourire en coin.

Trevor s'approcha d'Edgard et posa le coude sur son épaule.

— Tu veux en venir où, exactement ? l'interrogea-t-il en plissant les yeux.

— Une des raisons qui m'ont poussée à me barrer de chez moi était de tenter de nouvelles expériences… sexuelles. Ceci n'en est peut-être pas une à proprement parler, mais j'aimerais bien y assister en tant que spectatrice, vous regarder. Vous ne remarquerez même pas ma présence.

Comme Edgard ne semblait nullement convaincu, elle s'empressa d'ajouter :

— Rien que l'idée de vous voir baiser me fait mouiller ma culotte. Je pense d'ailleurs qu'à un moment je serai obligée de m'occuper de moi-même, si vous voyez ce que je veux dire.

Trevor posa les deux mains sur ses épaules et l'embrassa sur le front.

— Fais ce que tu as à faire, ma jolie, annonça-t-il solennellement. Et, surtout, profite bien du spectacle.

À ces mots, il saisit le menton d'Edgard et lui fit tourner la tête sur le côté avant de souder ses lèvres aux siennes. Comme possédée, Channing fit quelques pas en arrière et déplia le tabouret qui était posé contre le mur, à côté de la portière, pour s'asseoir dessus.

Trevor prit le visage d'Edgard dans ses mains et les fit glisser vers son cou, jusqu'à ses pectoraux parfaitement dessinés avant de faire rouler ses tétons entre le pouce et l'index. Edgard gémit et Channing retint son souffle.

Le contraste de leurs peaux – celle de Trevor était laiteuse alors que celle d'Edgard était mate –, ainsi que le caractère intime de leur étreinte offraient une vision des plus époustouflantes. Edgard passa un bras autour de la taille de Trevor, l'attirant contre lui, et ce dernier approfondit leur baiser. Leurs sexes tendus se touchaient, et le cœur de Channing se mit à battre la chamade. S'ils continuaient comme ça, elle n'aurait même pas besoin de se caresser pour jouir.

Au bout d'un moment, Edgard décolla ses lèvres de celles de Trevor et traça un sillon de baisers allant de la ligne de sa mâchoire jusqu'à son nombril. Trevor lui appuya sur les épaules, lui demandant silencieusement de descendre encore plus bas, mais Edgard sembla l'ignorer, continuant à faire des caresses circulaires de la langue autour de son nombril. Il saisit ensuite Trevor par les hanches et posa ses lèvres à la jointure de sa cuisse droite, puis la gauche, sans pour autant les embrasser.

Channing réprima un frisson quand Edgard fit glisser une de ses mains sur les fesses de Trevor et suivit lentement sa raie du bout d'un doigt.

— Allez, suce-moi, souffla Trevor en cambrant les hanches.

Edgard pencha la tête sur le côté, comme s'il allait le prendre dans sa bouche, et se tourna vers Channing.

— D'habitude, il aime éjaculer sur mon visage, l'informa-t-il, mais je pense qu'on va sauter cette étape aujourd'hui.

— Dans ce cas, tu vas avaler jusqu'à la dernière goutte de mon sperme, marmonna Trevor, haletant, en baissant le regard sur lui.

Il emprisonna le visage d'Edgard entre ses mains et ce dernier ouvrit la bouche pour l'y accueillir entièrement.

— Putain, que c'est bon, susurra Trevor.

Il imprima un mouvement de va-et-vient à ses hanches et Channing fixa ses yeux sur son pénis humide qui apparaissait et disparaissait entre les lèvres gonflées d'Edgard. Celui-ci le suçait avec délectation, émettant des petits sons de satisfaction. Un filet de salive jaillit de sa bouche et coula le long de sa mâchoire.

— Oui, comme ça, continue, balbutia Trevor. Tu aimes ça, hein ? Je vais… je vais…

Il ne finit pas sa phrase et enfouit les mains dans les cheveux d'Edgard en immobilisant sa tête.

— Ouais, c'est ça ! s'exclama-t-il en donnant plusieurs coups de boutoir sauvages. Avale, avale tout en me caressant avec ta langue… Putain de merde…

Apparemment, Trevor était le partenaire dominant dans leur relation. Il y avait une véritable urgence dans sa voix, et Channing contracta inconsciemment son vagin. Elle glissa une main entre ses cuisses et se caressa par-dessus son jean tandis que Trevor éjaculait dans la bouche d'Edgard. Elle sentit soudain un léger spasme au creux de son ventre et réprima un soupir. Elle était loin d'être satisfaite, mais se doutait bien que le spectacle auquel elle assistait ne faisait que commencer.

Trevor se retira d'entre les lèvres d'Edgard, lui caressa la joue et l'aida à se relever avant de lui donner un baiser langoureux. Il l'attira dans son étreinte en lui caressant le dos et Edgard en fit autant. La tension sexuelle était à son paroxysme dans le petit espace étriqué et une odeur virile, un mélange de sueur et d'après-rasage, se dégageait des deux hommes.

Lentement, Trevor glissa une main entre eux et fit descendre un doigt jusqu'au bas du ventre d'Edgard. Il referma ensuite la main autour de son érection et, d'un geste brusque, la descendit le long de sa verge avant de la remonter.

Voyant cela, Channing fit une grimace. Jamais elle n'aurait osé empoigner le sexe d'un homme avec tant de force. Cela dit, qui mieux qu'un homme savait comment s'y prendre correctement en matière de masturbation ?

Une fois de plus, ce fut Edgard qui rompit leur baiser. Il embrassa Trevor sur la joue et traça le contour de son oreille du bout de la langue avant de lui susurrer :

— Tu sais ce dont j'ai envie, Trev.

Trevor acquiesça puis se pencha pour attraper son jean qui était posé sur la banquette. D'une main tremblante, il fouilla dans l'une de ses poches et en sortit un préservatif. Il jeta le vêtement au sol et déchira le sachet du préservatif entre ses dents. Sans détacher son regard de celui d'Edgard, il déroula ensuite le contraceptif sur le pénis de ce dernier et le caressa lentement de haut en bas.

— Penche-toi sur la table et mets tes mains en avant, lui ordonna Edgard en couvrant sa main de la sienne.

Trevor poussa un profond soupir et se retourna vers la table. Avant de se pencher en avant, il tourna la tête vers Edgard et l'embrassa à pleine bouche. Une fois qu'il fut dans la position demandée, Edgard se plaça derrière lui et lui donna un coup de genou dans les mollets. Trevor écarta davantage les jambes avant de tourner de nouveau la tête en direction de son amant. Son regard était chargé de désir, si bien que la respiration de Channing se fit plus profonde.

Avec un petit sourire en coin, Edgard s'agenouilla et lui caressa le derrière avant de glisser un doigt dans sa raie. Il lui empoigna ensuite les fesses et les écarta en se penchant en avant pour lui titiller l'anus de la langue avant de l'y introduire.

Une vague de chaleur envahit Channing. La veille, Colby lui avait fait exactement la même chose et jamais elle n'avait ressenti un plaisir aussi intense auparavant. Trevor renversa la tête en arrière en haletant.

— Putain, tu me rends fou, Ed, dit-il dans un souffle. Tu sais à quel point j'aime ça.

— Oui, je sais, répondit celui-ci en se relevant. Et c'est précisément pour cette raison que je vais m'arrêter là, ça serait trop facile sinon.

— Tu es toujours fâché contre moi ?

— Oui. Tu mériterais d'ailleurs que je t'attache et te punisse à coups de martinet avant de te baiser, mais je sais que tu aimes trop ça, ce ne serait nullement une punition pour toi. Prêt ?

— Tu n'utilises pas le lubrifiant ?

— Non, pas cette fois, répondit Edgard avant d'insinuer son gland en lui. Considère que c'est ça, ta punition.

— Aaah, putain ! s'écria Trevor en fermant les yeux.

Edgard s'enfonça encore un peu plus en lui et Trevor gémit en serrant le rebord de la table avec tellement de force que ses jointures blanchirent. Edgard s'immobilisa quelques instants et marmonna quelques mots en portugais en contractant les fessiers. D'un coup de reins sec, il emplit Trevor de toute sa longueur avant de se pencher en avant, couvrant son dos de son torse.

— S'il te plaît, chuchota Trevor, ne t'arrête pas.

— Qui sait exactement ce que tu aimes ? s'enquit alors Edgard d'une voix ferme.

— Toi.

— Et qui te fait grimper aux rideaux comme personne d'autre ?

— Toi, Ed.

— Oui, moi et ma queue que tu aimes tant, n'est-ce pas ?

— Oui…

— Dis-moi, tu prends autant ton pied quand tu niques avec une femme ?

Trevor pinça les lèvres en une fine ligne droite et tourna la tête sur le côté. Comme il ne disait rien, Edgard se retira avant de le pénétrer de nouveau.

— Réponds-moi, putain !

— Non, Ed, non !

— Et est-ce que tu demandes parfois à une femme de te prendre par-derrière avec un gode ? Ou d'enfoncer ses doigts dans ton cul ?

— Non…

— Est-ce que tu veux que je me retire ?

— Non, je t'en supplie, ne fais pas ça, dit Trevor d'une voix à peine audible.

Edgard fit courir sa langue entre ses omoplates en remontant jusqu'à sa nuque et Trevor tressaillit.

— Tu veux que je te baise, c'est ça ? Ça ne te dérange pas d'avoir une paire d'yeux féminins qui me regardent te prendre sauvagement par le cul ?

À ce moment, Channing se rendit compte qu'elle s'était trompée sur toute la ligne. Ce n'était pas Trevor le partenaire dominant, mais Edgard.

— Non, je m'en fous.

— Dans ce cas, implore-moi. Je veux t'entendre me supplier.

— Ed, je t'en conjure, baise-moi ! Baise-moi, je ferai tout…

Il n'eut pas le temps de finir sa phrase qu'Edgard se mit à lui donner des coups de boutoir frénétiques.

— Branle-toi en même temps, ordonna-t-il en allant et venant en lui. Je veux que tu jouisses encore une fois.

Trevor s'exécuta aussitôt. Il glissa une main entre ses jambes et commença à se caresser. Quelques instants après, sous le regard interdit de Channing, il éjacula en criant sa jouissance, son sperme giclant par saccades sur la table. Cela eut pour effet de provoquer l'orgasme d'Edgard qui, après un dernier coup de reins, se déversa en lui.

Le sang pulsant rapidement dans ses veines, Channing serra les cuisses et une chaleur intense l'inonda de la tête aux pieds.

Waouh…

Le coït auquel elle venait d'assister avait été brutal, certes, mais, en les regardant, collés l'un contre l'autre en se murmurant des mots doux à l'oreille, elle perçut que quelque chose avait changé entre eux, comme s'ils venaient de franchir un nouveau cap dans leur relation.

Décidant de mettre fin à cette petite intrusion dans leur intimité, Channing se leva, plia le tabouret et sortit du van sans faire le moindre bruit, en veillant à refermer le verrou de la portière derrière elle.

Chapitre 14

Toujours dans une semi-torpeur, Channing retourna dans l'arène. Elle salua les autres femmes qui étaient déjà installées dans les gradins et alla s'asseoir au premier rang. Il y avait une certaine tension dans l'air. Même si la monte de taureaux sauvages était l'épreuve la plus attendue du tournoi, il était évident que tout le monde, tant les participants que leurs compagnes, n'avait qu'une hâte : en finir pour plier bagage et se mettre en route vers Valentine.

Lorsque le tour de Colby arriva enfin, Channing fut surprise de voir Trevor l'aider dans sa préparation. Lui avait-il révélé qu'elle était au courant de leur secret ? Elle espérait que non, car cela risquait de déconcentrer Colby.

Sa performance fut quelque peu similaire à celle de la veille et les juges lui attribuèrent quatre-vingt-quatre points. Mais, au moment de désarçonner, son bras se retrouva emmêlé dans la corde et il tomba au sol dans un bruit sourd. Le taureau lui assena deux coups de sabot et le tira sur quelques mètres avant que le clown de rodéo parvienne à détourner son attention. Channing crut que son cœur allait bondir hors de sa poitrine.

Un silence presque total se fit dans les tribunes et tous poussèrent un soupir de soulagement quand

Colby parvint à libérer son bras et se dirigea vers le parc d'attente en boitant légèrement. Il était qualifié pour le dernier tour, mais Channing n'en fut pas rassurée pour autant. Elle espérait sincèrement qu'il ne s'était pas fait trop mal lors de sa chute.

Lors de son deuxième passage, Colby ne tint pas les huit secondes réglementaires sur le dos du taureau, qui l'éjecta violemment contre la barrière. Le clown de rodéo réussit à ramener l'animal en furie dans son enclos, cependant, Colby resta à terre pendant quelques secondes. Il termina cinquième au classement, mais n'avait toujours pas accumulé assez de points pour se hisser à la première place du classement général toutes épreuves confondues. L'épreuve fut remportée par Cash et, dès qu'il brandit la ceinture du vainqueur dans les airs, Channing quitta la loge pour aller retrouver Colby.

Quand elle le vit sortir de l'arène, elle se précipita vers lui, la gorge serrée.

— Alors, impressionnée, ma belle ? s'enquit-il d'une voix taquine en lui adressant un large sourire.

— Par quoi ? Ta première chute ou la seconde ? rétorqua-t-elle en haussant un sourcil moqueur.

— Ce n'est rien, je n'ai même pas mal.

— Mais je…

— Sérieusement, Chan, je vais bien. J'ai gagné quelques billets, c'est le plus important. On y va ? Trevor et Edgard se sont déjà occupés des chevaux.

— Bon, tu profiteras de la route pour te soigner.

— Non, c'est moi qui conduis.

Channing esquissa une moue, mais ne dit rien. Quand elle voulut le prendre par la main, Colby eut un sursaut et la ramena à sa poitrine.

— Ne me dis pas que tu as honte de me tenir la main ! s'exclama-t-elle, offusquée.

— Mais non, voyons, arrête de dire n'importe quoi !

— Quel est le problème, alors ?

— J'ai juste une petite crampe. Rien de grave, ça va passer, marmonna-t-il en s'avançant en direction du parking.

— Montre-moi ta main, Colby, lui ordonna-t-elle en lui emboîtant le pas.

— Non, je te dis que ça va passer.

Irritée par son comportement presque puéril, Channing se planta devant lui en se haussant sur la pointe des pieds.

— Montre-moi ta main sur-le-champ ou je te jure que je vais te traîner jusqu'au poste de premiers secours.

— Ce n'est…

— Colby McKay ! Je veux voir ta main et je veux la voir tout de suite !

Voyant qu'elle ne plaisantait plus, il tendit lentement le bras droit vers elle, paume vers le bas.

— Satisfaite ? Tu vois, il n'y a pas de quoi en faire un fromage.

Channing écarquilla les yeux en voyant l'état de sa main. Rouge, avec des ecchymoses violacées au niveau du poignet, elle avait pratiquement doublé de volume. Doux Jésus, la peau était pratiquement déchirée par endroits !

— Oh, Colby ! Tu dois avoir atrocement mal ! s'écria-t-elle en lui saisissant délicatement la main avant de la porter à ses lèvres pour y déposer plusieurs baisers, légers comme une plume. Tu as besoin de…

Colby posa son autre main sur sa nuque et l'attira vers lui en l'embrassant fougueusement, l'empêchant ainsi d'aller au bout de sa pensée.

— Waouh…, fit-elle quand il rompit le baiser. C'était en quel honneur ?

— Parce que tu t'inquiètes pour moi, ma belle. D'ailleurs, tu ne voudrais pas me faire un autre bisou réparateur sur ma…

— Non, mais tu n'as pas honte ! le tança Channing. Même dans un moment grave comme celui-ci, tu ramènes tout au sexe !

— La fortune sourit aux audacieux, déclara-t-il en lui offrant un sourire enjoué.

— Sûrement. En tout cas, il est hors de question que tu prennes le volant.

— C'est mon tour de conduire, Channing.

— Je pourrais conduire à ta place.

Colby rit aux éclats.

— Tu as déjà tracté un van avec un pick-up ?

— Non, mais, comme on dit, il y a une première fois à tout.

— Certes, mais ça ne sera pas aujourd'hui, parce que je vais bien. J'ai vécu bien pire, crois-moi. Je mettrai de la glace sur ma main quand on sera arrivés dans le Nebraska, OK ?

— Bien tenté, mais non. Tu vas t'occuper de ta main maintenant. Et puis, ni Trevor ni Edgard n'ont participé à *six* épreuves aujourd'hui, comme toi. Ils peuvent exceptionnellement prendre le volant.

Colby ouvrit la bouche pour protester, mais Channing lui lança un regard sévère en ajoutant :

— La discussion est close, cowboy.

— Elle a raison, lança Edgard derrière elle, et Channing se retourna aussitôt. Tu n'es pas en mesure de prendre le volant avec cette main. Je vais conduire, ça ne me pose pas de problème. Et puis, si besoin est, Trevor prendra le relais. Va dormir un peu, McKay, tu ressembles à un cadavre ambulant.

Croisant les bras sur sa poitrine, Channing se tourna de nouveau vers Colby et vit une lueur de soulagement passer dans ses yeux avant de disparaître aussitôt.

— OK, OK, deux contre un, je m'avoue vaincu.

Il glissa sa main contusionnée sous son autre bras, puis vint se placer entre Channing et Edgard, tournant le dos à ce dernier.

— Tu me tiendras compagnie dans le van ? murmura-t-il à l'oreille de Channing.

— Oui, si tu me promets de te reposer et rien d'autre.

— Petite rabat-joie, va.

Elle lui souleva légèrement son chapeau et planta son regard dans le sien.

— Cette attitude ne te mènera nulle part, cowboy, l'informa-t-elle. Si tu ne fais pas ce que je te dis, je n'hésiterai pas à recourir aux grands moyens. La grève du sexe, tu connais ?

— Tu es dure en affaires, ma belle, marmonna-t-il en poussant un soupir. Mais je n'ai pas dit mon dernier mot. Je te propose un marché.

Channing réprima un frisson en repensant au dernier marché qu'ils avaient passé et qu'elle avait perdu.

— Dis toujours…

— Si je te promets de faire un petit somme, tu voudras bien qu'on s'amuse un peu ensemble, après ?

À ces mots, il se pencha vers elle et frotta sa joue contre la sienne. Channing ferma les yeux, enveloppée par la chaleur que dégageait son corps puissant.

— Tu m'as manqué aujourd'hui, Chan, ajouta-t-il. Je n'ai pas cessé de penser à toi. Je meurs d'envie de t'embrasser et de te déshabiller avant de t'allonger sur le lit pour…

— Toi aussi, tu m'as manqué, cowboy, l'interrompit-elle en se redressant et ouvrant les yeux. Mais tu n'arriveras pas à me faire craquer. Allez, va t'allonger dans le van. Je viendrai te border.

— Espèce de chipie.

— Dernier avertissement, McKay, ne me force pas à te ligoter.

Colby pencha légèrement la tête sur le côté et l'observa quelques instants en silence.

— Voilà qui pourrait être intéressant…, annonça-t-il avant de lui faire un clin d'œil et tourner les talons.

Channing attendit qu'il soit monté dans le van et poussa un long soupir de frustration.

— Ça va, Chan ? s'enquit Edgard, qui n'avait pas bougé.

Non, ça ne va pas du tout.

— Oui, tout va bien, répondit-elle en forçant un sourire. Je vais aller chercher de la glace pour sa main et après on pourra y aller.

Channing se retourna pour partir quand Edgard la saisit par le bras.

— Écoute…, commença-t-il, visiblement mal à l'aise. Trevor et moi sommes un peu inquiets par rapport à ce qui s'est passé cet…

— Vous n'avez rien à craindre, le coupa-t-elle. Colby est ma seule et unique préoccupation pour le moment.

— Tu tiens vraiment à lui, n'est-ce pas ?

— Oui.

Edgard semblait toujours tendu comme un arc et cela attrista Channing. Après ce qui s'était passé dans le van, elle pensait que les choses entre eux iraient en s'arrangeant.

— Tu sembles surpris, Ed.

— Non, non, je suis content pour lui. Et un peu jaloux, aussi, admit-il avant de porter sa main à ses lèvres pour l'embrasser. Il a beaucoup de chance de t'avoir. Prends bien soin de lui et ne t'en fais pas pour nous, on s'occupe du reste.

Channing le remercia et se rendit au poste de premiers secours où on lui donna un sachet de gel mou réfrigérant ainsi qu'un sac rempli de glaçons. À son retour, la portière du van était grande ouverte et, quand elle monta dans l'espace de vie, elle trébucha sur le sac d'équipements de Colby qui traînait au milieu de la petite pièce.

— Attends, dit Trevor en la rattrapant de justesse. Laisse-moi t'aider.

— Merci.

Il lui prit le matériel de soin des mains et le posa sur la table. Channing remarqua alors que Colby était assis sur le tabouret, à côté de la salle de bains. Une grimace de douleur sur ses traits fatigués, il avait les yeux fermés et tenait son poignet pressé contre son torse. Voyant qu'il n'avait même pas pris la peine de se déshabiller, une soudaine colère monta en Channing.

— Pourquoi tu n'es toujours pas au lit ? lui demanda-t-elle sèchement.

— Je pense qu'il ne peut pas se déshabiller tout seul, fit valoir Trevor.

— Dans ce cas, pourquoi est-ce que tu ne l'as pas aidé ? s'enquit-elle en se tournant vers lui.

— Parce que je ne veux pas qu'il m'aide, merde ! s'exclama soudain Colby.

Channing et Trevor échangèrent un regard et ce dernier haussa les épaules.

Calme-toi, Channing, ça ne sert à rien de t'énerver contre lui. Il a mal et il fait son gros dur devant toi et son pote.

— Bien que je sois honorée que tu m'aies attendue pour que je t'aide à te déshabiller, je ne sais pas du tout comment m'y prendre pour t'enlever ton attirail de cowboy.

Elle s'avança vers lui et lui retira son chapeau, puis enfouit une main dans ses cheveux ébouriffés avant de lui caresser tendrement la joue.

— Est-ce que tu es d'accord pour que Trevor m'aide au moins pour ça ? Je m'occuperai du reste toute seule, promis juré.

Pour toute réponse, Colby hocha la tête.

— Merci bien.

Lentement, ils lui enlevèrent ses bottes et Trevor détacha ses jambières de cuir pleines de poussière.

— Bon, je te laisse gérer le reste, Chan, dit-il. Je vais ranger les jambières avec les chevaux. Repose-toi bien, mec.

À ces mots, il sortit du van, et Channing fit signe à Colby de se lever. Elle entreprit de déboutonner sa veste avant de faire glisser, le plus lentement possible, la manche le long d'un bras, puis de l'autre. Elle en fit autant avec sa chemise, veillant bien à ne pas effleurer les égratignures de sa main avec le tissu du vêtement. Une fois qu'il fut torse nu, elle remarqua que les autres parties de son corps n'avaient pas été épargnées. Elle fronça les sourcils en voyant plusieurs bleus sur son ventre et sur toute la partie haute de son bras.

— Rassure-toi, ce n'est pas aussi terrible que ça en a l'air, murmura Colby.

Elle ne dit rien et déboutonna son jean avant de le faire descendre sur ses hanches. Colby émit un soupir de douleur et Channing se baissa pour découvrir une autre ecchymose en forme de sabot sur la partie intérieure de sa cuisse gauche. Réprimant un juron, elle fit glisser le jean davantage le long de ses jambes, révélant une légère contusion sur son genou droit.

— Ce n'est rien, ma belle, c'est…

— Colby, s'il te plaît, ne dis rien, ou je te jure que je vais me mettre à hurler de frustration.

— OK... Il y a des compresses et des bandes dans mon sac.

Channing ramassa le sac, fouilla dedans et en sortit une trousse de premiers soins.

— Allez, Superman, tu peux monter dans le lit tout seul ou tu veux que je demande à Trevor et Edgard de te filer un coup de main ? demanda-t-elle en posant la trousse sur la table.

— Ça va, je ne suis pas paralysé non plus, grommela-t-il en se tournant vers l'échelle qui menait au lit.

Pendant qu'il s'installait dans le lit, Channing prépara un sachet de glaçons et sortit des compresses, un petit flacon de désinfectant et des analgésiques de la trousse avant d'attraper le sachet de gel mou réfrigérant. Elle remplit un gobelet d'eau et posa tout le matériel qu'elle avait préparé sur un petit plateau avant d'aller rejoindre Colby sur le lit mezzanine. Elle mit le plateau sur le matelas et, quand elle monta sur l'échelle, Colby se poussa pour lui faire de la place en émettant un gémissement.

Channing sentit son estomac se nouer en découvrant le spectacle désolant qui s'offrait à elle. Allongé sur le dos, le corps recouvert d'une fine pellicule de sueur, Colby tremblait de la tête aux pieds. Il avait les lèvres pincées et les sourcils froncés en une expression déterminée.

Qu'est-ce que je vais bien pouvoir faire de toi, Colby McKay ?

— Bon, fit-elle en lui tendant le gobelet d'eau et deux cachets, pour commencer, tu vas avaler ça. Ensuite, je fixerai le sachet de glaçons autour de ta main, je désinfecterai tes plaies et je poserai le gel réfrigérant sur ta cuisse, après quoi tu pourras piquer un petit roupillon, OK ?

À sa grande surprise, il ne protesta pas et hocha simplement la tête.

Quand elle eut fini de le soigner, elle se pencha sur lui et lui caressa tendrement le visage.

— Ça va, tu es à l'aise, comme ça ? demanda-t-elle.

— Ouais, merci.

— De rien, cowboy. Tu as besoin d'autre chose ?

— Oui, d'un baiser. Quand tu m'embrasses, ça me rend heureux. Le goût sucré de tes lèvres, ta langue caressant tendrement la mienne… C'est le meilleur des remèdes qui soit.

— Au moins, je suis rassurée de constater que les coups que tu as pris n'ont pas affecté ta capacité à baratiner, le taquina-t-elle.

— Encore heureux. Que me resterait-il sans ça ?

Il plongea son regard bleu intense dans le sien et ils se regardèrent quelques instants en silence.

— Si tu n'existais pas, il faudrait t'inventer, Colby McKay, susurra-t-elle en lui effleurant la lèvre inférieure du pouce. Décidément, je ne peux rien te refuser…

Doucement, elle posa ses lèvres sur les siennes et les effleura d'un baiser. Aussitôt, il ouvrit la bouche et elle y glissa sa langue. Ils s'embrassèrent longuement. Channing voulait que ce baiser lui insuffle un peu de sa force, qu'il lui fasse comprendre toutes ces choses dont le sens lui échappait toujours et qu'elle ne parvenait pas à ordonner dans des phrases cohérentes.

Quand elle mit fin à leur baiser pour reprendre son souffle, Colby lui dit d'une voix à peine audible :

— Reste avec moi.

— Je ne comptais aller nulle part, cowboy.

Elle remonta le pan du sac de couchage sur eux, puis s'allongea à côté de lui en nichant la tête au creux de son épaule et ne tarda pas à s'endormir, bercée par les battements du cœur de Colby.

Chapitre 15

Un bruit métallique tira Channing de son sommeil. Elle ouvrit les yeux et battit plusieurs fois des paupières. Le van bougeait, ce qui voulait dire qu'ils étaient toujours sur la route. Lentement, elle leva la tête vers Colby et croisa son regard qui brillait dans la pénombre. L'observait-il ainsi depuis longtemps ?

— Salut, toi, murmura-t-il en lui souriant.

— Comment tu te sens, cowboy ?

— J'ai l'impression d'avoir été désarçonné par un taureau sauvage et traîné par terre sur plusieurs mètres.

Channing déposa un baiser là où battait son cœur.

— C'est normal. Tu as été désarçonné par un taureau sauvage et traîné par terre sur plusieurs mètres, fit-elle remarquer.

— Ah oui, tu as raison, déclara-t-il en enroulant une mèche de ses cheveux autour d'un doigt. Merci d'être restée avec moi.

— De rien.

Elle réprima un bâillement et se redressa sur son coude avant d'ajouter :

— Je vais aller préparer un autre sachet de glace pour ta main.

— C'est bon, ma main va bien.

— Oui, mais je…

Doucement, Colby l'attira contre lui et serra son étreinte.

— Tout ce dont j'ai besoin en ce moment, c'est que tu restes comme ça, avec moi.

— Oh…

— Et si, en plus, tu pouvais enlever tous tes vêtements, ça serait encore mieux, lui susurra-t-il à l'oreille.

— Doucement, cowboy, on n'en est pas encore là, rétorqua-t-elle en levant les yeux au ciel.

— Bon, dans ce cas, je vais me contenter de te tenir serrée contre moi et de sentir la chaleur de ton corps de rêve m'envelopper.

Réprimant un sourire, Channing nicha la tête au creux de son cou et ils restèrent ainsi, dans un silence agréable, un long moment. Elle ferma les yeux, apaisée par les caresses circulaires qu'il lui faisait dans le dos.

Colby fut le premier à parler.

— J'ai cru comprendre que tu as appris le secret de Trevor et Ed.

— Oui, répondit-elle, sentant son estomac se nouer.

— Ça a dû te faire bizarre, de les voir ainsi, non ? Moi aussi, je l'ai appris comme ça : je les ai surpris en pleine action. J'ai eu envie de m'arracher les yeux avec une petite cuillère rouillée en les voyant…

— Et ça ne te dérange pas ? Je veux dire, tu voyages toujours avec eux et je suppose que tu ne l'as dit à personne. Si les autres gars du circuit venaient à l'apprendre, non seulement ils rendraient la vie dure à

Trevor et Ed, mais en plus ils pourraient croire que tu es comme eux.

— Je ne suis pas gay, s'esclaffa-t-il. Ni bi. Pour tout te dire, je ne comprends pas ce besoin qu'éprouve un homme d'être avec un autre homme. Je connais Trevor depuis toujours et, comme tu as pu le constater, on partage pratiquement tout, mais jamais, *jamais*, il n'a tenté quoi que ce soit avec moi. C'est bizarre...

Il marqua une pause avant de reprendre :

— Je pense qu'il est uniquement attiré par Edgard. Dire que je le traitais souvent de lopette, pour plaisanter... Je ne m'attendais pas à être aussi proche de la vérité.

— Les cowboys sont réputés pour être homophobes, n'est-ce pas ?

— Ouais.

— Et toi, tu l'es aussi ?

Colby laissa passer quelques secondes avant de répondre.

— Disons que je n'aurais sûrement pas été aussi indulgent si j'avais surpris deux autres gars. Et puis, je me demande souvent ce qui se serait passé si ça n'avait pas été moi qui avais découvert le pot aux roses concernant Trev et Ed. Les autres leur en auraient fait voir de toutes les couleurs et je pense que ça m'aurait vraiment fait chier. Trevor est comme un frère pour moi.

Il poussa un soupir et reprit :

— De toute façon, ce qui se passe entre eux ne regarde personne d'autre.

Collée contre lui, Channing hocha la tête.

— En tout cas, personne ne croira jamais que lui et Ed sont bien plus que des partenaires de rodéo, conclut-il.

Un sentiment d'incertitude s'immisça alors dans l'esprit de Channing.

— Est-ce pour cette raison que tu m'as proposé de me joindre à vous ? Je leur sers de couverture ? Aux yeux de tous, je suis la fille qui ne voit aucun inconvénient à se taper les trois cowboys, alors qu'en réalité deux de ces trois cowboys préfèrent se satisfaire mutuellement...

Comme Colby ne répondait pas, Channing se redressa, cherchant son regard.

— Quoi ? dit-elle en voyant son expression sérieuse.

— Channing, tu ne nous sers pas de couverture, annonça-t-il d'une voix grave. Je ne t'ai pas demandé de venir avec nous pour eux. Je l'ai fait parce que j'avais envie d'être avec toi, tout simplement.

— Mais... Pourquoi moi ?

— Parce que... Dès l'instant où je t'ai vue, j'ai su que tu étais différente des autres nanas. J'ai tout de suite ressenti ce sentiment de solitude qui t'habitait et... je ne sais pas, je me suis retrouvé en toi.

Il ferma les yeux et Channing fronça les sourcils.

— Écoute, marmonna-t-il, on en reparlera une autre fois, je sens la fatigue monter, là.

Elle voulut protester, mais se ravisa. Au lieu de ça, elle se coucha à côté de lui et attendit qu'il se soit rendormi avant de se lever. Comment pouvait-elle rester tranquillement allongée après ce qu'il venait de lui révéler ?

Colby dormait toujours quand ils arrivèrent à Valentine. Tous les motels affichaient complet, ce qui voulait dire qu'ils allaient devoir s'organiser autrement pour la nuit. Trevor se gara à côté de l'arène puis s'affaira autour des chevaux et Edgard proposa à Channing d'aller faire quelques courses.

Une tension palpable régnait dans la camionnette. Une faible musique country s'échappait de la radio et, absorbée par ses pensées, Channing regardait par la fenêtre le paysage défiler sous ses yeux.

Au bout de quelques minutes, elle se redressa sur son siège, bien décidée à mettre fin au malaise évident qui s'était installé entre Edgard et elle.

Elle s'éclaircit la voix et se jeta à l'eau.

— Tu es brésilien, non ? Comment t'es-tu retrouvé ici, à concourir sur le circuit américain de rodéo ?

Un petit sourire se profila sur les lèvres d'Edgard et il baissa la musique.

— À dix-sept ans, ma mère est venue aux États-Unis pour faire ses études dans le cadre d'un programme d'échange. Elle a rencontré mon père en assistant à un tournoi de rodéo. Ce fut le coup de foudre entre eux et elle est tombée enceinte rapidement après leur rencontre. Ils se sont mariés et je suis venu au monde peu de temps après. Manque de bol, mon père a perdu la vie dans un accident de voiture quand j'avais tout juste un an.

Edgard marqua un temps d'arrêt et la regarda rapidement avant de poursuivre :

— Ma mère s'est donc retrouvée veuve à dix-huit ans avec un enfant en bas âge. Comme elle n'était pas citoyenne américaine et ne parvenait pas à subvenir à nos besoins, elle a décidé de retourner vivre au Brésil, dans sa famille. Quelques années plus tard, elle s'est remariée avec l'homme que je considère comme mon père. Comme elle était restée en contact avec la famille de mon père biologique, j'ai décidé, après mes études, de venir ici pour les rencontrer. Depuis, je fais des allers-retours fréquents entre le Brésil et les États-Unis.

— Et tes grands-parents paternels, ils habitent où ?

— Aux abords de la ville de Laramie, dans le Wyoming. C'est d'ailleurs là-bas que j'ai rencontré Trevor. Quoi qu'il en soit, étant donné que j'ai grandi dans un ranch, je me suis rendu compte que je pouvais bien gagner ma vie en faisant carrière dans le rodéo. C'est là que tu es censée faire une remarque ironique du genre : « *Bien* gagner ta vie ? Tu as loupé ta vocation, je crois, Ed. »

— Je ne suis pas comme ça, Edgard, rétorqua Channing en fronçant les sourcils. Jamais je ne me permettrais de critiquer les choix d'autrui, surtout que les miens sont plus que discutables.

— Excuse-moi, Chan, c'était une vanne pourrie. Pour ce que ça vaut, une fois, j'ai tellement assuré lors d'un tournoi que j'ai fini par remporter le pactole, ce qui m'a permis d'acheter un ranch à côté de celui de mes parents, au Brésil. J'adore cet endroit ; le Brésil me manque.

— Pourquoi tu n'y retournes pas, alors ?

— Tu sais, je me pose souvent la même question, surtout ces derniers temps, répondit-il en crispant les doigts sur le volant.

— Comment gères-tu le fait que Trevor ait du mal à accepter ce que tu éprouves pour lui ?

— Comment tu sais que je…

— Ça se voit comme le nez au milieu de la figure.

Edgard ouvrit la bouche pour protester, mais Channing le fit taire d'un signe de la main.

— Ne t'en fais pas, je ne pense pas que les autres soient au courant de votre histoire, l'informa-t-elle. Après vous avoir pris en flag, j'ai juste eu à additionner deux et deux.

Edgard poussa un profond soupir avant de demander :

— Tu en as parlé avec Trevor ?

— Non, et je ne compte pas le faire. Tout ceci restera entre nous.

Elle hésita quelques instants avant de lui poser la question qui lui trottait dans la tête depuis le début de leur conversation.

— Étant donné que Trevor ne se considère pas comme gay, vous ne pourrez jamais vivre votre histoire au grand jour, n'est-ce pas ?

— Non.

— Dans ce cas, qu'est-ce qui te retient ici ? Je veux dire, pourquoi tu cours derrière quelque chose qui n'existe pas et n'existera probablement jamais alors que tu peux retourner chez toi, dans ton ranch que tu sembles tant aimer ?

— Parce que j'aime Trevor plus que mon ranch.

Edgard tourna dans le parking du supermarché, puis se gara et laissa aller sa tête contre l'appui-tête de son siège.

— Au début de l'année, dit-il d'une petite voix, Trevor m'avait fait comprendre qu'il serait prêt à tout plaquer ici pour me suivre au Brésil et assumer notre relation.

— Mais…

— Mais, avant, il voulait rester aux États-Unis encore un an afin d'essayer de se qualifier pour la Finale nationale de rodéo dans la discipline de prise du veau au lasso en équipe – et la remporter – pour gagner les bonnes grâces de son père.

— Je sens un autre « mais » arriver, murmura Channing.

— Mais, fit Edgard avec un sourire amer, plus le temps passe et plus on accumule les défaites dans l'arène. Je me rends compte que, même à des milliers de kilomètres de chez lui, il ne sera pas prêt à assumer qui il est vraiment. Et puis, surtout, j'ai l'impression que ses rêves et ses envies passent avant tout le reste, y compris moi.

Il fit une grimace et se pinça le nez entre le pouce et l'index avant de reprendre :

— Tu sais, ça ne me dérange même pas qu'il soit aussi attiré par les femmes. Moi, je ne suis pas bi et je ne le serai jamais. Je suis gay, c'est comme ça. (Il lui adressa un regard gêné et haussa les épaules.) Désolé, Chan.

— Edgard, tu n'as pas à t'excuser. Tu es comme tu es, point.

— Si seulement Trevor pouvait penser comme toi. Sa famille est très traditionnelle et conservatrice. S'ils venaient à apprendre que leur fils aime les hommes, ils le renieraient publiquement.

— Et ta famille sait que tu es gay ?

— Oui, et cela ne leur pose aucun problème, ils m'aiment tel que je suis. C'est sans doute pour ça que j'ai du mal à comprendre pourquoi Trevor accorde autant d'importance à ce que pourraient penser les autres. Quand je suis ici, je dois prétendre être quelqu'un que je ne suis pas et ça, j'ai de plus en plus de mal à le faire.

— Ed, est-ce que tout ceci en vaut vraiment la peine ?

— Je ne sais pas, je ne sais plus quoi penser. Trevor agit comme une drogue sur moi : plus je suis avec lui, plus j'ai besoin d'être avec lui. Quand on est seuls, tous les deux, tout se passe super bien, on est dans notre monde, mais, lorsqu'on quitte cette bulle idyllique, les problèmes reviennent plus nombreux chaque fois. J'ai vraiment le cul entre deux chaises. Désolé, Chan, je dois t'embêter avec tous mes problèmes.

— Non, au contraire, tu as simplement besoin de vider ton sac. Je te comprends tout à fait. J'ai passé la majeure partie de ma vie à prétendre être quelqu'un que je n'étais pas pour faire plaisir à mes parents qui sont le roi et la reine des hypocrites. C'est d'ailleurs pour ça que je me suis barrée de chez moi du jour au lendemain.

— Tu trouves que les gens sont moins hypocrites ici ? s'enquit-il.

— Ça dépend… En tout cas, ça n'a rien à voir avec ce que j'ai connu, crois-moi.

Elle couvrit la main d'Edgard de la sienne et la serra.

— Sache que si tu as besoin de parler, je suis là, Ed. Comme je te l'ai dit l'autre jour, je voudrais vraiment qu'on soit amis, tous les deux. Et, honnêtement, moi aussi j'aurais bien besoin d'un ami.

— Tu peux compter sur moi, mam'zelle, déclara-t-il en lui faisant un clin d'œil. Bon, on va les faire, ces courses ?

Une fois leurs achats terminés, ils reprirent le chemin de l'arène. Quand ils furent arrivés, Channing dressa la table dans le van et Edgard déballa les sandwichs qu'ils avaient achetés. Colby descendit du lit et, voyant sa mine atroce, Channing dut lutter de toutes ses forces pour ne pas le renvoyer se coucher. Trevor les rejoignit peu de temps après, et ils s'installèrent tous les quatre à table dans un silence pesant.

À peine eut-il mordu dans son sandwich que Colby se plaignit que celui-ci était chargé d'oignons et qu'il n'avait pas de bière pour le faire descendre plus facilement. Une fois de plus, Channing prit sur elle et ne dit rien. Quand ils eurent fini de manger, Colby se leva en se plaignant, cette fois, de ne pas pouvoir se laver comme il le fallait dans la petite douche du van et Channing faillit lui voler dans les plumes, mais une sonnerie de portable l'en empêcha. Colby alla prendre l'appel dehors et elle en profita pour fuir l'atmosphère presque étouffante qui régnait dans l'espace étriqué.

Elle sortit du van et alla se balader sans trop savoir où. La nuit était douce et agréable, et il y avait de nombreuses étoiles dans le ciel. Le parking était plein et plusieurs groupes s'étaient formés devant les différents vans garés pour prendre l'apéritif dans une ambiance joviale.

Voyant l'arène éclairée, Channing y pénétra par l'entrée réservée aux participants. Plusieurs femmes semblaient s'entraîner à l'épreuve des barils, et Channing s'accouda à la barrière pour les regarder, mais, rapidement, ses pensées prirent le dessus. Qu'allait-elle faire une fois qu'elle aurait refermé cette parenthèse de sa vie ? Où était donc sa place sur cette Terre ?

Auprès de Colby, lui souffla alors une petite voix dans sa tête.

Elle esquissa une moue dubitative. Il était vrai que cet homme, maudit soit-il, pouvait lire en elle comme dans un livre ouvert. Et si…

Soudain, elle entendit des bruits de sabots et se retourna pour voir Gemma Jansen à cheval sur une jument.

— Channing ! s'exclama-t-elle. Je me disais bien que c'était toi. Que fais-tu ici, toute seule ?

— Je suis sortie prendre un peu l'air. Et toi ?

— Daisy avait besoin de se dégourdir les pattes, hein, ma belle ? cajola-t-elle l'animal en lui caressant l'encolure. Cette jument est une véritable crème.

— Elle est vraiment magnifique, déclara Channing.

— Tu veux la monter un peu ? Elle est très docile.

— C'est-à-dire que…

— Attends, laisse-moi deviner… Tu n'es jamais montée sur un cheval, c'est ça ?

— Oui, confia Channing en sentant ses joues virer au rouge.

— Bon, comme tu es novice en la matière, je t'enseignerai les rudiments dès demain.

— Une enseignante qui se fait enseigner, voilà qui est drôle, commenta Channing, un sourire en coin.

— Tu es prof?

— Oui, madame.

— Waouh ! Tu enseignes en quelle classe ?

— J'ai obtenu un poste dans un collège, mais mon rêve serait d'enseigner dans une école élémentaire.

— Et qu'est-ce qui t'en empêche ?

— C'est une longue histoire, dit Channing dans un soupir.

— Ça tombe bien, j'ai tout mon temps.

À ces mots, Gemma descendit de sa jument.

— Allez, fit-elle, dans un premier temps, viens m'aider à panser Daisy. Comme ça, tu verras déjà comment on s'occupe d'un cheval.

Pendant qu'elles se dirigeaient vers le van de Gemma, cette dernière lui expliqua pas à pas comment bien seller et desseller un cheval, entretenir ses sabots et le nourrir sainement. Channing l'écoutait attentivement, se réprimandant intérieurement de ne pas avoir pris son cahier pour noter tous ces conseils. Jamais elle n'aurait pensé qu'il y avait tant de choses à faire !

— Premier cours demain matin ! annonça Gemma une fois qu'elle eut fini de s'affairer autour de Daisy. Tu vas la brider et la seller et, après, tu la monteras.

— Je ne sais pas si c'est une bonne idée, Gemma, je...

— Mais si, mais si, tu verras. (D'une main gantée, Gemma dégagea quelques mèches humides de son visage, laissant ainsi une belle trace de boue sur son front.) Tu veux une bière ? s'enquit-elle.

Channing se mordit la lèvre, hésitant à lui faire part de la trace de boue, mais décida de ne rien dire. Elle connaissait à peine Gemma et ne voulait pas passer pour une effrontée.

— Avec plaisir, se contenta-t-elle de répondre.

— Comme il fait bon, on va s'installer dehors.

Gemma la contourna et elle lui emboîta le pas. Elle sortit deux chaises du van et Channing les déplia pendant que Gemma retournait à l'intérieur et revenait avec une glacière. Elle s'assit sur la chaise longue, sortit une canette qu'elle ouvrit avant de la tendre à Channing.

— Santé ! lança-t-elle après avoir ouvert sa canette.

— Santé ! fit Channing en levant la sienne.

Les deux femmes trinquèrent et burent plusieurs gorgées de bière, après quoi Channing se laissa aller contre le dossier de sa chaise.

— Ah, voilà qui est mieux ! s'exclama Gemma en levant les pieds sur la glacière. C'est la partie de la journée que je préfère.

Channing rit et elles trinquèrent de nouveau.

— Alors, mam'zelle Channing Kinkaid, dis-m'en un peu plus sur toi. Qu'est-ce qu'une nana comme toi fait ici ?

Channing prit une longue inspiration et raconta toute son histoire à Gemma, sans omettre aucun détail.

— Si tu veux mon avis, annonça Gemma à la fin de son récit, tu as bien fait de te barrer.

— Oui. Cela dit, je vais devoir rentrer chez moi tôt ou tard.

— Rien ne t'y oblige. Tu es encore jeune, tu as la vie devant toi.

— Oui, mais de là à envoyer valser mes obligations…

— Tu penses trop aux autres, ma belle, renchérit Gemma. Il est grand temps que tu penses un peu à toi. J'ose espérer que Colby t'aide à relâcher toute cette pression que tu as accumulée.

— Euh… Oui, on peut dire que oui.

— Bien, très bien. Et comme je suis très curieuse et que je ne m'en cache pas, je veux savoir s'il s'y prend bien.

Channing sourit malgré elle et avala une lampée de bière avant de répondre.

— Oh que oui.

— Donne-moi des détails, je te prie.

— Disons qu'il ondule son corps tout aussi bien sur un cheval que sur moi et qu'il a de l'énergie à revendre.

— Continue…

— L'expression « monté comme un étalon » prend tout son sens avec cet homme.

— Voilà qui est intéressant, marmonna Gemma.

— En plus, poursuivit Channing, il a un corps à tomber par terre, un corps sexy et puissant et…

— Mon Dieu, la coupa Gemma, est-ce moi ou bien il fait chaud tout à coup ? J'ai besoin d'une autre bière.

— Voyons, Gemma, ne me dis pas que c'est la première fois que tu entends ça.

— Concernant Colby ou la gent masculine en règle générale ?

— Les deux.

— Pas mal, ton approche pour me soutirer des informations sur McKay.

— Touché, dit Channing, une moue innocente au coin des lèvres.

Gemma éclata de rire et sortit une autre canette de bière de la glacière.

— En fait, je connais surtout ses parents, déclara-t-elle en ouvrant la canette. Je n'habite pas très loin d'eux, à trois heures de route, plus ou moins. Cela dit, je sais quand même quelques trucs intéressants sur Colby.

Elle marqua un temps d'arrêt puis avala – lentement – quelques gorgées de bière, comme si elle savourait le suspens qu'elle imposait et Channing se mordit la lèvre pour ne rien dire.

— En matière de femmes, lâcha-t-elle enfin, ton cowboy à trois règles : elles doivent être jeunes, il ne couche avec elles qu'une fois et, logiquement, jamais aucune de ces femmes ne l'accompagne sur les tournois. C'est un électron libre, quoi. Par contre, force est de constater qu'il a fait une entorse à ces règles avec toi. Votre histoire n'est peut-être pas qu'une simple passade de vacances.

— J'en doute fortement, s'esclaffa Channing en essayant de maîtriser les battements accélérés de son cœur. (Quelque peu déstabilisée par les révélations de Gemma, elle se racla la gorge et décida de changer de sujet.) Et toi, alors ? s'enquit-elle. Colby m'a dit que tu étais veuve.

— Oui, ça fait déjà deux ans et demi.

— Et, entre-temps, tu n'as pas…

Channing ne termina pas sa phrase, laissant à Gemma le soin de le faire.

— Non, je n'ai partagé mon lit avec aucun homme depuis, avoua-t-elle, la mine triste.

— Comment ça se fait ? Tu es belle, drôle, intelligente, pleine de vie…

— Et, surtout, je suis vieille.

Channing fronça les sourcils.

— Tu es vieille ? répéta-t-elle, incrédule. Tu as quoi, trente-six, trente-sept ans ? Si c'est ça que tu appelles « vieille », alors là…

Gemma laissa échapper un rire franc.

— Soit tu le penses vraiment et, dans ce cas, tu es officiellement ma nouvelle meilleure amie, soit c'est le charme de Colby qui déteint sur toi. J'ai quarante-sept ans, Channing.

— Hein ?! En tout cas, tu ne les fais pas du tout.

— Peut-être, mais je les ressens. Je ne fais pas le poids devant toutes ces groupies au nombril percé, aux seins refaits et au cul de rêve. Pas étonnant qu'aucun homme ne se retourne sur moi.

Channing se demanda si Gemma avait remarqué la façon dont Cash la regardait quand ils étaient ensemble. Même un aveugle aurait fini par s'en apercevoir.

— Mais bon, poursuivit Gemma en écrasant sa canette vide avant de la jeter à ses pieds, toutes les bonnes choses ont une fin, et puis, il faut dire que je n'ai que ce que je mérite. Quand j'étais dans la fleur de l'âge, je regardais toutes les femmes ayant de loin dépassé la trentaine avec mépris. Elles tournaient autour des beaux cowboys, jeunes et virils, comme un vautour autour de sa proie, et je me disais toujours qu'elles feraient mieux de jeter l'éponge avant de se couvrir de honte et laisser les petites minettes comme moi leur montrer comment il fallait s'y prendre.

Elle eut un petit rire amer et se laissa aller contre le dossier de sa chaise avant de rependre :

— Tu veux savoir le plus drôle dans tout ça ? Ce n'est pas un de ces cowboys jeunes et virils qui m'a passé la bague au doigt. J'ai épousé un homme qui avait l'âge d'être mon père.

Regardant droit devant elle, Gemma poussa un soupir, et Channing se pencha vers elle, attendant la suite de l'histoire. Mais, comme Gemma ne disait rien, elle décida de briser le silence perturbé uniquement par les grillons.

— Allez, Gemma, je meurs d'envie de connaître la fin de l'histoire. Et, surtout, ne t'avise pas de me dire « la suite au prochain épisode » !

Gemma se tourna vers elle et lui sourit.

— Bon, je vais te raconter la version courte, déclara-t-elle. J'ai eu une enfance malheureuse. Mes parents avaient une petite maison dans le Wyoming et gagnaient juste de quoi joindre les deux bouts. Mon père était un homme abusif et colérique qui ne pouvait s'exprimer autrement que par la violence et ma mère buvait jusqu'à ne plus pouvoir tenir debout. Après le lycée, je suis partie vivre dans le comté de Sheridan où j'ai trouvé un boulot de serveuse. Je vivais dans une caravane avec deux autres filles et travaillais comme une malade en cherchant à donner un sens à ma vie. Tu te doutes bien que je ne regrettais pas d'avoir quitté le nid familial, mais je me sentais toujours seule.

Channing hocha la tête. Elle ne la comprenait que trop bien.

— Peu de temps après que j'ai commencé à bosser, un homme s'est mis à venir tous les jours dans le café-restaurant et, tous les jours, il s'asseyait à l'une de mes tables. Parfois, il venait même deux fois en une journée. C'était un cowboy de la vieille école – il avait quarante et un ans à l'époque –, très poli, charmant, quelqu'un qui savait écouter. Il était tout le contraire de ce que je cherchais chez un homme. Quoi qu'il en soit, ce petit manège a duré quatre mois environ.

— Tu es rapidement tombée sous son charme, alors ? s'enquit Channing, à la fois touchée et fascinée par l'histoire de son amie.

— Non, pas vraiment. Je voulais un jeune étalon, un mec capable de me mettre sens dessus dessous dans tous les sens du terme et, évidemment, ce vieux cowboy ne correspondait pas à mes critères. Par contre, j'ai trouvé son métier intrigant et c'est comme ça que j'ai commencé à traîner sur le circuit de rodéo. Mais, voyant le mode de vie de la plupart des jeunes « étalons », j'ai rapidement déchanté.

Gemma se tut quelques secondes en secouant la tête.

— Et puis, un jour, qui vois-je dans l'arène en train de se préparer pour l'épreuve de terrassement du bouvillon ? Steve Jansen, mon charmant cowboy du café-restaurant.

N'en croyant pas mes yeux, je suis allée m'asseoir dans la première rangée des gradins, juste à côté des chutes. Jamais je n'aurais pensé qu'il était le genre d'homme à concourir dans une épreuve aussi dangereuse. Et pourtant… Chan, tu aurais dû le voir… Il a terrassé le veau en deux temps, trois mouvements. Puis, quand il s'est relevé pour voir son résultat, nos regards se sont croisés. Je te laisse imaginer la tête que je faisais. D'un geste de main assuré, il a ôté la poussière de ses vêtements et s'est dirigé vers l'endroit où j'étais assise, sans quitter mon regard du sien un seul instant. C'est à ce moment que j'ai compris que…

— Que tu l'aimais ? demanda Channing, ne pouvant s'en empêcher.

Gemma lui sourit, mais une ombre étrange passa sur son visage avant de disparaître aussitôt.

— Non, répondit-elle. Ça, c'est venu peu de temps après. Mais j'ai compris qu'il ne fallait pas juger les personnes trop vite, les cataloguer sans avoir pris le temps de gratter leur carapace.

— Et qu'est-ce qui s'est passé quand il est venu te voir, ce jour-là, dans l'arène ?

— Il s'est arrêté devant moi et a tendu une main vers mon visage pour repousser quelques mèches de cheveux derrière mon oreille. Il m'a ensuite caressé la joue de l'index, lentement, tendrement, et m'a dit : « Gemma Mae, tu ne penses pas qu'il serait grand temps que tu te rendes à l'évidence et que tu viennes vivre avec moi ? »

Des larmes montèrent aux yeux de Channing et elle déglutit pour avaler la boule d'angoisse qui s'était formée dans sa gorge.

— J'ai accepté sans même prendre le temps de réfléchir et je n'ai jamais regretté ma décision, conclut Gemma.

— Mon Dieu, Gemma, je pense que je vais pleurer. C'est l'histoire la plus romantique que j'aie jamais entendue.

— N'est-ce pas ? Tu sais que tu es la première personne à qui je la raconte ?

— Vraiment ? Oh…, fit Channing en clignant plusieurs fois des yeux pour retenir ses larmes qui menaçaient dangereusement de couler.

— Tu comprends maintenant pourquoi j'ai du mal à laisser un autre homme entrer dans ma vie. En plus d'être un homme formidable, Steve était un vrai dieu du sexe. Il n'existe pas un seul endroit où on ne l'ait pas fait. Sans vouloir vexer Colby, je pense que ton chaud lapin n'arrive pas à la cheville de mon Steve. Un simple regard de sa part me faisait fondre. Il était l'amour de ma vie.

— Oh, Gemma, je suis vraiment désolée qu'il ne soit plus de ce monde.

— Moi aussi, ma belle, moi aussi… Il me manque tellement, je sais qu'il ne reviendra plus jamais, mais, malgré cela, je n'arrive pas à tourner la page.

Elle soupira avant d'ajouter :

— Le sexe me manque. Cependant, quand, pendant vingt-cinq ans, tu as partagé ta couche avec un homme qui te faisait grimper aux rideaux pratiquement tous les jours, tu te dis que c'est difficile, voire impossible, de retrouver la même chose avec un autre mec. Mais qu'est-ce que je ne donnerais pas pour revivre une telle passion…

Channing porta son regard au loin tout en se repassant les paroles de son amie. Pauvre Gemma, elle…

Un bruissement d'herbes se fit entendre derrière elles et toutes les deux se retournèrent au même moment.

— Mesdames, les salua Cash en portant la main au rebord de son chapeau et en se plaçant devant elles.

Il s'appuya ensuite contre le van de Gemma et haussa un sourcil en regardant la pile de canettes vides entre les deux chaises.

— Tu n'es pas indien pour rien, toi ! remarqua Gemma. Il n'y a que vous qui maîtrisiez aussi bien l'art d'approcher quelqu'un avec autant de discrétion.

— Gemma ! s'exclama Channing, choquée par son commentaire avant de tourner un regard gêné vers Cash.

Ce dernier ne souriait pas. D'ailleurs, son visage avait une expression des plus étranges.

— Ne t'en fais pas, Chan, j'ai l'habitude avec elle, déclara-t-il sans quitter Gemma des yeux. Elle est juste jalouse de mes origines indiennes et elle sait aussi que j'ai plus d'un tour dans mon tipi que je serais d'ailleurs ravi de lui montrer si elle m'en donnait l'occasion.

— Dans tes rêves, Pocahontas.

Cash rit aux éclats.

— Oh, si tu savais, ma belle, répliqua-t-il avant de se tourner vers Channing. Colby te cherche partout. Tu veux que je te raccompagne jusqu'au van ?

— Non, mais merci, Cash, tu es adorable.

Channing se leva et s'étira.

— Merci pour la bière, Gem, lui dit-elle. Vivement notre prochaine soirée entre nanas.

— Oui. N'oublie pas… Demain matin, ici.

— C'est noté.

Elles se tapèrent dans la main en se souriant et Gemma ajouta :

— Heureusement pour toi, il y a encore des étalons dignes de ce nom sur cette fichue Terre, hein ?

Channing ne put réprimer un fou rire et Cash fronça les sourcils, visiblement confus.

— Je préfère ne pas savoir, marmonna-t-il.

— Sage décision, déclara Gemma en se levant à son tour. Je pense que tu ne le comprendrais pas, de toute façon.

— Encore une fois, tu me sous-estimes, Gemma. Tu as piqué ma curiosité, maintenant. Et si tu m'expliquais, ou plutôt me *montrais* de quoi il s'agit, exactement. Tiens, je me porte même volontaire pour être ton cobaye dans cet exercice que je soupçonne très *physique*.

À la grande surprise de Channing, les joues de Gemma s'empourprèrent aussitôt et elle eut un petit rire nerveux. Cash s'avança vers elle et lui caressa plusieurs fois le front du pouce.

— Qu'est-ce que tu fous ? demanda Gemma, la voix légèrement plus aiguë qu'à l'ordinaire.

— Tu avais une tache de boue sur le front et tu as aussi des bouts de paille dans les cheveux. Tu t'es roulée dans le foin ou quoi ?

— Je ne me souviens pas de la dernière fois où je me suis *roulée dans le foin*, pour reprendre ton expression.

— Comme c'est dommage, murmura Cash en plongeant son regard dans le sien.

Ne pouvant se résoudre à détourner les yeux de ce spectacle aussi amusant qu'accrochant, Channing retint son souffle.

— Que veux-tu, c'est la vie ! s'exclama Gemma en faisant un pas en arrière. Allez, bonne nuit, tout le monde.

— Bonne nuit, Gem, ne rêve pas trop de moi cette nuit encore.

Sans dire un mot, Gemma monta dans son van en claquant violemment la portière derrière elle.

— Allez, viens, la cogneuse, je te raccompagne, dit Cash, un petit sourire en coin.

Quand ils furent arrivés devant le van de Trevor, Channing se tourna vers Cash en prenant une expression sérieuse.

— À mon avis, fit-elle valoir, tu devrais sérieusement revoir ton plan de drague concernant Gemma, parce que, si tu continues comme ça, elle ne verra jamais tous ces *tours* que tu prétends avoir dans ton *tipi*.

Avant même que Cash n'ait eu le temps de répondre quoi que ce soit, elle lui souffla un baiser de la paume de la main et monta dans le van.

Chapitre 16

La lumière était éteinte dans le van et, à première vue, Trevor et Edgard n'étaient pas là. Voilà qui était étrange. Il était déjà tard et ils n'avaient pas réservé de chambre d'hôtel.

Channing haussa les épaules et avança lentement vers le lit mezzanine.

— Colby ? chuchota-t-elle.

— Ah, te voilà enfin ! Où étais-tu passée ?

— J'ai bu une bière avec Gemma. Pourquoi, je t'ai manqué ?

— À ton avis, répondit-il sèchement après un court instant de silence.

— Je vois que ton humeur ne s'est pas améliorée depuis tout à l'heure, fit remarquer Channing en fronçant les sourcils. Si c'est comme ça, je préfère retourner chez Gemma.

— Non, non, s'empressa de dire Colby. Tu as raison, excuse-moi. Je m'ennuie, voilà… Et, oui, tu m'as vraiment manqué, si tu veux tout savoir.

— Bon… Est-ce que tu as besoin de quelque chose avant que je monte te rejoindre ?

— Non, merci.

Channing grimpa à l'échelle et se glissa à côté de Colby avant d'allumer la petite lampe au-dessus du lit.

— Aaaah, putain ! s'exclama-t-il en couvrant ses yeux de sa main. Éteins-moi ça, veux-tu !

— Oh, pauvre chou, le taquina-t-elle.

Elle prit le temps de l'examiner avant d'actionner de nouveau l'interrupteur et de les replonger dans le noir.

— Ça va mieux quand même ?

— Honnêtement ? Bof… Ma main me fait encore assez mal, j'ai l'impression que mes côtes ont été réduites en bouillie et, comme si ça ne suffisait pas, j'ai une trique de ouf. Je voulais faire quelque chose pour y remédier, mais je suis droitier et, manque de pot, c'est cette main qui est blessée.

Channing éclata de rire avant d'enfouir la tête dans son cou pour humer son odeur.

— Je ne peux rien faire pour ta main et tes côtes, murmura-t-elle contre sa peau, mais je pense pouvoir faire quelque chose pour ton problème de trique. Cela dit, moi aussi, je dois y trouver mon compte, on est d'accord ? Que dirais-tu si, au lieu d'utiliser ma main, j'utilisais ma bouche ?

— Oh oui, ta bouche… Utilise ta bouche.

Channing eut un moment d'hésitation. Aucune remarque moqueuse ? Aucun commentaire sarcastique ? Voilà qui était étrange venant du grand Colby McKay.

— Comme il fait noir et que je n'ai nullement envie de t'abîmer davantage, montre-moi ce que tu veux, susurra-t-elle en traçant le contour des lèvres de Colby de son index.

Il lui embrassa le bout du doigt et le caressa de sa langue avant de l'accueillir entre ses lèvres. Il lui saisit ensuite le poignet et guida sa main vers son sexe tout en dégageant le pan du sac de couchage de son corps. Channing s'aperçut alors qu'il avait déjà enlevé son boxer. Sous la paume de sa main, elle le sentait dur, tendu et chaud. Il était plus que prêt.

Elle se redressa légèrement et s'agenouilla entre les jambes écartées de Colby. Elle voulait tant parcourir son corps puissant de ses mains, sentir chacun de ses muscles se contracter sous ses doigts, mais se retint, préférant plutôt accorder toute son attention à son pénis. Elle promena un doigt sur sa verge érigée et déposa des petits baisers sur toute la longueur de son sexe avant de le prendre dans sa bouche.

Colby gémit, puis souleva les hanches et poussa aussitôt un cri de douleur en se retirant de sa bouche. Channing pouvait sentir sa frustration. Colby avait pour habitude de prendre les rênes, elle savait qu'il mourait d'envie d'enfouir une main dans ses cheveux et d'enfoncer son sexe jusqu'au fond de sa gorge, mais n'en avait tout simplement pas la force. Par le hasard des choses, les rôles étaient inversés et Channing comptait bien en profiter.

—Chan, j'ai mal quand je bouge, marmonna Colby. Tu vas devoir…

—Faire ce que je veux, pour une fois, l'interrompit-elle. Je sens que ça va être une expérience fort enrichissante autant pour toi que pour moi.

À ces mots, elle fit tournoyer sa langue autour de son gland et souffla légèrement dessus, faisant haleter bruyamment Colby. Elle enroula les doigts autour de la base de son sexe et le prit de nouveau dans sa bouche. Elle caressa chaque centimètre de sa chair avec la langue et le suça avec entrain, sentant un liquide chaud perler sur son gland. Quand elle aspira ses testicules dans sa bouche, il gémit et elle le sentit tressaillir. Elle savait qu'il était sur le point de jouir et elle ralentit délibérément la cadence, libérant son sexe.

Elle suivit du doigt la veine qui descendait jusqu'à la base et le caressa de nouveau de sa langue en s'arrêtant juste en dessous de son gland.

— Ce n'est pas très gentil, ce que tu es en train de me faire, petite coquine, dit Colby d'une voix rauque.

— Tu sais, je peux aussi arrêter, rétorqua-t-elle. Ça ne me dérange pas.

— Chiche !

Channing se redressa pour descendre du lit, et Colby l'attrapa aussitôt par le bras.

— OK, c'est bon ! Je te crois. N'arrête pas, Chan, s'il te plaît…

Le cœur de Channing se serra à cette imploration et elle s'installa à califourchon sur lui, mais ne s'assit pas sur son ventre pour ne pas lui faire encore plus mal. Elle pencha la tête en avant et promena la pointe de ses longs cheveux sur le torse de Colby.

— J'adore ça, Channing… J'adore tout ce que tu me fais.

Elle se pencha davantage en avant et, tour à tour, lui lécha et mordilla le cou avant de faire pareil avec le lobe de son oreille.

— Où est le tube de lubrifiant ? s'enquit-elle en pressant ses lèvres contre son oreille.

Colby remua sous elle et, l'instant d'après, elle sentit un objet froid contre son mollet.

— Je vois que tu as bien prévu ton coup, cowboy.

— Tu devrais déjà savoir que je suis un éternel optimiste.

Ou un éternel présomptueux, plutôt, pensa Channing en souriant.

Elle décapsula le tube de lubrifiant, mais, au lieu d'en appliquer une noisette dans sa main pour le réchauffer entre ses paumes, elle en mit une couche généreuse tout le long du sexe de Colby.

— Putain, c'est froid ! s'exclama-t-il en se redressant avant de se laisser aussitôt retomber sur le matelas en poussant un petit cri de douleur.

— Tu finiras par t'y habituer, mon joli, déclara-t-elle en réprimant un rire.

— Je viens de comprendre pourquoi on dit que la vengeance est un plat qui se mange froid… Je l'ai bien mérité, je sais.

— Oui, mais tu as également mérité ça…

Channing se décala légèrement en arrière puis embrassa son gland et prit sa verge dans sa bouche. Le soupir de Colby résonna dans le petit espace et elle imprima un mouvement soutenu de va-et-vient à sa tête, sentant, chaque fois, son gland buter contre le fond de sa gorge.

Le lubrifiant et la salive se mélangèrent dans sa bouche, et se mirent à couler le long de sa gorge, et Channing accéléra davantage le mouvement, jouant avec ses testicules d'une main.

— Putain, Chan, tu me rends fou… Complètement fou… Oh oui, comme ça, continue, oui, oui…

Elle le sentit soudain se raidir entre ses lèvres et, sur un coup de tête, glissa un doigt humide dans son anus.

— Ah, putain ! cria-t-il en la saisissant par les cheveux.

Il éjacula dans sa bouche en plusieurs spasmes et Channing avala le liquide chaud au goût musqué, transcendée par l'idée que Colby l'ait laissée prendre le contrôle total de leur étreinte. Elle retira le doigt de son anus et l'y introduisit de nouveau, plus profondément cette fois. Il se raidit un instant, et elle sentit un autre jet de sperme gicler dans le fond de sa gorge.

— Putain, Channing…

Il libéra son sexe encore à moitié dressé de sa bouche et Channing se redressa en retirant son doigt de son derrière.

— Tu me fais perdre mes moyens, Chan. Ce que tu viens de me faire… Si je devais crever demain, je le ferais comblé et heureux.

Les paroles de Colby lui firent l'effet d'un coup de poing dans le ventre, et elle frissonna. Elle savait qu'il plaisantait, mais il pouvait vraiment mourir, demain ou un autre jour, dans l'arène, sous les sabots d'un taureau enragé ou d'un cheval sauvage. Oui, il risquait sa vie pratiquement tous les jours, et elle ne supporterait pas qu'il lui arrive quelque chose.

Channing se souvint alors de sa discussion avec Gemma qui ne parvenait toujours pas à faire le deuil de son mari, de l'amour de sa vie, et ce fut à cet instant précis que tous ces fichus sentiments contradictoires qui se bousculaient en elle depuis plusieurs jours prirent enfin un sens.

Elle était amoureuse de Colby.

Elle l'aimait, elle l'aimait de tout son cœur.

Channing déglutit péniblement face à cette révélation et – bien évidemment –, même s'ils étaient enveloppés par l'obscurité, Colby sentit immédiatement que quelque chose n'allait pas.

— Qu'est-ce qu'il y a, Chan ? Dis-moi ce qui se passe.

— Rien, rien, bafouilla-t-elle, tout va bien. Allez, rallonge-toi, tu devrais essayer de dormir un peu.

— Pas tant que tu ne m'auras pas dit ce qu'il y a, annonça-t-il en se redressant contre l'oreiller. Je ne suis pas stupide, je sens bien qu'il y a un truc qui ne tourne pas rond. J'espère que tu ne regrettes pas tout ce qu'on a fait jusqu'à…

— Mais non, bien sûr que non, ne sois pas bête ! s'emporta-t-elle. C'est juste que tu n'es pas au top de ta forme. Tu devrais économiser tes forces au lieu de perdre ton temps avec moi en jouant à touche-pipi.

Colby la saisit par son tee-shirt et elle fut obligée de s'approcher de lui tout en faisant attention à ne pas lui faire mal.

— C'est sans doute la chose la plus stupide que tu aies jamais dite, railla-t-il quand ils furent nez à nez. Le temps que je passe avec toi n'est jamais perdu, *jamais*, tu m'entends ?

— Lâche-moi, Colby.

— Non.

Sentant une étrange anxiété lui enserrer le cœur, Channing essaya de se libérer de l'emprise de Colby. Visiblement gêné par la douleur, celui-ci serra les mâchoires, mais ne la lâcha pas pour autant.

— Regarde-toi, Colby ! s'écria-t-elle. Tu souffres le martyre et je ne supporte pas de te voir ainsi. Et le pire, dans tout ça, c'est que ce n'est pas la première et encore moins la dernière fois. Ça arrivera encore et encore, sauf que, la prochaine fois, ça risque d'être plus grave. Tu peux…

Horrifiée, Channing laissa échapper un sanglot malgré elle.

— Chut, ma belle, calme-toi, murmura Colby avant de déposer un baiser sur son front. C'est à cause de ces quelques petites égratignures que je me suis faites que tu te mets dans un état pareil ?

Elle hocha la tête.

Et parce que je t'aime, aussi, se garda-t-elle d'ajouter.

Comment pouvait-elle lui avouer ça ? Il la prendrait sans doute pour une délurée. Ils ne se connaissaient que depuis quelques jours ! Pourtant, elle avait l'impression de connaître Colby depuis toujours. Quand elle était avec lui, tout lui semblait… parfait.

— Tu ne sembles pas convaincue, ma belle. Que dois-je faire pour que tu me croies ?

Elle eut un petit rire amer.

— Il n'y a rien à faire, souffla-t-elle, plus en réponse à ses propres interrogations qu'à la question de Colby.

— Regarde-moi, Channing.

Elle leva la tête et croisa son regard. Il l'embrassa tendrement et elle répondit à son baiser, un tas d'émotions se soulevant en elle. Qu'allait-elle faire à présent ? Comment allait-elle gérer ses sentiments pour Colby ?

— Ça va mieux ? lui demanda-t-il en lui caressant les cheveux, la tirant ainsi de ses pensées.

— Oui.

Il se laissa aller contre l'oreiller et poussa un soupir.

— Bon, maintenant que nous avons réglé ce petit problème, passons au suivant, déclara-t-il.

Channing fronça les sourcils dans le noir.

— Enlève ta jupe et ta petite culotte, et agenouille-toi face à mon visage, poursuivit-il.

— Hein ?

Il voulait lui faire un cunni ? Maintenant ? Mais… comment ?!

— Je suis peut-être alité et blessé, mais ma langue, elle, va très bien, répliqua-t-il, comme s'il avait lu dans ses pensées.

— Colby… Je ne pense pas que ce soit une bonne idée.

— Menteuse, je sens l'odeur de ton excitation et je compte bien me délecter de toi. Et comme je suis de très bonne humeur, je te laisserai prendre les choses en main, une fois de plus. Après tout, je suis un mec qui vit avec son temps, ça ne me dérange pas de confier les rênes à ma nana de temps en temps.

Sa nana ?

Channing n'eut pas le temps d'assimiler ses propos parce qu'une vague de désir, mêlé à de l'anticipation, la traversa de part en part.

— Je fais quoi, maintenant ? s'enquit-elle, une fois toute nue.

— Remets-toi à califourchon sur moi en posant un genou de chaque côté de ma tête. Mets les mains contre le mur et installe-toi de façon à ce que ta jolie petite chatte soit pile-poil au-dessus de mon visage.

Elle se sentit rougir comme une tomate. Ça aurait été un autre homme, jamais elle n'aurait accepté de se mettre dans une position aussi intime qui, dans un sens, la rendait également vulnérable. Mais Colby n'était pas n'importe qui. C'était son amant, l'homme qu'elle aimait et en qui elle avait une confiance absolue. L'homme qui, en plus de tout ça, la trouvait belle et sexy, et parvenait même à tourner les défauts de son corps – et Dieu sait qu'ils étaient nombreux ! – en qualités.

— Gare à toi, cowboy, je monte en selle, déclara-t-elle, poussée par une résolution subite.

Lentement, elle s'installa comme il le lui avait demandé et fit légèrement glisser les genoux sur le matelas pour rapprocher son sexe de son visage.

— Encore un peu, ma belle… Oui, comme ça, parfait… J'adore ta petite chatte.

L'instant d'après, Channing sentit Colby littéralement enfouir son visage dans ses replis intimes et un frisson de plaisir la traversa.

— Oh…, fut tout ce qu'elle parvint à dire.

Dans cette position, elle avait l'impression que les sensations étaient encore plus fortes, plus intenses. Elle crispa les doigts contre le mur et se mordit la lèvre inférieure. La langue de Colby avait un meilleur accès à ses parties les plus intimes et sa barbe naissante ne faisait qu'augmenter le plaisir qu'il lui procurait. Il la léchait sans relâche, mordillant et titillant du bout de la langue son clitoris.

— Alors, tu aimes ? demanda-t-il entre deux caresses.

— O… oui…

Se sentant à la fois proche, mais encore bien loin de son orgasme, Channing aurait juré que le creux de son ventre prenait feu. La langue de Colby allait et venait en elle, s'introduisant dans le moindre recoin de son intimité. Elle gémit et commença à onduler les hanches, tâchant de retarder sa jouissance, mais n'obtenant que l'effet contraire.

— Colby… Je suis proche… Je…

— Parfait…

Il accéléra le mouvement de sa langue et fit également quelque chose avec ses lèvres, et ces deux actions combinées entraînèrent Channing dans une extase sans fin. Haletante, elle se laissa retomber sur le matelas à côté de lui, se remettant progressivement des effets dévastateurs de son orgasme.

Elle aimait cet homme encore plus que quelques minutes auparavant. Oui, son amour pour lui ne connaissait pas de limites. Comment était-ce possible ? Comment pouvait-elle éprouver des sentiments aussi puissants, profonds et sérieux pour un homme au bout de *quelques jours* ?

— J'aurais dû te dire de rapporter des glaçons, dit Colby, brisant le silence serein qui s'était installé entre eux. J'aurais pu en introduire un dans ta chatte et jouer avec jusqu'à ce qu'il fonde sous ton plaisir.

— Heureusement que tu ne l'as pas fait, balbutia-t-elle. Je pense que je n'aurais pas survécu à ça.

— Embrasse-moi, Channing.

— Est-ce une impression ou bien tu réclames mes lèvres plus que d'habitude aujourd'hui, cowboy ?

— Jamais je ne me lasserai de tes lèvres, Chan.

Elle se redressa sur un coude, se pencha vers lui et l'embrassa tendrement lorsque la portière du van s'ouvrit brusquement et, l'instant d'après, le rire de Trevor emplit la pièce.

— Ça sent le cul ici, dis donc ! s'exclama celui-ci. Vous êtes vraiment des chauds lapins. Je peux me joindre à vous ?

Colby caressa la joue de Channing avant de lui chuchoter à l'oreille :

— C'est toi qui décides.

— Mais, toi, tu en penses quoi ? s'enquit-elle à voix basse.

— Je sais que l'une des raisons qui t'ont poussée à nous suivre, c'était de réaliser tes fantasmes sexuels les plus secrets, dont celui de te faire prendre par deux mecs en même temps. C'est le moment ou jamais, ma belle. À toi de voir ce que tu veux vraiment.

Ce n'était pas la réponse qu'elle voulait entendre, néanmoins, les paroles de Colby aidèrent Channing à remettre de l'ordre dans son esprit. Il avait raison, elle était partie à l'aventure dans l'idée de s'amuser et non pas trouver l'amour. Ce qu'elle éprouvait pour Colby était une simple attirance physique, ils étaient bien ensemble et s'entendaient *très* bien au lit, mais ça s'arrêtait là.

— Oui, Trev, viens, déclara-t-elle en tournant la tête vers l'entrée. On est dans le lit.

— Nus ?

— Oui.

— Je me désape et j'arrive.

À côté d'elle, Colby ne bougeait pas. Était-il excité à l'idée d'un plan à trois ? Elle en doutait parce qu'elle savait bien que ce n'était pas la première fois qu'il couchait avec la même femme en même temps que son ami.

Même si elle commençait à sentir la fatigue la gagner – elle n'était même plus sûre du nombre exact d'orgasmes qu'elle avait eus aujourd'hui –, l'anticipation de ce qui allait suivre provoqua en elle une montée d'adrénaline.

Trevor vint les rejoindre et le matelas ploya légèrement sous son poids.

— Ça va mieux, mon pote ? demanda-t-il à Colby.

— Oui, Channing a fait des miracles, répondit celui-ci. Hein, ma belle ?

— Oui, cowboy.

Elle se redressa puis se rapprocha de Trevor et plaça les mains sur ses épaules.

— Étant donné que Colby est déjà allongé, il me prendra par-devant, annonça-t-elle, sentant un frisson de plaisir la traverser de la tête aux pieds. Ce qui veut dire que toi, Trevor, tu…

— … Passeras par la porte de derrière, murmura-t-il avant de coller ses lèvres aux siennes.

Il n'y avait rien de tendre dans ce baiser, il était brûlant et farouche, et Channing lui répondit avec la même intensité. Caressant ardemment sa langue de la sienne, elle enfonça les ongles dans la peau de ses épaules et fit glisser les mains vers son torse, puis plus bas, jusqu'à son ventre. Elle saisit ensuite son sexe et commença à le caresser brusquement de haut en bas, se rappelant à quel point il avait apprécié cette brutalité avec Edgard.

Trevor lâcha sa bouche, abaissa la tête et saisit un de ses mamelons durs et tendus entre ses dents. Tour à tour, il le lécha, suça et mordilla avant de faire subir le même sort à l'autre. Quand il pinça celui-ci avec un peu plus de force, Channing laissa échapper un petit cri, et il le caressa de sa langue avant de souffler légèrement dessus. Il promena un doigt entre ses seins, sur son ventre, jusqu'à son sexe, avant de l'y introduire. Il stimula son clitoris et elle renversa la tête en arrière avec un soupir de satisfaction.

— Channing, reviens vers moi, dit soudain Colby.

Frissonnant sous les assauts sensuels que lui procuraient les lèvres et le doigt de Trevor, Channing perçut comme une pointe de jalousie dans la voix de

Colby. Chassant aussitôt cette idée saugrenue de son esprit, elle décida d'ignorer sa demande.

— Oh, Trev, c'est trop bon, continue, gémit-elle.

— Tu es très réceptive ce soir, ma jolie.

— Channing ! s'exclama Colby, visiblement à bout de patience.

— Oui… J'arrive…

— Tout de suite !

— Ne faisons pas languir Grincheux plus longtemps, lui murmura Trevor à l'oreille en caressant ses replis intimes. Prête ?

— Plus que jamais. Tu as des capotes ?

— Oui, tiens, dit Trevor en lui tendant le paquet.

Channing se tourna vers Colby et comprit qu'il était en train de se caresser.

— Alors, ma belle, tu es prête à nous accueillir tous les deux en toi ? s'enquit-il d'une voix rauque.

Elle voulut répondre, mais se raidit, une pensée dérangeante lui venant soudain à l'esprit.

— Je sais que le moment est très mal choisi, fit-elle remarquer, mais nous n'avons jamais abordé le sujet des MST. En plus, maintenant que je sais que…

— Chan, Edgard est le seul homme avec lequel j'aie jamais couché, la coupa Trevor. Je n'ai pas de MST et encore moins le sida. Edgard non plus, d'ailleurs, et, en plus, on prend toujours nos précautions.

Elle acquiesça d'un mouvement de tête.

— Mets-moi la capote, ordonna Colby. J'ai hâte de voir l'effet que ça va te faire d'avoir deux queues en toi.

Channing déchira un sachet et déroula soigneusement le préservatif sur le pénis de Colby. Elle entendit Trevor ouvrir un autre sachet et la tension monta d'un cran. Le battement de son sang résonnait à ses oreilles et elle s'installa sur Colby à califourchon, posant les paumes de chaque côté de sa tête.

— Tu es sûr que ça ne va pas te faire de mal, Colby ?

— Non, mais peu importe, la douleur en vaudra la peine, ma belle.

Colby l'embrassa avec passion et, l'instant d'après, elle sentit Trevor lui appliquer du lubrifiant sur l'anus avant d'y glisser son doigt.

— Guide-moi en toi pendant qu'il est en train de te préparer, lui souffla Colby.

D'une main, elle saisit la base de sa verge puis souleva les hanches et l'introduisit dans son vagin d'un seul coup. Ses yeux s'étant habitués à l'obscurité, Channing constata qu'une lueur ardente brûlait dans le regard de Colby. Elle appuya son front contre le sien, leurs souffles saccadés s'entremêlant, sentant son excitation couler le long de ses cuisses.

— Relève un peu ton cul, Channing, demanda Trevor. Déplace ton poids sur tes mains, comme ça, tu éviteras de lui écraser les côtes. Oui, voilà… parfait… Putain, ça va être trop bon.

— Fais attention, le prévint Colby. N'oublie pas qu'elle n'est pas habituée à tout ça. Vas-y mollo. Je te péterai la gueule si jamais tu lui fais mal.

Touchée par son élan chevaleresque, Channing prit ses lèvres en un baiser fiévreux. Au même moment, le gland de Trevor s'insinua dans son derrière et, d'un coup de reins brusque, il fut en elle.

— Putain, ça fait mal ! s'exclama-t-elle contre les lèvres de Colby.

— Chut, ma belle, tout va bien, chuchota ce dernier. Laisse le temps à ton corps de s'habituer. On l'a déjà fait tous les deux et tu as aimé, non ? Tu verras, ça ira mieux dans quelques instants. On va le faire à ton rythme.

Channing déglutit avec difficulté, sentant la nausée lui retourner l'estomac et, l'espace d'un instant, elle voulut tout arrêter.

— Quand tu seras prête, dit Colby, enfonce-toi entièrement sur ma queue et Trevor retirera la sienne en même temps.

— Chan, ça va ? demanda Trevor en lui caressant le dos.

Non, ça ne va pas du tout !

— Oui, oui, balbutia-t-elle.

Il ressortit, laissant uniquement son gland dans son antre, mais elle ne bougea pas d'un pouce. Elle avait trop peur, la douleur qu'elle éprouvait était presque insupportable et elle avait vraiment l'impression qu'elle allait perdre connaissance d'un instant à l'autre.

— Trev, fit Colby, ça ne va pas marcher comme ça, elle est trop tendue.

— Chan, tu veux qu'on arrête ? s'enquit Trevor.

Elle ne pouvait même plus parler.

— Dis-nous ce que tu veux, ma belle, lui susurra Colby.

J'ai besoin d'une distraction. Oui, d'une distraction.

— Mon clito… Caressez mon clitoris.

— Trev, tu peux le faire ?

— Oui.

— Alors, vas-y, lui enjoignit Colby.

Trevor s'insinua de nouveau en elle et Channing se mordit la lèvre inférieure jusqu'au sang, puis elle sentit son doigt titiller son clitoris.

— Ça va mieux, ma belle ? Dis-nous ce que tu ressens.

Elle ignora délibérément la question de Colby, préférant se concentrer sur son plaisir.

— Pas avec le pouce, dit-elle en un murmure à l'attention de Trevor. L'index, oui… Et pas de mouvements circulaires, plutôt… Oui, oui, comme ça.

Peu à peu, elle sentit ses muscles se détendre un à un et le plaisir monter en elle en une vague irrépressible.

— Penche-toi vers moi, Chan, laisse-moi m'occuper un peu de tes seins.

Elle s'exécuta et tressaillit lorsque la bouche de Colby s'empara de son mamelon avant de le sucer délicatement. Il souffla ensuite légèrement dessus et déposa plein de petits baisers humides, ponctués par des marmonnements indéchiffrables, sur l'autre sein.

Bientôt, la douleur qu'elle éprouvait disparut complètement, laissant place à un plaisir foudroyant qui remonta le long de son échine.

Elle remua les hanches, et Trevor se mit à se mouvoir en elle par-derrière. Le rythme de pénétration des deux hommes était parfait, en alternance, et un cri de pure joie s'échappa des lèvres de Channing.

— Tu aimes, Chan. Tu en veux plus ? haleta Trevor derrière elle.

— Oui…

— Bouge sur moi, ma belle, lui ordonna Colby d'une voix cassée par l'émotion. Montre-moi ce que tu aimes, que je sache comment te baiser la prochaine fois qu'on ne sera que toi et moi.

Les paroles de Colby, bien que grossières, l'excitèrent davantage et elle se mit à le chevaucher, allant et venant frénétiquement sur sa verge, et Trevor accéléra le mouvement de ses hanches derrière elle.

Colby continuait ses caresses en alternant d'un sein à l'autre, et Channing sentit son orgasme approcher.

— Je suis proche, Chan, lâcha Trevor. Et toi ?

— Moi aussi, je suis proche, ma belle, grommela Colby. À mon signal, resserre ton vagin autour de ma queue.

Trevor s'enfouit une dernière fois en elle et cria sa jouissance en enfonçant les doigts dans sa taille. Channing ressentit une sensation agréable de brûlure intense et continua à se mouvoir sur Colby, dont la respiration devenait de plus en plus saccadée.

— Oui, comme ça. J'adore te baiser, Chan… Oui… Maintenant ! Resserre…

Channing obéit, ce qui lui déclencha un orgasme fulgurant. Elle contracta instinctivement son anus autour du sexe de Trevor, sentant le sien pulser autour du pénis de Colby. Ils crièrent leur jouissance à l'unisson et Channing rejeta la tête en arrière, tous ses sens en éveil, submergée par un flot d'émotions jusqu'à présent inconnues.

Elle serra le pan du sac de couchage dans ses poings, luttant de toutes ses forces pour ne pas se laisser aller contre le corps de Colby. Elle sentit Trevor se retirer d'elle et lui déposer une traînée de baisers dans le dos en remontant jusqu'à son cou.

— Merci, c'est toujours un plaisir de coucher avec toi, susurra-t-il contre sa peau. J'espère que toi aussi, tu as apprécié.

À ces mots, il descendit du lit et, quelques instants après, elle entendit la portière du van s'ouvrir et se refermer. Channing prit une nouvelle inspiration et frissonna du contrecoup de son orgasme. Ses cheveux tombaient en cascade, formant comme un rideau autour de leurs deux visages.

— Chan ?

Elle se redressa, craignant d'avoir fait mal à Colby.

— Merde, désolée, tu dois avoir très mal, s'excusa-t-elle d'une voix à peine audible.

— Non. Regarde-moi, Channing.

Le sentant toujours en elle, dur comme du fer, elle ramena ses cheveux derrière son oreille et chercha son regard dans la pénombre.

— Tu as aimé ? demanda-t-il d'un ton sérieux. Notre petit ménage à trois était-il à la hauteur de tes attentes ?

Submergée par l'émotion, elle se contenta de hocher la tête.

— Parfait, parce que sache que c'est la première et la dernière fois que ça arrive, déclara-t-il en plongeant une main dans ses cheveux avant de les enrouler autour de son poignet et d'attirer son visage vers le sien. Tu es à moi, Channing, tu m'appartiens et je ne partage pas ce qui est à moi. C'est clair ?

Mais… que lui prenait-il ?

— Colby…

— Ta petite escapade sexuelle prend fin ici et maintenant. C'est terminé, tu m'entends ? Dorénavant, ça ne sera que toi et moi. Je satisferai tous tes désirs, même les plus fous, il suffira juste de le demander. Mais aucun autre homme ne te touchera, aucun.

Bouleversée par le changement de comportement soudain de Colby, Channing ne sut quoi répondre. Brusquement, il se redressa et saisit ses jambes pour les ramener autour de sa taille. Tandis qu'il lui caressait le dos, elle sentit son sexe se dresser en elle. Il passa ensuite une main derrière sa nuque et approcha son visage du sien, puis se mit à bouger en elle.

— Colby, arrête, tu vas te faire mal si…

— Je m'en fous, l'interrompit-il. On va baiser jusqu'à ce qu'on en puisse plus, jusqu'à en mourir de plaisir s'il le faut, jusqu'à ce que tu comprennes enfin la place que tu occupes dans ma vie, l'effet que tu me fais. Tu es la seule personne au monde capable de me faire perdre les pédales comme ça.

Sa voix était enrouée et Channing pouvait pratiquement sentir sa frustration et son besoin pulser dans ses veines. Il préférait s'exprimer avec des actes plutôt qu'avec des paroles et elle décida de le laisser faire, lui signifiant son abandon en poussant un soupir et rejetant la tête en arrière.

Sans cesser d'aller et venir en elle, il captura ses lèvres en un baiser brutal et possessif avant de lui mordiller le cou, une épaule puis l'autre. Il était en train de la marquer, de la faire sienne par tous les moyens possibles, et cette révélation, la signification de ses gestes déclenchèrent un orgasme fulgurant : elle poussa un long cri de plaisir. Encore secouée par les spasmes de sa jouissance, Channing se mit à onduler des hanches au rythme de celles de Colby et atteignit rapidement un deuxième orgasme.

Tout comme celui de Colby, son désir était insatiable. Leurs corps avaient pris le dessus sur leurs esprits et ils s'étaient laissé emporter dans ce tourbillon de passion presque dévastateur. Et, bien sûr, il était trop tard pour revenir en arrière.

Quand elle fut agitée par une nouvelle rafale de spasmes, Channing enfonça les ongles dans le dos de Colby et fit remonter ses doigts le long de sa colonne vertébrale, ce qui lui arracha un cri sourd. Brusquement, il se retira d'elle et l'embrassa ardemment avant de murmurer contre ses lèvres :

— Enlève-moi la capote.

Dès que ce fut fait, il la saisit par les fesses et la souleva légèrement tout en se laissant glisser sur le matelas.

— Je n'en ai pas encore fini avec toi, ma belle. Je veux te prendre par-derrière et je veux le faire en te regardant dans les yeux. Je veux caresser tes seins et titiller ton clitoris en même temps. Je veux te voir lâcher prise, je veux te voir prendre ton pied comme jamais et je veux que tu comprennes que je suis le seul homme qui puisse te donner autant de plaisir et te mettre dans un état pareil. Et je suis prêt à recommencer encore et encore, jusqu'à ce que mort s'ensuive s'il le faut.

Quelque chose en Channing se réveilla avant de se briser brusquement, et elle sentit une larme couler sur sa joue. Elle avait l'impression d'être transpercée par des milliers d'aiguilles.

— Colby, s'il te plaît, ça suffit. Je sais…

— Non, la coupa-t-il, tu ne sais rien. Tu ignores ce dont j'ai besoin et ce que je peux t'offrir, mais je compte bien te le montrer.

Elle croisa son regard et y vit une lueur inconnue mêlée à de la tristesse et de la douleur. Son cœur se contracta et elle souleva les hanches pour le guider en elle par-derrière, résolue à chasser ce désarroi qui semblait ronger Colby de l'intérieur.

Cette fois-ci, leurs gestes furent plus tendres et mesurés. Le souffle court, ils atteignirent l'extase ensemble, et Channing se laissa retomber sur le lit, à côté de Colby. À peine capable de bouger, elle tourna la tête vers lui et vit qu'il s'était déjà endormi. Elle se lova contre lui et lui caressa le torse, sentant ses cicatrices sous ses doigts.

Elle était exténuée, mais le sommeil refusait de la gagner. Ses sentiments étaient plus confus que jamais, elle ne parvenait plus à démêler le vrai de faux, les rêves de la réalité. Channing ne s'endormit qu'au petit matin, sans être parvenue à trouver ne serait-ce qu'une seule réponse à toutes les questions qui l'assaillaient.

Chapitre 17

Le lendemain matin, à son réveil, Colby ne fut pas surpris de trouver le lit vide à côté de lui. Il avait vraiment été dur avec Channing, plus dominateur et exigeant que jamais auparavant.

Un homme des cavernes, le roi des enfoirés.

Putain, mais quel con.

Il poussa un soupir et essaya de se redresser, mais un éclair de douleur lui traversa l'échine si bien qu'il crut que sa tête allait exploser. Cependant, la douleur physique n'était rien comparée à sa torture mentale et émotionnelle. Au lieu de dire à Channing ce qu'il ressentait pour elle, il avait préféré le lui montrer, et elle devait désormais le prendre pour un détraqué sexuel. Oui, il s'était vraiment comporté comme une merde.

Ça t'aurait tué de lui dire quelque chose dans le genre « Tu me plais beaucoup, Channing, je suis tombé amoureux de toi… » ?!

Il devait remédier à la situation le plus vite possible, avant que celle-ci ne se complique davantage. Certes, ils ne se connaissaient que depuis quelques jours, mais il n'avait jamais été aussi déterminé et sûr de ses sentiments.

Il aimait Channing Kinkaid.

Elle était la femme de sa vie, c'était une évidence.

Colby roula sur le côté et crut qu'il allait s'évanouir de douleur.

— Bordel de merde, putain !

— Ah, enfin ! C'est pas trop tôt, lança Edgard sous lui. Tu as besoin d'aide pour descendre ?

Il n'était donc pas seul. Mais où était Channing ? Il était persuadé qu'il la trouverait attablée, sirotant une tasse de café, et qu'ils auraient l'occasion de s'expliquer sur les événements de la nuit passée.

— Non, merci, ça devrait le faire. Tu peux juste me passer la boîte d'aspirine et une bouteille d'eau, s'il te plaît ?

— Ouais, bien sûr.

Colby entendit le bruissement d'un sac en plastique puis la porte du mini-frigo s'ouvrir et se refermer et, l'instant d'après, la tête d'Edgard apparut dans son champ de vision. Ce dernier lui donna la bouteille d'eau et posa les cachets à côté de lui.

— Merci. Putain, j'ai mal partout.

— Tu vas quand même concourir aujourd'hui ? s'enquit son ami.

— Bien évidemment, quelle question !

— C'est bien ce que je pensais. Trevor est en train de faire courir King dans le pré d'à côté. Mais magne-toi, parce qu'il est déjà 8 heures.

Le bureau des inscriptions fermait à 9 heures. Le temps qu'il se lève, fasse sa toilette, qu'il applique du gel sur ses courbatures, bande ses côtes fêlées… Il poussa un profond soupir en tâchant de recouvrer son sang-froid. Une chose à la fois.

— Il reste de l'eau chaude dans la douche ? demanda-t-il.

— Ouais, personne n'en a pris ce matin.

Colby descendit du lit, gagné par un mauvais pressentiment. Il rencontra le regard d'Edgard, qui leva les yeux au ciel.

— Vas-y, pose-la, la question qui te ronge depuis ton réveil, l'encouragea Edgard. Qu'est-ce que tu attends ?

— Ouais, bon, ça va... Où est-elle ?

— Elle a pris quelques affaires et a dit qu'elle allait rejoindre Gemma.

— Comment ça, « quelques affaires » ?

— Elle a pris son sac et quelques fringues.

Merde. OK, pas de panique.

— Et elle a dit quelque chose avant de partir ?

— Juste qu'elle te retrouverait tout à l'heure.

Colby pinça les lèvres, prenant conscience que les choses échappaient à son contrôle ; Edgard lui adressa un regard interrogateur.

— Quoi, Ed, quoi ?! Pourquoi tu me regardes comme ça ?

— Qu'est-ce qui s'est passé hier exactement, hormis le plan à trois ?

— T'es au courant ?

Edgard hocha la tête.

— Trevor m'a tout raconté, déclara-t-il. Il m'a dit qu'il avait senti que quelque chose n'allait pas entre Chan et toi, que tu étais presque jaloux, ce qui, nous sommes tous d'accord, ne te ressemble pas. Tu veux en parler ?

D'habitude, quand Colby avait un problème, il se confiait toujours à Trevor. Mais, cette fois-ci, c'était Trevor la source de son problème. L'imaginer avec Channing, ses mains sur son corps, lui donnait une envie irrépressible d'envoyer son poing dans un mur. Il aimait Trevor comme un frère et savait aussi que son ami était attiré par Edgard. Pourtant, il semblait également manifester un peu trop d'intérêt pour Channing.

Putain, comment on en est arrivés là ?

— Je me suis comporté comme un abruti avec Channing, marmonna-t-il.

— Dans ce cas, excuse-toi auprès d'elle.

— Je ne sais pas si ça sera suffisant. Tu me connais, tu sais que le romantisme et moi, ça fait deux. Je ne sais même pas quoi lui dire, comment aborder la chose… Pas étonnant que je sois toujours célibataire.

Il bougea machinalement son bras endolori et fit une grimace. Il prit deux cachets d'aspirine et les avala avec quelques gorgées d'eau.

— Et toi, sinon, tu étais où, hier soir ? demanda-t-il, préférant changer de sujet.

— J'ai passé la moitié de la soirée au téléphone avec ma mère.

— Rien de grave, j'espère ?

— J'ai bien peur que si, dit Edgard dans un soupir. Il y a de gros problèmes sur mon ranch. La dernière fois que ma mère y est allée, mon bras droit ne voulait pas la laisser passer, et quand enfin elle a réussi à rentrer, elle m'a dit qu'elle avait eu l'impression de pénétrer sur un territoire en guerre. Apparemment, il y aurait une cinquantaine de personnes vivant sur mon terrain. Ils ont construit des cabanes autour de ma maison, tué une bonne partie du bétail pour se nourrir et même abattu des arbres pour faire du feu.

— Putain, merde alors ! s'exclama Colby. Tu comptes faire quoi ?

— Je repars au Brésil.

Edgard fit quelques pas et se tourna de nouveau vers lui, une expression indécise sur le visage.

— Si ça ne tenait qu'à moi, poursuivit-il, je partirais dès aujourd'hui. Mais je sais à quel point Trevor veut participer au rodéo de Cheyenne. Je ne peux pas le planter du jour au lendemain. Pour une fois qu'il a vraiment besoin de moi, en plus.

Il accompagna son dernier commentaire d'un rire amer.

— Les qualifications sont dans deux jours, fit remarquer Colby en s'appuyant contre l'échelle. D'ici là, il a le temps de te trouver un remplaçant. J'en ai déjà quatre en tête qui, j'en suis sûr, feraient l'affaire.

— Oui, mais tu sais comment il est. Plus superstitieux que lui, tu meurs. Il veut concourir à l'épreuve de prise du veau au lasso en équipe uniquement avec moi parce que, l'année dernière, on a éclaté le score. Il ne comprend pas qu'on est devenus nuls. Du coup, dès qu'on se fera éliminer à Cheyenne, je me casse au Brésil.

Colby ouvrit la bouche pour parler, mais la referma aussitôt.

— Quoi ? s'enquit Edgard.

— Et Trevor, il sait que tu as décidé de partir ?

— Oui. Ce qu'il ignore, c'est que je ne compte plus revenir. Je lui ai dit qu'il pouvait m'accompagner ; la balle est dans son camp à présent. Je n'en peux plus de cette situation, il doit faire un choix une bonne fois pour toutes.

Ils se regardèrent quelques instants en silence.

— Je suis vraiment désolé, Ed, marmonna Colby en se grattant le menton. J'aimerais pouvoir faire quelque chose pour t'aider.

— Il n'y a rien à faire. Néanmoins, une chose est sûre : l'amour, ça pue du cul.

Sur ce, il se dirigea vers la portière, saisit la poignée et se retourna vers Colby.

— Arrange les choses avec Channing, Colby, lui conseilla-t-il d'une voix grave. Ne perds pas de temps inutilement, dis-lui ce que tu ressens pour elle. Tu sais, on n'a pas tous cette chance.

Edgard claqua la portière derrière lui, et Colby demeura immobile un moment, le regard dans le vide. Il lui restait une demi-heure pour se préparer pour la compétition et, à présent, il se sentait pire qu'à son réveil. La journée risquait d'être longue.

— Laisse tomber, Gemma, je n'y arriverai jamais !

— Arrête de dire ça, Channing, tu te débrouilles très bien.

— Ah ouais ? Il t'a fallu combien de temps, à toi, pour apprendre à faire un nœud d'attache ?

Gemma étira les lèvres en un large sourire.

— J'ai appris à les faire quand j'avais cinq ans, répondit-elle avant de regarder sa montre. Allez, c'est bon pour aujourd'hui. On range tout ce bazar, il faut que j'aille vérifier mon bétail avant le début de la compétition.

Channing jeta la corde par-dessus son épaule, souleva la selle et la couverture, et suivit Gemma vers l'arrière de son van.

— Merci encore de m'avoir laissée prendre ma douche ici, ce matin, dit-elle en posant le matériel.

— De rien. J'imagine que, au bout d'un moment, tu dois te sentir un peu à l'étroit avec trois cowboys dans un si petit espace.

Channing ne répondit pas et s'affaira à ranger l'équipement qu'elles avaient utilisé pour sa première leçon d'équitation. Elle s'était levée très tôt afin d'éviter une confrontation avec Colby. Elle n'avait pas envie de lui parler, ou plutôt elle ne savait pas ce qu'elle aurait bien pu lui dire après la nuit qu'ils avaient passée. Elle avait besoin de réfléchir, de se remettre les idées en place et, pour cela, mieux valait prendre ses distances avec Colby.

— Vas-tu enfin me dire ce qui te tracasse ? s'enquit Gemma.

Channing poussa un soupir.

Par où commencer ?

— Je suis peut-être vieille, mais je ne suis pas aveugle, poursuivit Gemma. Je vois que quelque chose ne va pas. Est-ce que ça a un rapport avec les suçons dans ton cou ainsi que tes lèvres légèrement gonflées ?

Channing porta automatiquement une main à ses lèvres et les effleura de ses doigts. Gemma s'approcha d'elle et posa une main sur son épaule.

— Colby ne t'a pas épargnée, dis donc.

— C'était un rapport entièrement consenti, Gem, dit Channing, sortant enfin de son mutisme. Mais, si ça ne t'ennuie pas, je préférerais ne pas en parler pour le moment. Promis, je te raconterai tout plus tard. J'ai besoin de réfléchir à certaines choses avant.

— Bien sûr, ma belle, tu sais que ma porte t'est toujours ouverte.

— Merci pour la leçon, murmura Channing en enroulant une corde autour du bras. Et merci pour ta compagnie. Tu as dû remarquer que je n'ai pas beaucoup d'amis…

— Ici ou en général ?

— En général.

— Comment ça se fait ?

Channing joua nerveusement avec le bout de la corde effilochée entre ses doigts.

— Parce que je préfère être seule et heureuse plutôt que mal accompagnée et malheureuse. Je refuse de changer pour plaire aux autres qui eux, à la base, ne me plaisent pas.

— Et c'est une résolution récente, j'imagine ?

— Oui et non. Je n'ai jamais réussi à trouver ma place dans ma propre famille. Ma sœur aînée était une enfant modèle selon les critères de mes parents, ce qui faisait de moi la rebelle de la famille. Du coup, j'ai commencé à m'effacer au fil du temps. À l'époque, ça m'avait semblé la meilleure solution.

— Tu as bien fait de tailler la route, Chan. Si les gens sont incapables de t'apprécier à ta juste valeur, tu as raison : mieux vaut être seule que mal accompagnée. C'est devenu ma philosophie de vie depuis la mort de Steve. J'ai mes vaches et mes chevaux dont je m'occupe tous les jours et qui me rendent tout l'amour que je leur porte. Et puis, surtout, ils ne parlent pas derrière mon dos.

Channing ne put s'empêcher de rire.

— Je suis sérieuse, Chan. Regarde-moi. Je n'ai aucune amie, pratiquement. Les épouses des amis de Steve étaient bien plus âgées que moi, je n'ai pas d'enfants et je ne sais même pas où sont mes parents, ni s'ils sont encore en vie. Steve était mon amant, mon meilleur ami. Ma vie, quoi.

L'expression triste et résignée, Gemma accrocha les rênes sur le mur et elles restèrent toutes les deux pensives quelques instants. Puis, soudain, Gemma se redressa et s'essuya les mains sur son jean avant de déclarer :

— Bon, ce fut la minute émotion du jour. (Elle se tourna vers Channing.) Tu sais, des moments larmoyants comme celui-ci devraient être interdits sans alcool. Mais comme il est encore bien trop tôt pour picoler, on se rattrapera plus tard, ajouta-t-elle avec un clin d'œil.

Elles se saluèrent, puis Gemma partit vérifier son bétail et Channing se dirigea vers l'entrée principale de l'arène pour retirer son billet. Dès qu'elle entra dans les gradins, elle vit Callie, assise à côté de Mary, lui faire un signe de la main.

— On t'a gardé une place ! s'exclama la petite fille, et le cœur de Channing se gonfla de joie.

Elle alla les rejoindre et s'installa à côté d'elles.

— Coucou, les filles ! Vous allez bien ? demanda-t-elle.

— Moi, je vais bien, répondit Callie, mais pas ma maman.

— Merci pour ta discrétion, la réprimanda Mary après avoir bu quelques gorgées de soda.

— Alors, Mary, tu as encore fait la fête, hier ? s'enquit Channing en haussant un sourcil amusé.

— Non, je me suis couchée à 21 heures.

— Ah, mince, fit Channing. Tu as peut-être attrapé la crève ou un mauvais virus.

— Ouais, sans doute…

Mary sortit de sa poche un billet de cinq dollars et le tendit à Callie.

— Ma puce, tu vois la dame qui vend les boissons, là-bas, dit-elle en pointant la femme du doigt. Tu peux aller m'acheter un autre soda ? Et prends-toi quelque chose aussi. Mais n'achète rien d'autre, compris ? Et tu reviens tout de suite après.

— Oui, maman.

Callie saisit le billet et fonça vers la vendeuse.

— Ce n'est pas la crève, Channing. Je suis enceinte, annonça Mary dès que Callie fut partie.

— Oh… Oh.

Channing ne savait pas quoi répondre. Était-ce une bonne nouvelle ? Mary était-elle contente ou…

— Ça fait déjà plusieurs années qu'on essaie d'avoir un deuxième enfant avec Mike, mais sans succès… Jusqu'à maintenant.

— Félicitations, Mary ! Mike est au courant ?

— Oui, je le lui ai annoncé ce matin. J'ai fait un test de grossesse après avoir régurgité mon petit déjeuner pour être sûre avant de le lui dire. Il est aux anges, on l'est tous les deux, d'ailleurs. Par contre, on n'a toujours rien dit à Callie. Elle est incapable de garder un secret même si sa vie en dépendait.

— Mary, elle n'a que quatre ans, c'est normal ! s'esclaffa Channing.

— Oui, c'est pas faux.

La discipline de monte de chevaux avec selle commença ; Channing tourna la tête vers le centre de l'arène. Colby passait en premier et son cœur se serra dans sa poitrine. Le cheval jaillit hors des chutes et désarçonna Colby au bout de trois secondes. Il se releva fièrement, secoua la poussière de ses vêtements et se dirigea vers le parc d'attente. Il faisait bonne figure, mais Channing savait qu'il prenait sur lui et qu'il devait souffrir le martyre.

Oh, Colby, Colby…

Channing suivit distraitement le reste de l'épreuve, ses pensées tournant toujours autour de Colby et la nuit passée. Elle se concentra de nouveau sur le spectacle quand vint le tour de Cash de concourir à l'épreuve de la prise de veau au lasso. Il obtint un très bon score, tout comme Edgard, mais Colby n'eut aucun point : même s'il avait réussi à passer le lasso autour du cou du veau, il n'était pas descendu de son cheval, ce qui était éliminatoire.

Plus la journée avançait et plus le mauvais pressentiment de Channing grandissait. Heureusement, le babillage de Callie la distrayait quelque peu. Lorsque le présentateur annonça la discipline du terrassement du bouvillon, Mary et Callie se mirent à applaudir et à hurler leurs encouragements à Mike. Quand vint son tour, le bouvillon qu'il devait terrasser sauta hors des chutes et Mike le poursuivit sur son cheval avant de se jeter dessus. Il se glissa habilement sur le dos de l'animal, mais, au moment de lui saisir la corne droite, le bouvillon changea brusquement de direction, glissa et s'effondra, entraînant Mike dans sa chute. Ils tombèrent dans un bruit sourd et le veau roula sur le dos, de tout son poids sur Mike, avant de se relever, son regard ayant été attiré par le clown du rodéo. Mike, quant à lui, gisait toujours au sol, immobile, et Mary se leva d'un bond.

— Mon Dieu ! s'écria-t-elle. Pourquoi est-ce qu'il ne bouge pas ?!

— Maman, pourquoi papa, il est toujours par terre ? s'enquit Callie d'une petite voix tremblante.

— Je ne sais pas, ma puce, répondit-elle en prenant la main de sa fille.

Deux membres du comité d'organisation accoururent vers Mike et s'accroupirent devant lui. L'un d'eux fit signe à une autre personne de les rejoindre. Ils échangèrent quelques mots puis l'un d'eux gesticula en direction de l'équipe médicale.

— Mais qu'est-ce qu'ils foutent, bordel ?! s'impatienta Mary.

Deux médecins portant une civière entrèrent alors dans l'arène ; Channing blêmit. Mary s'accrocha à la barrière. Channing crut qu'elle allait s'évanouir, et l'attrapa par le bras.

— Respire, Mary, respire, murmura-t-elle en lui dessinant de la main des mouvements circulaires dans le dos.

Mary hocha la tête et lui saisit l'autre main en la serrant fort. On installa Mike sur la civière avant de l'évacuer de l'arène sous un tonnerre d'applaudissements.

— Nous vous tiendrons au courant de l'état de Mike Morgan dès que nous aurons plus d'informations. Courage, Mike, on est tous avec toi ! lança le présentateur.

— Je… Je dois aller le rejoindre, bafouilla Mary, m'assurer qu'il va bien… Mon Dieu, et si…

— Maman ?

Pâle comme un linge, Mary regarda Callie et leva le regard vers Channing.

— Il vaudrait mieux qu'elle reste ici le temps que…

— Vas-y, Mary, l'interrompit Channing. Je m'occupe de Callie. On va s'empiffrer de cochonneries et regarder le reste de la compétition, hein, Calamity Jane ?

— Tu es sûre ?

— Oui, Mary. Allez, file, ton mari a besoin de toi.

Mary se précipita vers la sortie, descendant l'escalier deux marches à la fois, et Callie se mit à pleurer. Channing l'installa sur ses genoux et la serra fort contre elle en se balançant légèrement et lui caressant les cheveux. Plusieurs autres femmes vinrent lui offrir leur aide, mais Callie ne voulait même pas se retourner vers elles.

Agrippée à elle comme si sa vie en dépendait, la fillette pleurait toutes les larmes de son corps. Channing, profondément attristée par son état, se sentait totalement impuissante.

— Channing !

Elle leva la tête, ne sachant même pas combien de temps s'était écoulé depuis le départ de Mary.

— Colby ? Qu'est-ce que tu fais là ?

— C'est Mary qui m'envoie, elle veut que tu lui ramènes Callie.

Il avait le visage impassible et, l'espace d'un instant, Channing craignit le pire.

— OK…

Se forçant à sourire, elle releva le menton de Callie avec un doigt et lui murmura tendrement :

— Tu entends ça, Calamity Jane, ta maman nous attend. Allez, prends tes affaires, on va la rejoindre.

Pour toute réponse, Callie nicha la tête au creux de son cou et Channing la serra encore plus fort. Portant la fillette dans ses bras, elle rejoignit Colby qui les attendait en bas de l'escalier. Il les escorta vers ce qui semblait une petite pièce située sous les gradins. Il ouvrit la porte puis s'effaça pour la laisser passer. À l'intérieur, étendu sur la civière, Mike était conscient – mais salement amoché. Mary était à côté de lui, le tenant par la main.

Callie se retourna et, voyant sa mère, se jeta sur elle.

— Maman, tu n'es pas revenue et je pensais que papa, il était mort ! s'exclama-t-elle en nouant ses petits bras autour du cou de sa mère.

La gorge de Channing se serra en voyant cette scène et elle ravala les larmes qui menaçaient de la submerger. Callie était encore si petite et pourtant si brave ! Le pire dans tout ça était que, comme elle, d'autres enfants de professionnels du rodéo étaient sans doute confrontés à cette même peur. Comment ces enfants, et même les compagnes de ces hommes qui risquaient quotidiennement leur vie, faisaient-ils pour tenir le coup et surmonter une pareille épreuve ?

— Regarde, ma puce, dit Mary. Papa va bien, il a juste fait une mauvaise chute.

— Tu as vu ce que le méchant veau a fait à papa, Calamity Jane ? demanda Mike d'une voix faible. Moi, je dis qu'il faudrait l'attraper pour en faire de la chair à pâté !

Callie essuya ses yeux embués de larmes et sourit.

Mary se redressa et se dirigea vers Channing qui était restée à côté de la porte.

— Merci beaucoup de t'être occupée d'elle, Channing.

— De rien, Mary, c'est normal. Alors, comment va-t-il ?

— On en saura plus demain. Tout ce qu'on sait pour le moment, c'est qu'il a une rupture des ligaments croisés. Ils vont le transporter à Omaha pour faire des examens plus poussés, mais, quoi qu'il arrive, il devra passer sur le billard.

Cette blessure avait l'air très sérieuse et Channing se demanda si Mike Morgan pourrait concourir de nouveau un jour. Les chances étaient minces…

— Est-ce que je peux faire quelque chose, Mary ?

Son amie se mordit la lèvre inférieure et réfléchit quelques instants.

— Callie et moi allons suivre Mike à Omaha, et je suis en train de me dire qu'on ne pourra pas prendre le van et les chevaux avec nous.

À cet instant, Colby apparut à côté de Channing.

— Ne t'en fais pas pour ça, Mary, annonça-t-il. Ta famille doit être ta seule priorité en ce moment. On trouvera un moyen pour ramener votre van et les chevaux jusqu'à votre ranch.

Mary poussa un soupir de soulagement et prit Colby dans ses bras.

— Merci, Colby, vraiment, merci beaucoup. Je ne sais pas ce que j'aurais fait sans vous. Je vais aller préparer les chevaux et décrocher le van du pick-up, et je reviendrai te donner les clés.

Elle tourna les talons, murmura quelque chose à l'oreille de Mike et quitta la pièce avec Callie. Jetant un dernier regard navré à Mike, Channing se retourna et se heurta contre le torse de Colby.

— Qu'est-ce que tu fais encore là ? s'enquit-elle, quelque peu énervée. Pourquoi n'es-tu pas allé avec Mary pour lui filer un coup de main ?

— Je ne ferais que la ralentir. Et puis, Mary sait très bien se débrouiller toute seule. Elle peut détacher le van du pick-up les yeux fermés.

Channing serra les poings et déglutit ; elle se mit sur la pointe des pieds pour approcher son visage plus près du sien.

— Sans doute, mais, vois-tu, Mary est enceinte et je doute que ce soit une bonne idée de la laisser faire toute seule, d'autant plus qu'elle n'est pas dans son assiette en ce moment, la pauvre.

— Merde ! lâcha Colby ; il disparut aussitôt.

Channing sortit de la salle et prit une profonde inspiration. Le présentateur annonça l'épreuve de barils pour messieurs, mais comme elle n'avait plus le cœur de retourner sur les gradins, elle se dirigea vers la sortie de l'arène. Son attention fut attirée par Cash et Gemma qui semblaient en pleine dispute.

— Je te le répète pour la centième fois, Gem, ce n'est pas ta faute, merde ! entendit-elle dire Cash en s'approchant d'eux.

— Comment ça, ce n'est pas ma faute ? C'était mon veau, alors, oui, je me sens responsable de ce qui lui est arrivé. Et si je peux faire quoi que ce soit pour les aider, eh bien, je le ferai, que ça te plaise ou non !

— Mais, bon sang…

— Tout va bien ? les interrompit Channing.

— Non, répondit Cash en se tournant vers elle. Gemma, ou devrais-je plutôt dire Wonder Woman, s'en veut de ce qui est arrivé à Mike et, du coup, elle se sent obligée de remorquer – toute seule – le van et les chevaux jusqu'à leur ranch, dans le Dakota du Sud.

Gemma adressa à Cash un regard glacial qui fit frissonner Channing.

— Si c'est juste le fait qu'elle y aille toute seule qui t'embête, déclara Channing, je peux l'accompagner, ça ne me dérange pas.

Au contraire, ce serait même salutaire pour mes nerfs.

— Et voilà, problème résolu ! s'exclama Gemma en adressant un sourire narquois à Cash.

— Pas tout à fait, opina ce dernier, et Channing crut que Gemma allait lui bondir dessus. Tu sembles oublier un détail, Gem. Tu n'as pas un véhicule adapté au remorquage, tu l'as laissé au ranch, à ton responsable. Et le tas de ferraille que tu conduis actuellement rendra l'âme avant même que tu quittes le parking.

Gemma pinça les lèvres, et Channing put facilement imaginer de la fumée sortir de ses oreilles.

— Alors que ton véhicule est parfaitement adapté, bien sûr, souffla-t-elle entre ses dents.

Cash lui adressa un sourire des plus charmeurs et Channing réprima un rire.

— Cash Big Crow, je te jure que je vais te foutre un bon coup de pied là où je pense si tu n'effaces pas immédiatement ce sourire idiot de ton visage ! s'écria Gemma, visiblement à cran.

Évidemment, le sourire de Cash s'élargit davantage.

— OK, lâcha Gemma. Ton véhicule est plus grand que le mien. Mais tu vas faire quoi, toi ? Remorquer le van des Morgan en laissant le tien ici ? Tu survivras un jour sans ton cheval adoré ?

— Oui, bon, je n'avais pas étudié la situation sous tous les angles, avoua Cash en fronçant les sourcils.

— Qu'est-ce qui se passe, ici ? demanda Trevor en surgissant de nulle part.

Un concours de regards intenses s'ensuivit entre Cash et Gemma tandis que Channing lui expliquait le problème.

— Bon, voilà ce qu'on va faire, déclara Trevor après quelques secondes de réflexion. Cash et Gemma, vous allez remorquer le van des Morgan avec le pick-up de Cash et vous reviendrez ici récupérer le van de Cash avant de repartir pour Cheyenne. Moi, je vais prendre le pick-up de Gemma et je vais embraquer le cheval de Cash dans son van, avec la jument de Gem.

Tout le monde se regarda.

— Moi, ça me va, annonça Cash.

— Bon, OK, fit Gemma. Mais écoute-moi bien, Trevor Glanzer, s'il arrive quoi que ce soit à mon pick-up…

— Je serai son copilote pour m'assurer qu'il respecte bien le code de la route, proposa Channing. Et, une fois à Cheyenne, je veillerai de près sur ton van jusqu'à ce que tu reviennes.

— OK, c'est parti, alors, tout le monde à son poste ! s'exclama Cash en frappant dans ses mains.

Gemma et lui se dirigèrent vers le parking et Channing voulut les suivre, mais Trevor la retint par le bras.

— Pourquoi tu veux venir avec moi ? Tu ne préférerais pas monter avec Colby ?

— Honnêtement ? Non. J'ai besoin de prendre mes distances avec lui.

Trevor lui adressa un regard mortifié.

— Et, non, ça n'a rien à voir avec ta participation à notre sauterie de cette nuit, le rassura-t-elle.

— OK, c'est toi qui décides. Je vais prévenir Edgard du changement de programme, à moins que tu ne préfères prévenir Colby ?

— Non, non. Préviens Ed. Colby doit encore concourir à l'épreuve de monte de taureaux sauvages et je ne voudrais pas le déconcentrer. Par contre, je voudrais qu'on parte le plus rapidement possible après son passage, parce que je sais qu'il risque de criser si je ne fais pas la route avec eux.

Ou, pire encore, pensa-t-elle, ça lui sera peut-être complètement égal.

Chapitre 18

Channing réprima un bâillement et appuya la tête contre le repose-tête de son siège, l'esprit marqué par la magnificence des paysages qui défilaient sous ses yeux.

Trevor et elle venaient de traverser les prairies des Sand Hills du Nebraska, qui faisaient partie des Grandes Plaines nord-américaines. Le bleu immaculé du ciel contrastait avec la couleur ocre des collines de sable à perte de vue, et Channing avait l'impression d'avoir pénétré dans un autre monde. Quand ils arrivèrent enfin dans l'État du Wyoming, elle ne put décoller son regard du paysage verdoyant scindé en deux par la route, et se demanda si le ranch de Colby était loin, avant de se réprimander intérieurement.

Pourquoi ramenait-elle tout à cet homme ? Elle haussa les épaules et s'interdit, en vain, de penser à lui.

La ville de Cheyenne était en effervescence pour le rodéo. Les amateurs de ce sport venaient des quatre coins du pays pour assister à ce tournoi qui était considéré comme l'un des plus grands rodéos en plein air du monde. Des affiches avaient été collées dans toute la ville, et le trafic était ralenti depuis le centre jusqu'à l'arène.

Quand ils eurent atteint le campement réservé aux vans, Trevor gara le pick-up de Gemma et alla aussitôt s'occuper des chevaux. Channing l'aida, ravie de pouvoir mettre en pratique ce que son amie lui avait enseigné la veille. Trevor la félicita pour son travail. Il alla ensuite passer un coup de fil et Channing monta dans le van.

Colby était censé ramener le van de Trevor dans un autre campement, à l'opposé de celui-ci, et Channing décida de rester dans le van de Gemma, du moins jusqu'à son retour. Elle n'était toujours pas prête à lui faire face et puis elle aimait bien Gemma, elle avait vraiment apprécié leur conversation. Jamais elle ne s'était sentie aussi à l'aise en compagnie d'une autre personne en si peu de temps.

Tu oublies Colby, lui murmura une petite voix dans sa tête.

Elle leva les yeux au ciel. Pourquoi ne pouvait-elle pas le bannir de ses pensées ?

Parce que tu es follement amoureuse de lui, bécasse.

Non, ce n'était pas de l'amour qu'elle ressentait pour lui, sinon un simple désir charnel. Certes, elle se sentait en sécurité avec lui, il la faisait rire, il était beau à tomber par terre et, surtout, c'était un dieu du sexe. Mais il pouvait également se montrer extrêmement difficile et avait le don de la faire sortir de ses gonds. Et sa nature de mâle dominant était…

Channing fronça les sourcils. À quoi bon se mentir ?

Sa nature de mâle dominant était bien plus source d'excitation que de contraintes.

Elle, Channing Kinkaid, était tombée amoureuse d'un cowboy.

Cette révélation la ramena à la case départ. La situation dans laquelle elle se trouvait était toujours aussi confuse. Dès le début, elle avait su que cette aventure n'allait pas durer éternellement. Il était évident que Colby et elle n'avaient aucun avenir ensemble. Lui vivait pour le rodéo et elle… Elle devait encore trouver un sens à sa vie. Et puis, après avoir assisté aux premières loges à la chute de Colby *et* à l'accident de Mike, Channing n'était pas sûre d'avoir les épaules pour supporter une telle pression et vivre avec une peur perpétuelle de voir Colby se faire piétiner par un cheval ou un taureau sauvage.

Elle frissonna à cette idée et, l'instant d'après, on frappa à la porte. Ça ne pouvait pas être Colby, qui devait être encore sur la route avec Ed.

— Entrez.

À son grand soulagement, la portière s'ouvrit sur Trevor.

— Je voulais juste te prévenir que je prends le pick-up de Gemma ce soir, annonça-t-il. Je viens de l'avoir au téléphone et elle m'a donné le feu vert.

— OK. Et tu vas où ?

— Rejoindre ma famille. Ils sont tous venus passer quelques jours ici pour me voir concourir.

— Ah, super.

Trevor ouvrit la bouche et la referma, avant de dire :

— Tu veux venir avec moi ? Tu pourrais faire semblant d'être ma copine.

— Et pourquoi ça ? s'enquit-elle en penchant légèrement la tête sur le côté.

— Bah, ça pourrait expliquer la raison pour laquelle tu voyages avec nous. Tu sais, le monde du rodéo est vraiment petit…

Il détourna le regard, visiblement gêné.

— Qu'est-ce qu'il y a, Trev ?

— Tu sais que la famille de Colby sera également là cette semaine ?

Elle acquiesça de la tête, redoutant ce qui allait suivre.

— Écoute, Chan, je ne dis pas ça pour te faire du mal, mais ne t'attends pas à ce que Colby te présente à ses parents.

— Pourquoi ? laissa-t-elle échapper.

Il se gratta la tête pensivement.

— Honnêtement ? Parce que, selon les critères de Carson McKay, tu es loin d'être la belle-fille idéale. Le frère aîné de Colby, Cord, s'est marié avec une fille de la ville, et disons que ça ne s'est pas bien fini. Carson serait furieux en constatant que Colby est sur le point de répéter la même « erreur » que son frère.

Channing déglutit, surprise par cette révélation. Pourquoi Colby ne lui avait-il pas parlé de ça ? En y repensant, Colby s'était toujours montré réticent à aborder le sujet de sa famille alors qu'elle lui avait pratiquement tout raconté sur la sienne.

— Quand tu dis que ça ne s'est pas bien fini, ça veut dire quoi exactement ?

— La femme, enfin, l'ex-femme, de Cord, Marla, s'est mariée avec lui, bercée par l'illusion d'être la femme d'un vrai cowboy. Mais elle a très vite déchanté et elle a préféré repartir vivre à Seattle, laissant leur fils, Ky, à

Cord. Ce dernier a très mal vécu la situation et il ne s'en est toujours pas remis, d'ailleurs.

Il marqua un temps d'arrêt avant de poursuivre :

— En plus, tout le monde sait que c'est la dernière année de rodéo pour Colby. Une fois la compétition terminée, il retournera au ranch pour aider les siens. Pourquoi te présenterait-il à ses parents alors qu'on sait tous qu'il ne te reste plus que quelques jours avec nous avant de retourner chez toi ?

La dernière phrase de Trevor eut l'effet d'une gifle sur Channing.

— Au moins, tout est clair, à présent, déclara-t-elle d'une voix qu'elle espérait assurée. Merci de m'avoir raconté tout ça. Quoi qu'il en soit, je ne ferai pas semblant d'être ta copine.

— Oh, Chan, je ne voulais pas…

— Laisse tomber, Trev, ce n'est pas grave. Je vais rester ici et surveiller le van de Gemma jusqu'à son retour. Et puis, si je m'ennuie, j'irai faire un tour. Ne te sens pas obligé de jouer les nounous pour moi.

— Arrête, Chan, tu sembles convaincue que passer du temps avec toi est une véritable corvée, alors que pas du tout.

Ils se regardèrent en silence pendant un long moment, puis, soudain, Trevor se pencha vers elle et l'embrassa tendrement, ce qui fit naître une vague de chaleur dans le corps de Channing. Elle entrouvrit les lèvres pour approfondir le baiser et Trevor la prit par la taille et la plaqua contre lui.

Voilà, elle éprouvait pour Trevor la même chose que pour Colby : un intense désir sexuel, rien de plus. Elle glissa ses mains tremblantes entre leurs corps et défit la ceinture de Trevor avant de déboutonner son jean. Elle introduisit ensuite une main dans son boxer et caressa son sexe déjà dur et dressé.

— Attends, marmonna-t-il en rompant le baiser.

Il fit un pas en arrière et se déshabilla en hâte, laissant les yeux de Channing festoyer sur son corps. Il était parfaitement bâti. Il portait quelques cicatrices sur sa peau et, du bout du doigt, Channing en caressa une sur son torse avant de descendre plus bas en suivant la ligne de ses abdominaux parfaitement dessinés.

— Tu es très beau, Trevor, murmura-t-elle en levant les yeux vers lui.

— J'apprécie le compliment et je voudrais te le retourner, mais, pour cela, il faudrait que, toi aussi, tu sois toute nue.

Sans perdre de temps, il entreprit de déboutonner son haut en suivant l'ouverture de sa blouse avec ses lèvres chaudes. Il jeta ensuite le vêtement au sol, puis prit ses seins en coupe et les pressa l'un contre l'autre, titillant de la langue ses tétons tendus sous son soutien-gorge.

Channing réprima un frisson et sentit une moiteur la gagner entre les cuisses, mais, au fond d'elle, quelque chose n'allait pas. Brusquement, un sentiment de culpabilité la submergea et elle repoussa Trevor.

— Non, je suis désolée, Trev, je… On ne peut pas faire ça.

Ils se rhabillèrent en silence et Channing comprit enfin qu'il était inutile de lutter contre les sentiments qu'elle éprouvait pour Colby en essayant de les étouffer à tout bout de champ. C'était peine perdue.

— Ça va ? demanda Trevor.

— Non. J'ai l'impression d'avoir trompé Colby alors que je ne lui dois absolument rien.

Trevor eut un rire amer.

— Bienvenue dans mon monde. Moi, j'ai cette impression chaque fois que je couche avec une femme. Même si je ne cache rien à Ed et que je ne lui ai rien promis non plus, je me dis que ce n'est pas bien.

Channing saisit l'occasion pour poser la question qui la taraudait depuis un long moment et qu'elle hésitait à énoncer :

— Comment ça a commencé, entre Ed et toi ?

— Je n'ai jamais cru au coup de foudre et je n'avais jamais été attiré par un homme non plus. Quand j'ai rencontré Ed… Je ne sais pas… Quelque chose en moi a brusquement changé. On a commencé à passer du temps ensemble et je m'efforçais de lutter contre l'attirance que j'éprouvais pour lui. Cela dit, j'ai rapidement craqué. Edgard, il a ce petit quelque chose… C'est le seul homme qui m'ait jamais attiré, même plus que n'importe quelle autre femme.

— Tu l'aimes ?

— Ça n'a pas d'importance. Notre histoire est un peu comme la tienne et celle de Colby : parfois, les sentiments que l'on éprouve l'un pour l'autre, aussi purs et sincères soient-ils, ne suffisent pas pour construire une relation stable.

Il poussa un profond soupir et boucla sa ceinture.

— C'est compliqué tout ça, hein ? s'enquit-il d'une voix enjouée.

Channing opina de la tête et finit de reboutonner sa blouse.

Compliqué ? Le mot est faible…

Trevor s'approcha alors d'elle et lui prit délicatement le menton entre le pouce et l'index.

— Merci d'être là pour moi, Chan. Tu es une très bonne amie et je suis content de t'avoir rencontrée.

— Moi aussi, Trev.

— Bon, si tu as besoin de quoi que ce soit, appelle-moi sur mon portable, dit-il. Je ne sais pas à quelle heure Colby et Ed arriveront à Cheyenne. Tu es sûre que ça ne t'ennuie pas de rester ici toute seule ?

— Non, ça me fera du bien, je pense, répondit-elle, un sourire aux lèvres.

— OK, passe une bonne soirée, ma jolie, à demain !

Dès que Trevor fut parti, Channing se laissa tomber sur la banquette derrière elle. Son aventure était bel et bien terminée. Il était temps de serrer les dents et de revenir à la réalité. Néanmoins, ce voyage lui avait quand même appris pas mal de choses sur elle-même. Dorénavant, elle ne se laisserait plus marcher sur les pieds par qui que ce soit. Elle était comme elle était et tant pis si cela ne plaisait pas à certains !

Forte de cette résolution, elle sortit son téléphone de son sac, composa le numéro qu'elle avait en tête et ferma les yeux pendant que ça sonnait. Au bout de sept sonneries, le répondeur se mit en marche.

— Salut, c'est Channing, annonça-t-elle après le bip. Je voulais juste vous dire que je serai présente à la réception de mariage de Melinda. Je devrais rentrer d'ici quelques jours. Je vous rappellerai dès que j'aurai une date exacte à vous communiquer. À plus tard, bisous.

Elle ne savait pas si elle avait pris la bonne décision ou pas. En tout cas, celle-ci ne l'empêcha pas de s'endormir aussitôt que sa tête toucha l'oreiller.

Le lendemain, allongée sur le lit, son cahier dans les mains, Channing entendit soudain la portière arrière du van claquer et se redressa. Quelques secondes plus tard, la porte du quartier de vie s'ouvrit et Gemma entra, l'air éreinté. Elle se dirigea directement vers le mini-frigo, en sortit une canette de bière et alla s'asseoir sur la banquette, en face de la petite table.

Sous le regard amusé de Channing, elle porta la canette à ses lèvres et pencha la tête en arrière pour boire une gorgée ; ce fut à cet instant que Gemma la remarqua enfin.

— Oh, pardon, fit-elle en posant la canette, je ne t'avais même pas vue.

— Ça va, Gem ?

— J'ai connu des jours meilleurs.

— Tout s'est bien passé avec le van et les chevaux des Morgan ?

— Oui, tout est arrivé à destination en un seul morceau. Mais je ne pensais pas que le voyage allait être aussi long. Parfois, j'avais vraiment du mal à garder les yeux sur la route.

— Cash et toi n'avez pas pris le volant à tour de rôle ?

— Si, si, mais, s'il te plaît, Channing, ne me parle pas de cet homme.

Poussant un soupir exaspéré, Gemma se laissa aller contre le dossier de la banquette et but une autre gorgée de bière.

— Qu'est-ce qui s'est passé, Gem ?

— Figure-toi que ce goujat m'a fait des avances ! lâcha-t-elle. On était en train de décharger les selles et les couvertures des chevaux, et il a attendu que j'aie les mains libres pour me plaquer contre le van et m'embrasser ! Tu imagines son culot ?!

— Je vois, dit Channing, ne pouvant réprimer un petit sourire en coin. Ma pauvre, ça a dû être… terrible.

— Non, au contraire ! s'exclama Gemma, presque ahurie. Il embrasse très, très bien. Ses lèvres sont si… (Elle s'interrompit, puis leva les yeux vers Channing, l'air consterné.) Après, poursuivit-elle, il a commencé à me raconter toute sa vie parce que, je cite, « il faudrait quand même qu'on apprenne à mieux se connaître si on décide d'aller plus loin ». Mais aller plus loin où ? Comment ?! Pourquoi ?!

La panique dans la voix de Gemma était palpable et Channing se redressa.

— Tu lui as fait part de tes craintes ? demanda-t-elle. Il connaît ton histoire avec Steve ?

Gemma finit sa canette et l'écrasa entre ses doigts.

— Non, mais attends, ce n'est pas tout… Je lui ai dit qu'il ne se passerait jamais rien entre nous deux, et il m'a aussitôt relâchée. Du coup, j'ai continué à m'occuper des chevaux, persuadée que je l'avais échappé belle. Mais, apparemment, ce mufle avait bien préparé son coup. Il a commencé à m'expliquer, en détail, ce qu'il comptait me faire une fois qu'il m'aurait, nue, dans son lit.

— Waouh…, fit Channing en descendant du matelas.

Gemma retourna vers le mini-frigo et en sortit deux autres canettes avant d'en tendre une à Channing. Elles s'installèrent autour de la table, burent quelques gorgées et Gemma reprit son récit.

— Va brûler en enfer, Cash Big Crow ! marmonna-t-elle. Je ne lui ai rien répondu, j'ai fini de tout ranger en vitesse et je suis allée m'installer derrière le volant. On a pris la route et là, je me suis dit : « Bon, je conduis, il ne tentera sûrement rien », mais que nenni ! À un moment, il a fait glisser un doigt sur la couture de mon jean entre mes cuisses et je me suis arrêtée sur la bande d'arrêt d'urgence pour lui dire ses quatre vérités. Mais avant que je n'aie eu le temps de faire quoi que ce soit, il m'a saisie par la taille et m'a fait asseoir sur ses genoux, face à lui et…

Elle acheva sa phrase par un grognement et enfouit la tête dans ses mains.

— Ah, non, Gemma ! s'exclama Channing en lui secouant le bras. Maintenant que tu as commencé ton histoire, tu dois la finir !

— Mon Dieu, j'ai quarante-sept ans ! La honte !

— On s'en fout ! Allez, continue. Que s'est-il passé ensuite ?

— Il m'a embrassée à en perdre la raison et on a commencé à se tripoter. C'était tellement… intense… On s'est frottés l'un contre l'autre comme des bêtes en chaleur et je crois même que j'ai eu un orgasme. Tout habillée. La dernière fois que j'ai fait ça, j'avais dix-sept ans !

— Bah, c'est bien, non ?

— Non, Channing, non ! Ce n'est pas bien du tout. J'ai passé l'âge de me faire tripoter dans une bagnole. Et puis je me sens coupable, j'ai l'impression d'avoir trahi Steve.

— Écoute, Gem, déclara Channing après un moment de réflexion, toi seule sais ce dont tu as besoin et ce dont tu as envie, surtout. En tout cas, une chose est sûre, il n'y a pas d'âge limite pour être heureux et laisser libre cours à ses sentiments. Tu ne m'avais pas dit, l'autre jour, que tu aimerais bien revivre une passion digne de ce nom avec un autre homme ? Qu'est-ce qui t'en empêche ?

Comme Gemma ne répondait pas, Channing fronça les sourcils.

Ne me dites pas que…

— C'est parce que Cash est Amérindien ? demanda-t-elle sans pouvoir s'en empêcher.

— Quoi ?! Non, bien sûr que non ! Ça n'a rien à voir avec ça.

— Dans ce cas, où est le problème ?

— Hormis le fait que j'ai dix piges de plus que lui, laisse-moi réfléchir…

— Non, ton argument ne tient pas. Steve était bien plus âgé que toi, non ? Ce n'est pas l'âge qui te pose un problème, c'est autre chose.

— Putain… J'ai peur, voilà, tu le sais maintenant, souffla Gemma. Je me suis habituée à vivre seule et je suis extrêmement têtue. Quel homme sain d'esprit voudrait de moi ?

— Cash, apparemment.

— Oui, Cash, apparemment, répéta Gemma d'une voix blanche. Depuis quand as-tu la sagesse infuse ?

Channing éclata de rire.

— Crois-moi, je suis loin d'être sage, surtout en ce moment.

Puisqu'elles en étaient aux confidences, Channing lui raconta tout ce qui s'était passé – hormis le secret de Trevor et Edgard – depuis qu'elle avait décidé de suivre le trio de cowboys, et, à son grand soulagement, Gemma ne fut pas aussi choquée qu'elle l'aurait cru.

— Tu sais, dit Gemma, je ne suis pas surprise. Ces trois cowboys ont une sacrée réputation en ce qui concerne les histoires de fesses.

Channing sourit et porta sa canette à ses lèvres lorsque Gemma déclara :

— Coucher avec deux mecs en même temps… J'ai toujours voulu essayer la DP.

Channing faillit recracher sa bière par les narines.

— Tu te doutes bien que je ne l'ai jamais dit à Steve. Mais avoir deux mecs qui me baisent en même temps, je dis oui tout de suite !

—Ohé, y a quelqu'un ? lança Cash. Vous êtes où, les filles ?

Channing et Gemma échangèrent un regard paniqué. Avait-il entendu leur conversation ?

—On est à l'intérieur, Cash, s'écria Channing.

L'instant d'après, il pénétra dans l'espace de vie, serrant son Stetson entre les mains. Channing remarqua immédiatement qu'il semblait mal à l'aise.

—Ouiiii ? s'enquit Gemma nerveusement.

—Je voulais savoir si vous aviez envie d'aller à la soirée d'ouverture du rodéo tout à l'heure, dit-il.

Gemma ouvrit la bouche, certainement pour refuser, mais Channing fut plus rapide qu'elle.

—Oui, bien sûr, pourquoi ?

—Colby m'a donné deux billets d'entrée pour vous.

Et ton pote Colby ne pouvait-il pas venir nous les apporter en personne ? voulut demander Channing.

—Super, merci. Tu y vas, toi ? demanda-t-elle à la place en prenant les billets qu'il lui tendait.

—Oui, sûrement.

Il se tourna vers Gemma et l'enveloppa d'un regard sensuel.

—Réserve-moi une danse, Gem. Tu n'y échapperas pas, cette fois.

Il lui fit un clin d'œil et s'en alla.

—Et merde, marmonna Gemma avant de vider sa canette.

—Je sens que cette soirée risque d'être… intéressante, commenta Channing en détournant le regard vers la petite fenêtre du van.

Chapitre 19

Colby embrassa du regard la salle pleine à craquer une fois de plus. La musique country jouait à plein volume et les conversations joyeuses bourdonnaient autour de lui, mais, en dépit de cette atmosphère chaleureuse, Colby n'était pas dans son élément. La soirée ne faisait que commencer et il n'avait qu'une hâte : qu'elle se termine. Cela faisait à peine une demi-heure qu'il était arrivé et il avait déjà envoyé valser plusieurs groupies aussi persistantes que frivoles. Dieu, que ces femmes étaient coriaces et collantes, surtout.

Du coin de l'œil, il aperçut la table à laquelle était installée sa famille et tourna aussitôt la tête dans l'autre sens en réprimant un grognement. La « surprise » que lui avait ramenée son père ne lui faisait guère plaisir. Même s'il le connaissait et savait que, une fois que cet homme avait une idée en tête, rien ni personne ne pouvait la lui enlever, Colby n'aurait jamais pensé qu'il serait allé aussi loin pour obtenir ce qu'il voulait. Son père croyait-il vraiment qu'il allait sauter de joie en voyant Amy Jo Foster ?

Amy Jo Foster.

En plus d'être voisins depuis plus de quarante ans, les McKay et les Foster étaient également de bons amis.

C'était sans doute pour cette raison que son père avait tout naturellement pensé qu'Amy Jo ferait une épouse parfaite pour Colby. Eh bien, son paternel se trompait royalement !

À dix-neuf ans à peine, Amy Jo était une jeune fille très timide et renfermée. D'ailleurs, chaque fois qu'ils se voyaient et qu'il lui faisait la bise pour la saluer, elle rougissait comme une pivoine. Elle était tout le contraire de ce qu'il recherchait chez une femme.

Keely, la sœur cadette de Colby, qui avait également fait le déplacement pour le voir, n'avait d'ailleurs pas apprécié que leur père invite Amy Jo à se joindre à eux. Même si elles avaient le même âge et avaient pratiquement grandi ensemble, Keely et Amy Jo étaient ce que l'on pouvait appeler les « meilleures ennemies du monde ». Pour sa petite sœur, Amy Jo était « trop collet monté », et Keely « ne traînait pas avec des gens comme ça ».

Colby ne put s'empêcher de sourire. Sa sœur était un vrai phénomène et donnait du fil à retordre à leurs parents. De nouveau, il tourna légèrement la tête vers la table des McKay et étudia sa mère, Carolyn, sous le rebord de son chapeau. La connaissant, elle non plus n'avait pas dû être ravie par l'idée de son père. Contrairement à ce dernier, sa mère n'attendait pas de lui qu'il se trouve une épouse digne de ce nom à tout prix. « Tu te caseras une fois que tu auras trouvé la bonne. Et ça finira par arriver plus vite que tu ne le penses, tu verras », lui avait-elle dit une fois.

Amy Jo était assise à côté de sa mère ; Colby prit le temps de la détailler du regard. Elle était belle, il ne pouvait pas dire le contraire. Assez mince – peut-être un peu trop à son goût –, elle avait de longues jambes et des traits fins et doux. Elle avait des cheveux blond platine que, pour une fois, elle avait laissés défaits. D'habitude, elle les coiffait en couettes, ce qui la rajeunissait encore plus. Comment son père aurait-il pu croire…

Laisse tomber, Colby.

Il regarda de nouveau sa montre. Où était Channing ? Pourquoi n'était-elle pas encore là ? Il avait besoin de la voir, de s'expliquer avec elle, de s'excuser de s'être comporté comme un macho. La veille, il avait été tenté de l'appeler sur son portable quand Edgard et lui étaient enfin arrivés à Cheyenne, mais s'était ravisé au dernier moment. Il ne voulait pas lui présenter ses excuses par téléphone, ça aurait été trop facile, et il savait qu'avec tout ce qu'il y avait à faire en arrivant sur le campement, il n'aurait pas eu le temps, ni la force, d'aller la rejoindre après. Et, depuis, il n'avait pas eu une minute à lui. Il avait dû aller s'inscrire au tournoi, puis sa famille était arrivée et il avait passé toute la journée avec eux.

Il regarda machinalement vers l'entrée. Dès qu'il la verrait, il irait droit vers elle et s'excuserait d'avoir été aussi con et, après, ils pourraient même s'éclipser pour se réconcilier sur l'oreiller. Il tenait absolument à lui dire tout…

—Salut, cowboy, tu m'offres un verre ?

Il se tourna dans la direction d'où provenait la voix. Non, il ne s'était pas trompé : une autre groupie qui venait tenter sa chance. Il décida de l'ignorer, mais la jeune femme vint se placer devant lui. Il sentit son parfum bon marché et manqua de s'étouffer.

— Tu préfères peut-être m'inviter à danser, dit-elle en posant une main sur son torse.

— Enlève tes sales pattes de lui, espèce de pimbêche !

L'instant d'après, Colby sentit un bras autour de sa taille et faillit exploser de rire.

— Dégage, petite, souffla la groupie.

— On va laisser le cowboy décider qui de nous deux doit dégager.

Elle leva les yeux vers lui et lui demanda d'un ton mielleux :

— Alors, qui préfères-tu ramener dans ta chambre, ce soir ? Cette mocheté ambulante, gonflée au Botox, ou moi ?

Décidant de jouer le jeu, Colby lui embrassa le front.

— Toi, sans hésiter une seconde, ma belle.

Sans dire un mot, la groupie haussa les épaules et tourna les talons.

— Tu gères, Keely, merci, dit Colby à sa petite sœur.

— De rien, frérot. Dis, tu sembles les attirer comme la merde qui attire les mouches.

— Jolie métaphore, merci pour moi. Mais, oui, elles sont infatigables.

— Mon pauvre, ça doit être relou à force, commenta Keely. Mais, tu sais, tu pourrais te rapprocher d'Amy Jo. Discute avec elle, vous pouvez également danser un peu… Je suis sûre que ces vautours siliconés te laisseront tranquille en vous voyant. En plus, Amy Jo n'aura même pas à faire semblant d'être à fond sur toi.

— Et puis, surtout, comme ça, tu n'auras pas à traîner avec elle.

— Oh, Colby, c'est mal me connaître, voyons… (Brusquement, Keely se libéra de son étreinte.) Bon, je te laisse, je ne voudrais pas que le cowboy avec lequel je flirte depuis tout à l'heure pense qu'on est vraiment en couple. Beurk ! Allez, à plus, frérot !

Elle disparut dans la foule et Colby secoua lentement la tête avec un sourire amusé.

En plus d'être belle, sa petite sœur avait également un esprit très libre et fantasque, au grand dam de leur père. Colby se demandait même s'il existait un homme sur cette Terre capable de tenir tête à Keely et venir à bout de son tempérament fougueux.

Bonne chance, mon gars, où que tu sois !

Ses pensées se dirigèrent de nouveau vers Channing et sa gorge se noua. Serait-il capable de lui avouer la véritable nature de ses sentiments ? De lui dire tout ce qu'il avait sur le cœur ?

Il regardait une dernière fois en direction de l'entrée avant de retourner vers la table où était sa famille, lorsqu'il tomba nez à nez sur Trevor.

— Où vas-tu, comme ça ? s'enquit Colby.

— Je vais me chercher une autre bière, je n'en peux plus de ma famille. Si on te demande, tu ne m'as pas vu, tu ne sais pas où je suis, OK ?

— OK. Dis, tu as vu Channing ?

— Euh… Non, répondit son ami, le regard fuyant, comme s'il était soudain mal à l'aise.

Trevor voulut le contourner, mais Colby le saisit par le bras.

— Quoi ? Il lui est arrivé quelque chose ? demanda-t-il en sentant les battements de son cœur s'accélérer.

— Non, je ne l'ai pas revue depuis hier soir, je ne sais pas où elle est.

Trevor croisa brièvement son regard et Colby put y lire de la culpabilité.

— Espèce de fils de pute, souffla-t-il, pris d'une jalousie intense.

— Eh, qu'est-ce qui te prend ?

— Tu as couché avec elle hier soir ?

— Qu'est-ce que ça peut te foutre ? rétorqua Trevor en haussant un sourcil d'un air prétentieux.

Colby se raidit. Trevor n'avait même pas essayé de nier le fait qu'il s'était bien passé quelque chose entre lui et Channing ! Il lui avait pourtant dit qu'elle était à lui et à lui seul, et que plus aucun homme ne devait la toucher. Un sentiment primitif et violent l'envahit soudain.

— « Qu'est-ce que ça peut te foutre » ?! répéta-t-il, incrédule. C'est tout ce que tu as à dire ?

— Écoute, Colby, je ne vois pas pourquoi tu t'énerves. Après tout, si elle a accepté de nous suivre, c'était surtout pour découvrir de nouvelles choses… à plusieurs.

Colby serra les poings.

— Je vais te péter la gueule, lâcha-t-il entre les dents.

— Ne me cherche pas, McKay, ce n'est vraiment pas le bon moment. Je suis déjà à moitié saoul, j'ai les nerfs en pelote et ta tête ferait un excellent punching-ball pour me défouler.

— Tu serais donc prêt à te battre pour elle ?

— Contrairement à toi, je n'hésiterais pas une seconde, répondit Trevor.

— Ça veut dire quoi ça, exactement ?

— C'est bien toi qui m'avais assuré que tu n'aurais rien contre le fait que Channing et moi passions quelques bons moments en tête à tête, non ? Pourquoi es-tu si jaloux alors ? Vous n'êtes pas ensemble, que je sache. Tiens, je parie même que tu feras semblant de ne pas la connaître une fois qu'elle sera là. Je me trompe ?

— Ça, c'est vraiment un coup bas, Trevor.

— Si tu le dis. Quoi qu'il en soit, il ne s'est rien passé entre Channing et moi hier. Un petit conseil, Colby : fais comme moi, ouvre les yeux. Toi et moi, on est pareils en un sens, on ne peut pas avoir ce que l'on désire le plus au monde parce que la famille passe avant tout.

Là-dessus, Trevor jeta un regard en direction de la table qu'occupaient les McKay.

— Ah, je vois que la future Mme Colby McKay est là aussi, commenta-t-il d'un air moqueur.

— Va te faire foutre, Trev, répliqua Colby avant d'aller rejoindre les siens.

Il était en colère parce que, d'une certaine façon, Trevor avait raison. Mais, à la différence de son ami, Colby ne comptait pas renoncer à la première difficulté. Il s'assit à côté d'Amy Jo, qui rougit dès que leurs regards se rencontrèrent.

— M'accorderais-tu cette dance, Amy Jo ? s'enquit-il en lui adressant son plus beau sourire. J'aimerais qu'on discute un peu, toi et moi…

Au bout de quelques bières, Channing et Gemma conclurent qu'il était temps d'aller faire un tour à la soirée dansante. Fort heureusement, le van de Gemma était stationné à quelques minutes à pied de l'endroit où se déroulaient les festivités, ce qui signifiait qu'elles n'auraient pas à se refréner sur la consommation d'alcool.

La fête battait déjà son plein quand elles entrèrent dans la salle. Channing suivait Gemma, qui s'arrêtait pratiquement toutes les deux secondes pour saluer quelqu'un. Par chance, elles trouvèrent rapidement une table haute libre dans un coin de la salle. Un homme leur apporta aussitôt deux bouteilles de bière, et Channing adressa un regard surpris à Gemma.

— C'est le tournoi qui régale. La classe, non ? lui révéla cette dernière.

Elles trinquèrent et burent quelques gorgées quand, soudain, une bagarre éclata non loin de leur table. Par terre, deux cowboys étaient en train de se rouer de coups ; un homme décida enfin d'intervenir et les chassa de la salle.

Channing voulut dire quelque chose, mais à peine eut-elle ouvert la bouche pour parler qu'une jeune femme brune apparut derrière Gemma.

— Devine qui c'est ! s'écria l'inconnue en posant les mains sur les yeux.

— Mmmh, je ne sais pas... Allez, je vais dire... Keely McKay !

La jeune fille retira les mains des yeux de Gemma et se mit à sautiller de joie. Elles s'étreignirent, puis se firent la bise, et Channing en profita pour détailler Keely du regard. Les cheveux brun foncé, elle était très mignonne et avait les mêmes yeux bleus que Colby.

— Channing, fit Gemma, je te présente Keely McKay, la petite sœur de Colby.

— Enchantée, dit Channing en lui tendant la main.

— Petite, petite… Tout le monde me traite comme si j'étais encore un bébé, déclara Keely en lui serrant la main. J'aurai bientôt vingt et un ans, pourtant.

— Ouais, dans deux ans ! s'exclama Gemma en prenant sa bouteille de bière avant que Keely n'ait pu la saisir. Bon, quoi de neuf, ma belle ?

— La version officielle est que je suis venue avec maman et papa pour encourager Colby, annonça-t-elle fièrement. Mais la version officieuse est que je suis venue ici dans l'espoir de rencontrer un beau cowboy qui me détournera du droit chemin. D'ailleurs, tu pourrais m'en présenter un, toi, tu connais tout le monde ici !

— Dans tes rêves, ma jolie. Connaissant ton père, et te connaissant toi, surtout, il doit te surveiller comme le lait sur le feu.

— Ouais, lâcha-elle en levant les yeux au ciel. En plus, il a embarqué Amy Jo Foster avec nous et je partage ma chambre d'hôtel avec elle. Je vais devoir la jouer fine, cette nuit, pour m'éclipser en douce.

— Amy Jo est là aussi ? s'enquit Gemma, visiblement surprise.

— Oui, papa essaie de la caser.

Gemma hocha la tête et Channing sentit immédiatement comme un malaise.

— Mais bon, poursuivit-elle, au moins, Colby peut s'en servir comme un repousse-groupie. Merde, y a papa qui arrive, vous ne m'avez pas vue !

Tel un commando en mission, elle se baissa et se fraya un chemin dans la foule sous le regard amusé de Channing. Quelques secondes après, un homme s'approcha de leur table. Il devait avoir la soixantaine, mais en paressait au moins dix de moins. Il avait des traits réguliers et quelques mèches de cheveux gris s'échappaient de sous son Stetson. Il la regarda un court instant de ses yeux bleus pénétrants – les mêmes que ceux de Colby et Keely – et porta son attention sur Gemma.

— Où est-elle passée ?

— De qui tu parles ? demanda Gemma, l'air innocent.

— Très drôle, répondit l'homme. Si tu la vois, dis-lui que je la cherche. Cette enfant va finir par me rendre dingue. À eux cinq, mes fils m'ont causé beaucoup moins de problèmes qu'elle.

— Comme on dit : « un prêté pour un rendu », déclara Gemma en riant.

— Ah non, Carolyn et moi n'étions pas aussi… déchaînés.

— Ce n'est pas ce que j'ai voulu dire, fit valoir Gemma en haussant un sourcil.

L'homme eut un petit rire malicieux. Gemma se tourna vers Channing.

— J'en oublie presque les bonnes manières ! Carson, je te présente Channing Kinkaid, une amie.

— Enchanté, mam'zelle Kinkaid, la salua-t-il en portant une main au rebord de son chapeau.

— Monsieur McKay, fit-elle en hochant la tête.

— D'où venez-vous ?

— Du Massachusetts.

À cet instant, Channing se souvint de ce que lui avait raconté Trevor.

— Ah, dit Carson en fronçant légèrement les sourcils.

— Channing est également amie avec Colby, annonça Gemma, brisant ainsi le silence oppressant qui s'était abattu sur la table.

— Vraiment ? s'enquit-il en fronçant les sourcils.

Intimidée, Channing déglutit péniblement sous le regard intense de l'homme, puis, à son grand soulagement, Gemma commença à lui parler des autres fournisseurs de bétail du circuit de rodéo. Le moral désormais au plus bas, elle mourait d'envie de retourner au van. Elle était en train de chercher une excuse pour quitter la fête lorsqu'elle sentit quelqu'un l'attraper par la taille.

— On danse ?

Elle se retourna et, avant qu'elle n'ait eu le temps de protester, Trevor la guida vers la piste. Ils dansèrent sur trois chansons au rythme entraînant sans échanger la moindre parole. Quand les premières notes d'un slow retentirent, Channing se dégagea de Trevor pour quitter la piste, mais celui-ci la retint.

— Alors, tu passes une bonne soirée ? demanda-t-il pendant qu'ils se balançaient lentement sur la musique.

— Non. Toi ?

— Non plus, je n'en peux plus de ma famille, ça y est, j'ai eu ma dose.

Elle ne put s'empêcher de rire.

— Dans des moments comme celui-ci, continua-t-il, je suis prêt à boucler mes valises et prendre un aller simple pour le Brésil.

Trevor avança, obligeant Channing à faire quelques pas en arrière. Elle se retourna rapidement afin de s'assurer qu'elle ne gênerait personne, et son regard fut immédiatement attiré par un autre couple qui dansait un peu plus loin. L'homme, qui n'était autre que Colby, avait les mains posées sur le derrière d'une blonde, et ils se déhanchaient langoureusement sur la chanson, semblant très épris l'un de l'autre.

La respiration de Channing se bloqua dans sa gorge, nouée par l'émotion. Quelque chose venait de se briser en elle. Malgré les révélations de Trevor et l'aversion évidente de Carson McKay à son égard, elle était persuadée que Colby et elle parviendraient à…

À quoi, Channing?

Ayant probablement senti son malaise, Trevor jeta un coup d'œil par-dessus la tête de Channing et soupira.

— Je suis vraiment désolé, Channing.

— C'est elle, la fille que son père a ramenée dans l'espoir de la caser avec Colby?

Trevor ne répondit pas.

— Trevor?

— Ouais, Amy Jo Foster. Colby et elle sont assez proches. Le ranch de sa famille est juste à côté de…

— C'est bon, l'interrompit-elle sèchement, je ne veux pas savoir.

— OK.

Folle de douleur, Channing se libéra de l'étreinte de Trevor. Elle ne pouvait plus faire comme si tout allait bien. Elle aimait un homme qui ne l'aimerait jamais et qui l'avait apparemment déjà remplacée par une autre femme. Elle bouscula les couples autour d'elle en marmonnant des excuses, ce qui attira rapidement l'attention sur elle.

Elle avait presque atteint la sortie quand quelque chose, son côté masochiste, sûrement, la poussa à se retourner une dernière fois. Elle croisa alors le regard de Colby et, l'espace d'un instant, ce fut comme si tout autour d'eux avait disparu. Plusieurs émotions passèrent furtivement sur le visage de Colby. De la gêne, de l'incompréhension et de la tristesse.

Rapidement, Channing se retourna puis poussa la porte de la salle et sortit, ignorant Colby qui l'appelait. Du coin de l'œil, elle vit Gemma et Cash qui étaient, à leur habitude, en train de se quereller.

Sentant les larmes lui monter aux yeux, elle se mit à courir aussi vite qu'elle le pouvait et ne s'arrêta qu'une fois devant le van. D'une main tremblante, elle déverrouilla la portière et monta dedans. Elle sortit son portable de sa poche et composa le numéro d'une compagnie de taxi. Pendant qu'elle attendait que l'on prenne son appel, elle rassembla rapidement ses affaires et déchira une feuille de son cahier pour laisser un mot d'explication à Gemma. Elle venait de raccrocher quand on frappa à gros coups à la porte.

— Ouvre-moi, Channing, je sais que tu es là, lança Colby.

— Casse-toi, articula-t-elle silencieusement à son intention.

— Channing, ouvre-moi, bordel ! s'écria-t-il en donnant plusieurs autres coups à la porte. Je te jure que, si tu ne m'ouvres pas dans les cinq secondes, je défonce la porte, et tu sais que je ne plaisante pas.

Chapitre 20

Channing étouffa un cri de frustration.

L'homme des cavernes dans toute sa splendeur.

Elle prit une profonde inspiration pour recouvrer son calme et se dirigea vers la porte pour l'ouvrir. Sans perdre une seconde, Colby entra et la saisit brutalement par les bras avant d'écraser sa bouche sur la sienne. Channing se débattit comme elle le pouvait en le griffant et frappant des poings contre son torse, mais cela ne servait à rien. Quand elle lui mordit la lèvre, il lâcha sa bouche et se redressa avant de l'attraper par les poignets et la retourner dos contre lui.

— Calme-toi, petite tigresse, lui murmura-t-il à l'oreille.

— Non ! Lâche-moi, Colby. Casse-toi, je ne veux plus te voir.

— Mais bien sûr. Et moi, je suis le président des États-Unis.

— Je ne plaisante pas, lâcha-t-elle entre ses dents. Tu me fais mal, en plus ! Peut-être que ta petite copine aime ça, mais pas moi.

Au lieu de faire ce qu'elle lui demandait, Colby resserra la pression de ses mains autour de ses poignets en riant doucement.

— Ce n'est pas ma petite copine. Si tu pouvais juste m'écouter une…

— Non ! Je m'en fiche, garde tes stupides excuses pour toi.

— Tu t'en fiches ? Et c'est parce que tu t'en fiches que tu te comportes comme une jalouse irrationnelle ?

— Non, je me comporte comme ça parce que je suis pressée. J'ai un taxi qui doit passer me prendre d'un instant à l'autre.

— Parfait, déclara-t-il. On va prendre le taxi jusqu'au motel, comme ça, on pourra discuter au calme.

— On n'a plus rien à se dire, Colby.

— Au contraire, ma chère, on a encore *plein* de choses à se dire.

Il la retourna face à lui, prit son visage entre ses mains et la regarda dans les yeux avant de l'embrasser tendrement.

Maudit sois-tu, Colby McKay !

Même si sa raison refusait de lui parler, son corps la trahissait, et Colby le savait parfaitement. Il la connaissait mieux que personne, mais il était trop tard. Elle devait partir au plus vite pour essayer d'oublier toute cette histoire, de l'oublier lui.

— Colby…

— Ne me quitte pas, Channing, susurra-t-il contre ses lèvres avant de lui embrasser la joue. S'il te plaît, tu n'imagines même pas à quel point tu m'as manqué hier et aujourd'hui. Reste avec moi cette nuit.

Il déposa un baiser sur son front et elle ferma les yeux, sentant sa volonté faiblir.

— Promets-moi que tu ne partiras pas avant qu'on ait eu le temps de s'expliquer, Channing. S'il te plaît.

Non, c'est trop tard... Trop tard!

— D'accord, fit-elle au bout de quelques secondes de silence.

Colby attrapa son sac, la prit par la main et ils sortirent du van. Le taxi était déjà là. Il lui ouvrit la portière arrière, elle monta dans le véhicule et il s'installa à côté d'elle. Le trajet fut court et ils arrivèrent rapidement au motel.

Colby l'escorta jusqu'à sa chambre en lui tenant fermement la main, comme s'il craignait qu'elle ne s'échappe d'un moment à l'autre.

— Comment se fait-il que tu aies une chambre? s'enquit-elle une fois qu'ils furent entrés.

Et que tu ne m'aies rien dit avant? ajouta-t-elle dans sa tête.

— Mes parents l'avaient réservée pour mon frère Cord et son fils. Mais, comme ils ont eu un empêchement de dernière minute, ils me l'ont filée.

— Ah.

Colby ferma la porte derrière lui et ils restèrent un moment tous les deux immobiles, plongés dans la pénombre. Le dos tourné, Channing entendait le ronflement incessant de l'air conditionné puis un bruit sourd la fit sursauter : Colby venait de jeter son sac au sol. Elle perçut ensuite le bruit de la chaîne de sécurité glisser sur le rail de la porte et des pas, qui se dirigeaient vers elle, étouffés par la moquette. Son sang se mit à battre plus fort à ses tempes quand il posa les mains sur sa taille.

— On discutera plus tard, murmura-t-il. Pour le moment, j'ai besoin d'être en toi, de te montrer à quel point tu m'as manqué.

Refusant de lui céder le contrôle aussi rapidement – et facilement –, Channing se retourna et s'agenouilla devant lui. Elle déboutonna son jean à la hâte et le baissa avec son boxer avant de le prendre dans sa bouche.

— Qu'est-ce que tu fais, Channing ? Je ne voulais pas… Oh, putain… C'est trop bon…

Channing le suça lentement, sur toute sa longueur, jouant avec son gland comme s'il s'agissait d'une sucette. Dès qu'elle sentit qu'il était sur le point d'éjaculer, elle ralentit davantage le rythme avant d'accélérer de nouveau en faisant des va-et-vient rapides avec sa tête. Il jouit aussitôt et elle avala son sperme, puis lécha son pénis semi-érigé avant de le libérer.

Colby poussa un grognement en se laissant tomber sur le lit derrière lui. Channing se dirigea vers la salle de bains et s'enferma dedans. Avec un peu de chance, Colby s'endormirait avant qu'elle ne…

— Tu vas bien, Channing ? demanda ce dernier en frappant doucement à la porte.

Merde.

— Oui, oui.

— Tu comptes passer la nuit dans la salle de bains ?

— Peut-être.

Colby partit d'un rire vibrant et chaud, et Channing sentit un frisson glisser le long de son dos.

— Très bien, annonça-t-il. Au moins, maintenant, je sais que j'ai toute ton attention et que, cette fois, tu vas écouter ce que j'ai à te dire.

— Je peux faire couler l'eau pour étouffer le son de ta voix, rétorqua-t-elle d'un ton mielleux.

— Et moi je peux très bien fracasser la porte pour entrer. Tu veux vraiment continuer à jouer à ce petit jeu ?

— Non.

Il y eut un court instant de silence, et Channing ne put s'empêcher de demander :

— C'est toi qui as voulu qu'Amy Jo vienne à Cheyenne ?

— Non ! Comment peux-tu croire que…

— Trevor m'a dit que vous étiez assez proches, apparemment.

— Trevor est un imbécile. C'est mon père qui veut à tout prix me caser avec Amy Jo. Je l'aime bien, c'est une gentille fille, mais ça s'arrête là. La pauvre, elle est très timide et a juste besoin de…

— Timide ? Laisse-moi rire ! s'exclama Channing. Elle ne m'a pas du tout semblé timide quand je vous ai vus danser sur la piste.

Channing fit une grimace de dégoût en revoyant cette scène, et entendit Colby rire de nouveau.

— Amy Jo m'a demandé de lui apprendre à danser de manière sexy. Elle essaie de se décoincer un peu et, en plus, elle m'a avoué qu'elle était amoureuse d'un autre mec. Elle a envie d'abandonner son image de petite fille modèle et j'ai accepté de l'aider. Et elle voulait aussi en mettre plein la vue à Keely, lui montrer qu'elle aussi savait s'amuser. J'aime ma petite sœur plus que tout, mais cette petite peste en fait vraiment baver à Amy depuis des années, si tu savais.

— Oh…

Channing ferma les yeux et se mordit la lèvre inférieure. Était-il possible qu'elle ait tout compris de travers ?

— Chan, sors de la salle de bains, s'il te plaît.

Elle entrouvrit la porte de quelques centimètres et scruta le visage de Colby, à la fois surprise et gênée.

— Dis, tu n'as pas apporté de corde pour me punir, hein ? s'enquit-elle d'une petite voix.

— Non, ma belle, répondit-il en riant.

— Bon…

Channing ouvrit la porte et essaya de l'esquiver, mais il fut plus rapide qu'elle. Il la serra contre lui ; elle voulut se débattre, s'écarter, s'éloigner de lui, mais il resserra son étreinte.

— Qu'est-ce qui te prend, Channing ? Pourquoi tu me fuis comme la peste ? Je pensais que tu m'aimais bien.

— Je t'aime… bien. C'est juste que je ne sais pas ce que je fais ici, exactement.

Colby lui embrassa les cheveux et elle commença à s'abandonner contre lui.

— Comment ça, tu ne sais pas ce que tu fais ici ? Tu ne m'as pas entendu te dire que tu m'as manqué ? J'aime bien être avec toi, parler avec toi, apprendre à te connaître. On passe du bon temps ensemble, non ?

— C'est juste du sexe.

— Non, Channing, ce n'est pas juste du sexe, répliqua-t-il en lui donnant une petite tape sur les fesses. Quand je dis que j'aime bien être avec toi, ce n'est pas forcement pour coucher avec toi ou pour me retrouver avec ma queue dans ta bouche.

— Tu n'as pas aimé ma petite gâterie ? s'enquit-elle en levant le regard vers lui.

— Si, bien sûr que si, je veux juste dire que tout n'a pas besoin de tourner autour du cul. Parfois, j'ai juste envie de te prendre dans mes bras. Cela dit, après ta petite gâterie, je serais partant pour un deuxième round. Mais, si tu n'as pas envie, je comprendrai.

« Tout n'a pas besoin de tourner autour du cul… Te prendre dans mes bras… »

Pourquoi lui disait-il des choses pareilles ? C'était censé être uniquement une histoire de sexe entre eux, rien de plus. Il avait même été très clair là-dessus. Et elle aussi, d'ailleurs.

— Tu viendras m'encourager demain ? demanda-t-il soudain, et elle perçut comme une lueur d'insécurité dans ses yeux.

— J'aimerais bien, mais je n'ai pas de billet.

— Je t'en ai pris un aujourd'hui, murmura-t-il en passant une main dans ses cheveux. Tu sens tellement bon, Channing, tu es si belle…

Channing se sentit fondre malgré elle.

Résiste !

— Demain, après la compétition, j'ai prévu une petite surprise pour nous deux, déclara-t-il.

— Mmmh… Est-ce que cette surprise implique ton corps nu, glissant contre le mien ?

Colby fronça les sourcils.

— Channing, arrête de tout ramener au sexe, rétorqua-t-il sèchement.

— C'est l'hôpital qui se fout de la charité, là ! s'esclaffa-t-elle.

— Channing, je suis sérieux, j'essaie d'avoir un comportement civilisé et de discuter avec toi, mais tu ne me rends pas la tâche facile.

Elle se haussa sur la pointe des pieds et lui lécha langoureusement le cou.

— Civilisé ? Je préfère le Colby rustre et sauvage, celui qui me fait grimper au plafond comme personne.

Colby fit une petite moue.

— Très bien, si tel est ton choix…, finit-il par dire.

L'instant d'après, il l'embrassa avec fougue tout en arrachant ses vêtements. Ils tombèrent ensuite sur le lit en haletant, dans une étreinte passionnée. Il roula sur le matelas, l'attirant avec lui avant de l'emprisonner sous son corps, puis saisit ses poignets d'une main et lui plaqua les bras au-dessus de la tête. Il glissa ensuite deux doigts dans son sexe, les retira et se glissa en elle d'un coup de reins puissant qui lui arracha un gémissement.

Oh oui, toi et moi, c'est juste une histoire de fesses… On se comprend tellement bien au pieu.

Son front appuyé contre le sien, Colby se mit à aller et venir en elle lentement, profondément, en imposant son rythme.

— Pourquoi on n'a jamais fait l'amour comme ça auparavant ? Doucement, juste toi et moi, les yeux dans les yeux.

Parce que, toi et moi, on ne fait pas l'amour. On baise, c'est tout.

— De quoi as-tu peur, Channing ?

Au bord des larmes, elle détourna les yeux.

J'ai peur que tu ne voies que je t'aime et que tu ne prennes la poudre d'escampette.

— Regarde-moi, Channing Kinkaid.

Non !

Levant prudemment les yeux, elle croisa son regard intense.

— Je pensais vraiment tout ce que je t'ai dit, l'autre nuit, chuchota-t-il. Mes paroles étaient crues, certes, mais c'était la vérité.

Joue-la détachée, Channing.

— Oh, tu sais, je ne me souviens même plus de ce que tu m'as dit, lui signala-t-elle en haussant les épaules.

— Vraiment ? Dans ce cas, laisse-moi te rafraîchir la mémoire.

Le regard de Colby se fit soudain plus intense, mais aussi glacial et, à cet instant, Channing comprit qu'elle avait commis une immense erreur. Elle n'aurait pas dû le provoquer ainsi. Elle s'était fait prendre à son propre jeu.

— Je t'ai dit que tu étais à moi, Channing, que tu m'appartenais. Tu t'en souviens ?

Tout en parlant, il la dévisageait et bougeait rapidement en elle. Channing serra les lèvres, refusant de capituler.

— Toujours rien ? s'enquit-il. Bon, dans ce cas, je vais te le dire encore une fois, et toi, tu le répéteras après pour t'en souvenir.

Non ! Non…

— Tu es à moi, Channing, dis-le.

Il accéléra davantage son mouvement de va-et-vient et elle secoua la tête sur l'oreiller.

— Dis-le, Channing.

Comment pouvait-il être aussi cruel ? Il contrôlait déjà son corps et, comme si cela n'était pas suffisant, il voulait également contrôler son esprit.

— Channing, tu es à moi. À moi. Allez, répète.

Elle plongea son regard dans le sien tout en essayant de se détacher de ses émotions, des sentiments qu'elle éprouvait pour cet homme.

— Tu es à moi, Channing. Dis-le, bordel !

Elle ferma les yeux et tourna la tête sur le côté, mais il inclina de nouveau son visage vers le sien avec son index.

— Dis-moi ce que je veux entendre.

La bouche sèche, elle s'humecta les lèvres. Pourquoi, *pourquoi* était-il aussi déterminé à la conquérir physiquement et émotionnellement ? Et, surtout, pourquoi refusait-elle de céder alors qu'elle savait que c'était peine perdue ? Que lui arrivait-il ? Que *leur* arrivait-il ?

Elle leva la tête vers lui pour l'embrasser dans le but de le distraire, cependant, il tourna le visage sur le côté.

— Bien essayé, mais non. Dis-moi que tu es à moi, ma belle, allez.

— Pourquoi ? demanda-t-elle enfin.

— Parce que tu es à moi, tout simplement ! Dis-le-moi !

— Je ne peux pas.

— Oh, si tu peux, et tu vas le faire.

— Putain, Colby ! Pourquoi est-ce que tu fais ça ?

— Tu viens de me dire que tu ne te souvenais plus de ce que je t'ai dit, l'autre nuit. La moindre des choses était donc de te le rappeler.

Channing sentait son orgasme monter ; Colby devait le sentir lui aussi, parce qu'il ralentit ses assauts.

— J'attends, Channing.

— Non.

— Non ?! Channing, tout ceci devient ridicule, mais je n'arrêterai pas de te baiser tant que tu ne m'auras pas dit ce que je veux entendre. Et je sais que toi aussi, tu veux m'entendre dire ces mêmes mots. Je le vois dans tes yeux. Alors, à quoi bon lutter ?

Oui, sauf que moi, ce n'est pas pour une nuit que j'ai envie de toi, sinon pour la vie, plutôt.

Se pouvait-il que lui aussi éprouve quelque chose d'autre pour elle, hormis une simple attirance physique ? Était-ce pour cette raison qu'il la malmenait autant, pour ainsi dire ?

— Je suis à toi, bredouilla-t-elle en le regardant droit dans les yeux.

Le regard de Colby s'illumina et il s'enfouit en elle profondément.

— Répète-le-moi.

— Je suis à toi.

— Encore.

— Je suis à toi, Colby.

— Redis mon nom.

— Colby…

— À qui appartiens-tu ?

— A toi, Colby McKay, à toi.

— Oui, à moi.

Poussé par un besoin effréné, elle souleva les hanches vers lui, et il glissa les mains sous ses fesses. Les yeux dans les yeux, peau contre peau, il la possédait à coups brusques, mais réguliers. Silencieusement, il lui faisait comprendre qu'il avait gagné. Son beau regard, qu'elle aimait tant, exprimait une myriade d'émotions, mais pas de l'amour. Non, il ne l'aimait pas.

— Colby…

— À moi, marmonna-t-il en s'enfouissant en elle, tu es à moi. Je tuerai tout homme qui aura l'audace de toucher à ne serait-ce qu'un seul de tes cheveux.

L'orgasme de Channing la prit par surprise. Elle ferma les yeux et se cambra en rejetant la tête sur l'oreiller. Elle sentit alors Colby éjaculer en elle, son sperme chaud se déversant en elle, et il retomba sur elle, haletant et en sueur.

— J'espère que je me suis bien fait comprendre cette fois, dit-il simplement en restant enfoui en elle.

L'esprit embrumé et les membres lourds, Channing ne dit rien, ne sachant plus quoi penser. Malgré toutes ses angoisses et les questions qui l'assaillaient, elle s'endormit presque aussitôt.

Chapitre 21

Quand elle se réveilla, il fallut à Channing un moment pour se rappeler où elle était. Elle s'aperçut alors qu'elle était nue et laissa échapper un grognement. Elle se tourna vers le côté où Colby avait dormi et remarqua qu'un morceau de papier était posé sur son oreiller. Elle le prit d'une main légèrement tremblante.

Le sexe n'est pas une réponse à tout. Aujourd'hui, on va DISCUTER sérieusement. On se voit après la compet'.

Bisous, CWM

— Ouais, c'est ça, bisous, marmonna-t-elle.

Pour une fois, Colby n'avait pas marqué sa peau avec sa passion, mais il avait laissé une trace indélébile dans sa mémoire et sur son âme. Refusant d'y réfléchir davantage, elle se leva, rassembla ses affaires éparpillées par terre et alla prendre une douche. Quand elle sortit de la chambre, elle fut littéralement balayée par une vague de chaleur. La journée s'annonçait chaude, sous un soleil de plomb.

Elle ferma la porte, puis se retourna et faillit heurter un homme qui n'était autre que le père de Colby. Carson McKay n'avait guère l'air content de la voir ici, et son regard froid lui transforma les jambes en coton.

— Bonjour, monsieur McKay, balbutia-t-elle.

— Je te connais, déclara-t-il en plissant les yeux. Tu es l'amie de Gemma qu'elle m'a présentée hier. Tu es aussi *l'amie* de Colby, apparemment. Peux-tu me dire ce que tu faisais dans la chambre de mon fils ?

Son premier réflexe fut de mentir, mais elle s'en sentit incapable. Carson McKay la dévisageait avec dédain, et le cœur de Channing se contracta dans sa poitrine. Il était en train de la juger, c'était évident. Il avait ce même regard calomniateur que son propre père. Elle se redressa en carrant les épaules.

— Votre fils m'a invitée dans sa chambre. Vous pouvez lui demander pourquoi, mais je doute qu'il vous le dise parce que ça ne vous regarde pas, après tout.

— Tu perds ton temps avec lui. Je connais bien mon fils, jamais il…

— Avec tout le respect que je vous dois, monsieur McKay, l'interrompit-elle, je pense que vous ne connaissez pas votre fils aussi bien que vous le croyez. Ce qui se passe entre nous ne vous concerne pas. Maintenant, si vous voulez bien m'excuser, on m'attend.

Elle le contourna et traversa le couloir la tête haute, même si, au fond d'elle, elle était mortifiée.

Le van de Gemma était vide. Channing y déposa son sac et décida d'aller faire un tour aux alentours de l'arène en attendant le début de la compétition.

Le Frontier Park, où se déroulait le rodéo, était bondé. Channing se promena sans but entre les stands, se laissant rapidement gagner par l'atmosphère de fête qui régnait tout autour. Elle s'arrêta longuement devant l'imposante statue en bronze de Lane Frost, qui, à tout juste vingt-cinq ans, avait perdu la vie lors de ce même rodéo en tombant d'un taureau. L'animal l'avait plusieurs fois frappé avec ses cornes, lui brisant ainsi plusieurs côtes. Lane était parvenu à se relever avant de retomber aussitôt, ses côtes brisées perforant ses organes internes.

Channing secoua la tête en regardant la statue. La vie ne tenait vraiment qu'à un fil. Elle espérait de tout cœur que Colby ne connaîtrait pas le même triste sort. Chassant ces sombres pensées, elle continua sa promenade avant d'entrer dans l'arène.

Elle s'assit dans les gradins juste à temps pour assister à la cérémonie d'ouverture, qui fut grandiose. La ville de Cheyenne n'était pas considérée comme capitale mondiale du rodéo pour rien.

La première épreuve annoncée fut celle de la monte de chevaux sauvages avec selle. Colby fut éjecté de l'étalon qu'il avait tiré au sort dès que l'animal sortit des chutes, mais, heureusement pour lui, il se rattrapa lors de la discipline de prise de veau au lasso.

Pour une fois, l'épreuve de la monte de taureaux sauvages fut programmée en troisième. Channing regarda les participants défiler l'un après l'autre avec un intérêt détaché, pensant à la surprise que Colby avait prévue. Quand ce fut enfin à son tour, Channing se redressa sur son siège en crispant les doigts sur l'assise.

Le taureau que Colby devait monter avait la réputation d'être assez agressif, ce qui faisait de lui un adversaire de taille. La portière des chutes s'ouvrit et l'animal jaillit, essayant de désarçonner l'intrus sur son dos. Mais Colby ne se laissait pas faire, épousant à la perfection les mouvements de l'animal.

Quand la sonnerie signifiant que le cavalier avait rempli les huit secondes réglementaires retentit, Channing, pour une raison qu'elle ne parvint pas à s'expliquer, garda le regard braqué sur Colby au lieu de tourner la tête vers le tableau des scores, comme elle le faisait d'habitude.

Quelque chose n'allait pas et elle comprit rapidement quoi : l'éperon de la botte de Colby s'était coincé dans la corde attachée autour du flanc du taureau. Même s'il tenait encore sur l'animal, un cavalier de secours se précipita vers lui. L'instant d'après, le taureau s'arqua sur ses pattes avant et Colby perdit l'équilibre. Il tomba par terre avec un grognement de douleur. Le taureau déchaîné donna plusieurs coups de sabot dans la jambe gauche de Colby avant d'attraper, avec une corne, la veste de ce dernier. L'animal le souleva et le jeta en l'air. À cet instant, un silence ponctué de halètements tomba sur la foule, et Channing bondit de son siège.

Colby retomba au sol, quelques mètres plus loin, sa jambe gauche visiblement cassée. Le clown de rodéo, qui s'agitait dans tous les sens, capta enfin l'attention de l'animal, et l'équipe médicale put se précipiter vers Colby.

Une main sur la bouche, Channing observa toute la scène avec effroi, étreinte par une peur panique. Au moins dix personnes s'affairaient autour de Colby qui gisait, immobile, sur le sable. Soudain, elle entendit des sirènes hurler. Une ambulance entra dans l'arène. Les urgentistes installèrent Colby sur un brancard, puis le véhicule fit demi-tour et quitta l'arène.

Raidie par l'angoisse, Channing fixait l'endroit où Colby était tombé. Avait-elle rêvé ? Elle avait l'impression de vivre un très mauvais cauchemar.

— Rassieds-toi, putain ! entendit-elle derrière elle, ce qui la sortit de sa torpeur.

Elle prit son sac et se précipita vers la sortie la plus proche. Où pouvait-elle bien aller ? Elle n'avait pas le droit d'entrer dans l'espace réservé aux participants et elle ne voyait aucun visage familier.

— Channing !

Elle se tourna et vit Cash courir vers elle.

— Tu étais dans l'arène quand c'est arrivé ? lui demanda-t-il en la serrant dans ses bras. Tu as tout vu ?

Elle acquiesça d'un hochement de la tête.

— Tu sais comment il va ? s'enquit-il ensuite.

— Non.

— Bon, j'ai eu des nouvelles. Il doit se faire opérer d'urgence. Le taureau lui a brisé le fémur gauche et, apparemment, un fragment de l'os lui aurait entaillé l'artère fémorale. En plus, il paraît que le taureau lui a perforé un poumon avec sa corne. Je ne vais pas te mentir, Chan, c'est grave, c'est très grave.

— Mon Dieu, lâcha-t-elle, sentant ses jambes se dérober sous elle.

— Sa famille est déjà en route vers l'hôpital. Allez, viens, je t'y emmène.

— Non, Cash, sa famille ne voudra pas de moi, là-bas, ils ne savent pas qui…

— On se fiche de ce que peut penser sa famille, l'interrompit-il en lui essuyant une larme de son pouce. Colby voudrait que tu sois là-bas, auprès de lui.

Elle hocha la tête et poussa une profonde inspiration. Il avait raison.

— Cash !

Tous les deux se retournèrent et virent Gemma s'approcher d'eux, visiblement très agitée.

— Cash, tout le monde te cherche partout ! s'exclama-t-elle en levant les mains vers le ciel. La compétition a repris et tu passes dans cinq minutes !

— Je me retire de cette épreuve, j'emmène Channing à l'hôpital.

— Ah non ! C'est *moi* qui vais emmener Channing à l'hôpital. Colby t'en voudrait à mort si tu déclarais forfait à cause de lui. Allez, va faire ce que tu as à faire et rejoins-nous à l'hôpital après.

Visiblement contrarié, Cash hocha la tête et se précipita vers l'entrée des participants. Gemma passa un bras autour des épaules de Channing et l'escorta jusqu'au parking. Elle l'aida à monter dans le pick-up puis s'installa rapidement derrière le volant et mit le contact.

Mon Dieu, faites que Colby soit encore en vie.

Lorsqu'elles arrivèrent à l'hôpital, Channing préféra aller patienter dans une autre salle d'attente que celle où se trouvait la famille de Colby, ne voulant pas les perturber davantage. Gemma, Trevor, Edgard et Cash vinrent tour à tour pour lui donner des informations sur l'état de Colby et lui tenir compagnie.

Les médecins avaient réussi à stopper l'hémorragie et à réinsuffler de l'air dans son poumon abîmé juste à temps avant de s'occuper de sa jambe. Trevor lui avait dit qu'ils avaient dû lui introduire un clou intra-médullaire dans le fémur et que l'opération s'était bien passée. Il était hors de danger et pourrait remarcher normalement après avoir suivi un programme de rééducation adapté. En revanche, il était évident que sa carrière de champion de rodéo était bel et bien terminée.

Trevor la laissa en lui promettant de revenir rapidement. Toujours inquiète, mais rassurée par les dernières nouvelles, Channing se leva de son siège pour se dégourdir les jambes avant de se rasseoir sur un autre siège. Les coudes sur les genoux, elle se prit la tête entre les mains et ferma les yeux, essayant de remettre un semblant d'ordre dans ses pensées. Elle ignorait combien de temps elle était restée ainsi quand elle entendit des pas approcher.

— Channing ?

Gemma prit place à côté d'elle et posa une main sur sa cuisse.

— Tu veux manger quelque chose ? demanda-t-elle, l'air inquiet. Ça fait des heures qu'on est là, tu dois avoir faim.

— Je ne peux rien avaler, mais merci, Gem.

— OK, je comprends. Tu veux rester ici encore combien de temps ?

— Jusqu'à ce que je puisse le voir. Seule. Je n'ai pas envie de croiser sa famille et de devoir leur expliquer qui je suis et ce que je fais là.

Elle-même ignorait ce qu'elle était exactement pour Colby.

« Tu es à moi, Channing, à moi et à moi seul. »

Les paroles de Colby résonnèrent dans son esprit, et elle secoua la tête pour les chasser.

— Tu sais que ça risque d'être difficile, ma belle, l'informa Gemma d'une voix douce. Les McKay ont pour ainsi dire installé un campement dans la chambre de Colby. Et ses trois autres frères, Cord, Colt et Carter, arrivent demain normalement.

Merde.

— Pourquoi tu veux à tout prix éviter sa famille ?

— Parce que je ne représente rien pour Colby, répondit-elle, méprisant les paroles qui sortaient de sa bouche. Lui et moi, c'est juste une histoire de cul, on s'était mis d'accord sur ça dès le début. On passe du bon temps jusqu'à Cheyenne après quoi, chacun reprend sa route, sa vie. Je devrais peut-être même partir tout de suite, après tout…

— Tu plaisantes, j'espère, la coupa Gemma.

Channing leva la tête et, lorsqu'elle croisa son regard froid, elle voulut lui expliquer le fond de sa pensée, mais son amie ne lui en laissa pas le temps.

— Tu penses vraiment te barrer comme si de rien n'était alors que Colby gît, inconscient, dans un lit d'hôpital ? Tu es sérieuse, là ? Vraiment ? Tu me déçois.

Channing eut une moue de dégoût envers elle-même.

— Non, fit-elle. Mais tu ne connais pas toute l'histoire, Gem. Laisse-moi au moins t'expliquer mon point de vue.

— Vas-y, je t'écoute, répliqua-t-elle sèchement. Cela dit, quelle que soit l'histoire entre vous deux, ce qui vient de se passer change pas mal de choses, je pense.

— Oui, tu as raison, la situation est encore pire qu'avant, marmonna Channing en se redressant sur son siège avant d'appuyer la tête contre le mur. Colby devra probablement rester à l'hôpital encore une semaine, voire deux. Une fois que les médecins le laisseront sortir, il retournera vivre au ranch, chez ses parents, parce qu'il ne pourra pas se débrouiller tout seul. Et moi, je ne me vois pas débarquer là-bas pour être avec lui alors qu'on n'est même pas en couple. En plus, son père a été on ne peut plus clair sur le fait qu'il n'accepterait pas qu'un autre de ses fils fricote avec une fille de la ville.

Comptant sur un répit, elle s'humidifia les lèvres avant de reprendre :

— Et Colby... Je ne sais même pas par où commencer. Quand il s'est blessé à la main à Greeley, il n'a pas voulu me montrer à quel point ça lui faisait mal parce qu'il est trop fier. Il a préféré jouer au macho, et regarde où ça l'a mené. De longs mois de convalescence et de rééducation l'attendent. Je ne sais pas ce qu'il ressent vraiment pour moi, mais je sais qu'il m'en voudra si je laisse tomber ma vie pour lui, surtout maintenant. Ça ne ferait que compliquer les choses entre nous alors que le plus important, c'est qu'il guérisse. Il compte beaucoup pour moi, bien plus que tu ne le crois.

Gemma poussa un soupir en attirant sa tête sur son épaule, et Channing se mit à sangloter.

— Tu sais, dit-elle quand Channing se fut calmée, j'aimerais te dire que tu as tort, mais, hélas, je pense que tu as raison sur toute la ligne.

— Et pourtant, Dieu sait à quel point j'aimerais me tromper sur ce coup.

— Je sais, ma belle, je sais. Je suis désolée d'avoir été dure avec toi.

— Tu n'as pas à t'excuser, Gemma, c'est ce que font les vrais amis.

Channing se redressa et essuya ses larmes.

— Tu comptes faire quoi maintenant ? s'enquit Gemma après un long moment de silence.

— Je vais attendre de voir Colby seule à seul et après… Je vais retourner chez moi, je dois m'occuper de plusieurs choses, là-bas.

— Tu vas y rester ou… ?

Plutôt mourir !

— Je ne sais pas.

— En tout cas, comme je te l'ai déjà dit, ma porte t'est toujours ouverte, Channing. Si tu décides que la vie citadine ne te convient plus, tu peux venir vivre et travailler chez moi. Je cherche quelqu'un pour nettoyer les écuries, en plus.

Elles éclatèrent d'un rire bref.

— Non, sérieusement, tu vas vraiment me manquer, ma belle.

— Merci, Gemma. Toi aussi, tu vas me manquer.

— Je sais que les choses semblent horribles pour le moment, mais, tu verras, tout finira par rentrer dans l'ordre, déclara Gemma en se levant de son siège. Appelle-moi quand tu auras vu Colby, je passerai te chercher pour t'emmener à l'aéroport.

— OK, merci.

Channing regarda son amie disparaître au détour du couloir et prit une nouvelle inspiration.

Les heures passèrent avec une lenteur effroyable. Elle vit défiler plusieurs cowboys dans le couloir, mais personne ne vint lui parler, ni même la saluer. Même après tout ce temps, et en dépit des bonnes résolutions qu'elle avait prises, elle faisait toujours partie du décor de la vie des autres. De celle de Colby aussi ? Prise d'une immense tristesse, elle appuya la tête sur une main et ferma les yeux.

Elle dut s'endormir, car elle s'éveilla en sentant une main sur la sienne. Ouvrant les yeux, elle découvrit Keely McKay debout devant elle.

— Channing, n'est-ce pas ? demanda-t-elle. Gemma m'a demandé d'avoir un œil sur toi. Il est 5 heures du matin et mes parents sont rentrés à l'hôtel. Colby est toujours inconscient, mais tu peux aller le voir, si tu veux.

— Merci, chuchota-t-elle.

Quand elle poussa la porte de la chambre, Channing retint son souffle. Mis sous perfusion, Colby était allongé sur le lit d'hôpital, la jambe gauche entièrement plâtrée, un tube trachéal l'aidant à respirer. Le bip incessant d'une machine, qui indiquait sans doute son pouls, résonnait dans le petit espace. Lentement, elle s'approcha de lui, le cœur serré. Il avait l'air si fragile et vulnérable. Une larme roula sur sa joue et elle l'essuya d'un geste vif.

— Salut, cowboy. Dis donc, on dirait qu'un taureau t'est tombé dessus.

Elle eut un petit rire amer et fondit de nouveau en larmes. Elle se pencha sur lui et déposa un baiser sur son front. Elle posa ensuite sa main sur la sienne, espérant, au plus profond d'elle-même, qu'il bougerait ou ouvrirait les yeux.

— Remets-toi vite, Colby, lui murmura-t-elle à l'oreille. Et quand tu auras retrouvé toutes tes forces, je veux que tu me fasses signe parce que j'attendrai. J'attendrai le temps qu'il faut, mais tu as quand même intérêt à te dépêcher de guérir. (Elle ferma les yeux, la gorge nouée par un nouveau sanglot.) Je t'aime, cowboy. C'était ça que tu voulais tant m'entendre dire, hier, n'est-ce pas ? Eh bien, voilà, je t'aime Colby McKay. Ne l'oublie jamais.

Elle l'embrassa encore une fois et quitta la chambre en essayant de se convaincre qu'elle avait pris la bonne décision, pour elle, pour lui.

Chapitre 22

Une semaine plus tard…

Trevor sirotait sa quatrième bière en regardant Edgard ranger ses affaires dans son sac.

— Tu es sûr que tu ne veux pas prendre ta selle ? demanda-t-il. Elle est pratiquement neuve et meilleure que la mienne, même.

— Non. Garde-la. Ou tu peux la vendre, sinon. Fais-en ce que tu veux, je m'en fiche.

OK…

— Je pourrais la garder pour quand tu reviendras.

Edgard poussa un soupir en refermant son sac.

— Je ne reviendrai pas, Trev, pas cette fois, déclara-t-il sans lever le regard.

Une douleur aiguë contracta le cœur de Trevor, mais il l'ignora. Il finit sa canette puis en prit une autre. Edgard ferma son sac et le jeta par terre, à côté de ses autres valises. Ils se regardèrent en silence pendant un long moment.

— Quand est-ce que tu pars pour Cody ? s'enquit enfin Edgard.

— Demain matin.

— T'y vas avec qui ?

— Cash, Brian et Dag, le cousin de Colby.

— Bonne chance. Dag est très bon dans la discipline de prise de veau en équipe, apparemment. Peut-être que tu auras plus de chance avec lui, qui sait ?

— Ouais, je ne sais pas, on verra.

Trevor joua nerveusement avec l'anneau d'ouverture de sa canette, de plus en plus conscient de l'impasse dans laquelle Edgard et lui se trouvaient.

— Tu es sûr que tu ne veux pas que je t'emmène à la gare ?

— Oui, ça ne serait pas une bonne idée, et tu le sais, répondit Edgard en riant.

— Ça va, je ne vais pas non plus pleurer comme une madeleine et te saluer en agitant un mouchoir dans les airs, se défendit Trevor.

— Je sais, mais qui te dit que je pensais à toi en disant cela ?

À ces mots, Edgard lui sourit, mais se ressaisit aussitôt.

— Non, ça suffit, se réprimanda-t-il. Je ne peux plus continuer comme ça, on ne peut plus revenir en arrière. C'est trop tard.

Il se passa une main dans les cheveux et, voyant ce geste inconscient de nervosité, Trevor se mordit la langue. Edgard avait raison, ils ne pouvaient plus continuer ainsi, ce n'était juste ni pour l'un ni pour l'autre. Une partie de lui mourait d'envie de remettre en place la mèche rebelle qui retombait sur le front d'Edgard avant de le prendre dans ses bras et de lui dire tout ce qu'il aurait dû lui dire il y avait bien longtemps déjà. Cependant, la raison l'emporta et il vida la canette de bière d'un trait.

Edgard ouvrit la portière du van et jeta ses sacs dehors. Il la referma ensuite et s'y adossa. Gagné par un malaise grandissant, Trevor ouvrit la bouche pour parler, mais Edgard l'en empêcha.

— Ne t'inquiète pas, dit-il. Je ne compte pas faire de discours larmoyant, je t'ai déjà tout dit. Si seulement les choses pouvaient être différentes…

— Oui, je sais.

— Fais attention à toi, *meu amor*.

Trevor sentit quelque chose en lui se briser en entendant ce terme plus qu'affectueux.

— Toi aussi, Ed.

Quelqu'un klaxonna à l'extérieur. Sûrement Gemma, venue chercher Edgard pour l'emmener à la gare.

Sans un mot, Edgard se tourna et sortit du van – et de sa vie – en refermant la porte derrière lui. Trevor resta assis, écoutant le pick-up de Gemma s'éloigner, puis se leva et alla fermer la portière du van à clé. Il prit ensuite le pack de bière, le posa sur le lit, monta sur l'échelle et se laissa tomber sur le matelas.

Il ouvrit une autre canette et laissa libre cours à ses souvenirs, ses émotions et ses larmes.

Chapitre 23

Huit semaines plus tard…

Assis sous le porche de la maison de ses parents, la jambe gauche posée sur un tabouret devant lui, Colby observait le ciel, les sourcils froncés. Tout comme la veille, des nuages sombres s'amoncelaient au-dessus de sa tête, mais pas une goutte de pluie n'en tombait. La sécheresse commençait à poser de sérieux problèmes dans la région, et tous attendaient la pluie avec impatience.

Une légère brise automnale agitait les branches des arbres ainsi que les volets de la maison, et Colby ferma les yeux, sentant le vent balayer son visage.

Deux mois. Cela faisait déjà deux mois qu'il était cloîtré dans la maison de ses parents, sur les ordres du médecin. Il remerciait chaque matin sa bonne étoile de l'avoir protégé, ce jour-là. Il s'en était tiré avec six mois de repos forcé, une paire de béquilles et une attelle alors qu'il aurait très bien pu perdre l'usage de ses jambes.

Il secoua la tête. Oui, il l'avait échappé belle. Cependant, tout irait encore mieux s'il n'était pas obligé de vivre sous la constante surveillance de sa mère qui ne cachait nullement sa joie de l'avoir à la maison et de s'occuper de lui. Elle avait également été la plus heureuse et soulagée de tous en apprenant que sa carrière dans le rodéo était terminée.

Colby regarda sa montre. Il serait bientôt l'heure de faire ses exercices de rééducation où, là encore, sa mère, mais aussi sa sœur, l'assistaient pratiquement tous les jours. Keely semblait adorer le voir souffrir et le taquinait sans cesse, et comme il ne pouvait toujours pas se venger par ses propres moyens, il avait plusieurs fois invité Amy Jo à venir lui tenir compagnie, sachant que sa peste de petite sœur n'appréciait guère de voir sa meilleure ennemie chez eux. D'ailleurs, en y réfléchissant un peu, Amy Jo avait sans doute accepté ses invitations en espérant croiser Cord. Pourquoi lui aurait-elle posé autant de questions sur son frère, sinon ?

Il se sentait inutile et cela le rendait malade. Sa mère s'affairait autour de lui du matin au soir. Pourquoi ne pouvait-il pas rentrer chez lui, dans sa petite maison de l'autre côté du canyon ? Il était majeur, vacciné et mobile, surtout ! Chaque fois qu'il soumettait cette idée à sa mère, celle-ci refusait d'en discuter, prétextant qu'il était encore trop tôt.

Les rares fois où il avait voulu aider son père et ses frères, ces derniers l'avaient envoyé paître en lui promettant cependant qu'il aurait du travail à revendre une fois qu'il se serait complètement remis.

Jour après jour, ses pensées vagabondaient un peu partout avant de revenir, comme toujours, vers Channing. Il savait très bien qu'elle n'était pas partie à cause de sa blessure ou encore parce qu'il ne serait plus jamais le champion de rodéo qu'elle avait connu et qui l'avait séduite. Il doutait fortement qu'elle soit repartie vivre chez ses parents et qu'elle ait accepté le poste d'enseignante que lui avait dégotté son père.

Où es-tu passée, Channing, bordel ?!

Elle se cachait de lui, fuyant ses propres sentiments, mais pourquoi ?

« Je t'aime Colby McKay. Ne l'oublie jamais. »

Channing l'ignorait, mais il avait entendu ce qu'elle lui avait dit, cette nuit-là, à l'hôpital. Elle lui manquait tant. Ce petit bout de femme avait réussi à se frayer un chemin jusqu'à son cœur au bout de quelques jours à peine. Il l'aimait. Il aimait Channing Kinkaid comme un fou et il voulait le lui dire.

« … je veux que tu me fasses signe parce que j'attendrai… J'attendrai le temps qu'il faut… »

Oui, mais où ? Où ?!

Quelques semaines après son accident, Colby avait essayé de l'appeler sur son portable, mais un message automatique lui avait dit que le numéro n'était plus attribué. Et comme il ne connaissait ni le nom ni l'adresse de ses parents, il n'avait plus su où chercher.

Une odeur familière, un mélange de sauge et de terre, flotta à ses narines. Il prit une profonde inspiration et, l'espace d'un instant, il aurait pu jurer sentir le parfum fruité de Channing. Il devenait fou. Il pensait tellement souvent à elle que cela lui retournait les sens.

Soudain, la porte d'entrée de la maison s'ouvrit et sa mère apparut, tenant son neveu Ky dans les bras.

— Je vais faire quelques courses, annonça-t-elle en lui tendant le combiné du téléphone sans fil. On n'a plus de lait ni de couches pour le petit. Tu as besoin de quelque chose ?

Colby se contenta de secouer la tête et regarda sa mère s'éloigner. Il s'installa ensuite confortablement dans sa chaise pour s'offrir une petite sieste et retrouver ainsi Channing dans ses rêves. Lentement, il glissa dans le sommeil, et une vision de Channing et lui, enlacés dans son lit, se présenta à son esprit lorsque la sonnerie du téléphone retentit.

Il eut un sursaut, ouvrit les yeux et saisit le combiné.

— Quoi ? répondit-il, énervé.

— Bonjour, Colby, tu sembles être de très bonne humeur aujourd'hui, dis-moi !

Il se détendit aussitôt et sourit dans le combiné en entendant la voix de Gemma.

— Salut, Gem.

— Comment ça va ?

— Bien, de mieux en mieux. Et toi ?

— On fait aller. Tu pourrais me passer ton père, s'il te plaît ?

— Il n'est pas là. Lui, Cord et Colt sont partis vendre quelques vaches au marché aux bestiaux. Je peux peut-être t'aider ?

— Oui, sûrement, je… Attends, excuse-moi une seconde, Colby.

Il entendit un bruissement étrange à l'autre bout de la ligne, suivi de la voix étouffée de Gemma.

— Non, Channing, celles-ci ne vont pas là, mais sous la véranda.

Colby se redressa sur sa chaise.

— Gemma ? Gemma ?! Tu m'entends ?

— Pardon, Colby. On en était où ?

— Dis, j'ai rêvé ou je viens de t'entendre parler à Channing ?

— Euh, c'est-à-dire…

— Channing, *ma* Channing est chez toi ?

— Oui.

— Depuis combien de temps ?

— Ça fait déjà un bon moment.

— Quoi ?! s'exclama-t-il, aussi surpris que choqué. Depuis combien de temps, exactement ?

— Depuis six semaines, environ. Tu n'étais pas au courant ?

— *Non !* Elle ne m'a rien dit. Mais toi, pourquoi tu ne m'as pas prévenu, Gemma, bon sang ?!

— Parce que ce n'était pas à moi de le faire.

— Putain de merde !

— Surveille ton langage, cowboy, le tança-t-elle.

Colby soupira en fermant les yeux.

— Excuse-moi, Gem. C'est juste que ça fait déjà plusieurs semaines que je la cherche et…

— Bon, maintenant tu sais où elle est, non ? Allez, je te laisse, à plus !

Gemma raccrocha avant qu'il n'ait pu dire quoi que ce soit. À cet instant, un rayon de soleil troua un nuage et éclaira son visage. Interprétant cela comme un signe du destin, Colby saisit ses béquilles, les clés de son pick-up et partit aussi vite que le lui permettait sa jambe.

Chapitre 24

Au ranch de Gemma…

— Pourquoi est-ce que c'est toujours moi qui me tape les boulots de merde ? geignit Channing, feignant de se plaindre.

— Il faut commencer par le début. Tu vois, ce n'est pas si simple de s'occuper d'un ranch.

— Oui, j'avoue… Si j'avais su ce qui m'attendait, jamais je ne t'aurais appelée pour venir vivre ici.

Gemma planta sa fourche dans une pile de foin et la toisa d'un regard sérieux.

— Tu regrettes d'avoir tout plaqué pour venir t'installer ici ? lui demanda-t-elle.

— Pas une seule seconde, répondit Channing, un large sourire aux lèvres.

— Tant mieux. Tiens, éparpille ce foin dans le box, là-bas. Je dois passer un coup de fil, je reviens tout de suite.

Channing s'exécuta tout en réfléchissant à la question de son amie. Avait-elle des regrets ? Elle baissa la tête et s'examina des pieds au torse. Elle savait qu'elle était décoiffée, ses bottes et ses vêtements étaient sales, couverts de crottin et de poussière et, pourtant, elle n'avait jamais été aussi heureuse de sa vie.

Quand elle était retournée chez elle, elle s'était rapidement rendu compte qu'elle n'avait pas, et n'aurait sans doute jamais, sa place dans sa famille. Ses parents avaient été indignés par son comportement, lui disant qu'ils ne la reconnaissaient plus, ce à quoi elle leur avait répondu qu'ils ne l'avaient jamais vraiment connue. Son aventure lui avait ouvert les yeux : elle n'avait pas changé, elle avait simplement, enfin, affirmé sa personnalité. Elle avait donné sa démission à l'école, avant même d'avoir commencé à y travailler, et avait vendu tout ce qu'elle possédait – y compris sa BMW –, pour s'acheter un pick-up avant de traverser le pays pour rejoindre Gemma.

Non, elle ne regrettait absolument rien. Si, en fin de compte, elle regrettait une seule chose : de ne toujours pas avoir eu le courage d'aller retrouver ce cowboy dont elle était tombée follement amoureuse et qu'elle aimerait probablement jusqu'à la fin de sa vie. En seulement quelques jours, elle avait vécu des choses improbables avec cet homme.

Elle avait téléphoné plusieurs fois au ranch des McKay et, chaque fois, elle était tombée sur le père de Colby qui lui disait que son fils se reposait et qu'il ne pouvait donc pas répondre au téléphone. Channing avait alors décidé de donner du temps au temps avant de se rendre là-bas en personne pour voir Colby.

Elle entendit des pas dans son dos et se retourna vers l'entrée de la grange. L'instant d'après, Gemma la rejoignit, claquant brutalement la porte derrière elle.

— Houla, je parie que tu as parlé avec Cash, commenta Channing en riant. Il n'y a que lui qui puisse te mettre en rogne, comme ça.

— Pourquoi est-ce que j'irais appeler Cash Big Crow ? Ça fait déjà deux mois que je n'ai pas eu de ses nouvelles.

Channing avait remarqué que le visage de Gemma s'empourprait chaque fois qu'elles parlaient de Cash. Si seulement ils pouvaient voir à quel point ils étaient faits l'un pour l'autre ! Elle pensa alors à Trevor et Edgard, et son cœur se serra. Leur amour était sincère, mais impossible.

— On se fait un billard ce soir, Gem ? s'enquit-elle en refusant de ruminer des pensées tristes.

— Non, on a encore pas mal de boulot. Une autre fois.

— OK, c'est toi le patron.

Pendant les deux heures suivantes, Channing s'affaira autour de la grange. Elle ne remarqua même pas que Gemma l'avait laissée toute seule. Elle avait fini de nettoyer l'intérieur de la grange et était en train d'empiler des bottes de foin devant l'entrée quand elle entendit une voiture s'arrêter non loin d'elle. Quelques instants plus tard, une portière claqua et le gravier de l'allée crissa sous des pas.

— Channing Kinkaid, ramène tes fesses ici immédiatement !

Sans se retourner, Channing se redressa en écarquillant les yeux.

Colby ?

Colby était ici ?

Persuadée que son esprit lui jouait des tours, elle prit une profonde inspiration et enleva ses gants de travail. Une petite pause ne lui ferait pas de mal, après tout.

— Je ne vais pas te le répéter, ma belle.

À ces mots, elle se retourna et mit sa main en visière à cause du soleil. Non, elle n'avait pas rêvé. Appuyé sur des béquilles, Colby se tenait debout devant un pick-up noir. Le cœur de Channing tressaillit en le voyant. Il semblait fatigué et avait maigri, mais il était toujours aussi beau que dans ses souvenirs.

— Sérieusement, Channing ! Tu vis dans le Wyoming, non loin de chez moi, et tu n'as même pas pris la peine de me prévenir ?!

Channing déglutit.

— Comment ça, je ne t'ai pas prévenu ? J'ai appelé plusieurs fois chez toi, dit-elle en s'avançant lentement vers lui.

Voyant son expression surprise, elle s'arrêta à quelques mètres de lui.

— Ton père ne t'a pas fait suivre mes messages ?

Les mâchoires serrées, Colby secoua la tête.

— Je réglerai ça avec lui plus tard, annonça-t-il. Pour le moment, j'aimerais bien te retourner sur mes genoux et te flanquer une bonne fessée pour avoir…

— Minute papillon ! s'exclama Channing en levant la main. Tu me déçois, cowboy, j'aurais espéré que tu sortirais le grand jeu de la séduction, comme toi seul sais le faire, mais au lieu de ça…

— Au lieu de ça, je reste planté là comme un con parce que je ne peux pas me précipiter vers toi pour te prendre dans mes bras.

Channing pencha la tête sur le côté, un sourire béat aux lèvres.

— Est-ce que ça t'aiderait si c'était *moi* qui me précipitais vers *toi* ?

— Oh oui, je t'en supplie, Channing. Je meurs d'envie de te serrer contre moi.

Elle courut vers lui et se jeta dans ses bras en faisant attention à sa jambe, et pressa ses lèvres sur les siennes. Ils s'embrassèrent longuement, avec tendresse et soulagement, comme s'ils ne s'étaient pas vus depuis des années. Elle lâcha ensuite sa bouche et enfouit la tête au creux de son cou, humant délibérément son odeur.

— Tu m'as tellement manqué, Colby. J'étais morte d'inquiétude, si tu savais, marmonna-t-elle contre sa peau.

— Vraiment ?

— Oui, j'ai cru que j'allais mourir en voyant ce qui t'était arrivé. Et après, quand je t'ai vu allongé, inconscient, sur ce lit d'hôpital…

— C'est pour cette raison que tu m'as quitté ?

— Je ne t'ai pas quitté, Colby. Enfin, si, d'une certaine façon, mais pas à cause de ce qui t'est arrivé, déclara-t-elle en calant son front contre son menton. Je devais déjà remettre ma vie sur de bons rails, et toi, tu devais te concentrer uniquement sur ton rétablissement. Je pense que les choses se seraient mal passées si j'étais restée avec toi. On avait chacun besoin d'espace, de faire le point sur tout ce qui s'était passé.

— Tu as raison. Et puis, c'est vrai que j'ai été assez difficile à vivre depuis mon accident. Je n'ai pas été un fils ni un frère modèle. J'ai été un peu lunatique, et le fait de ne pas savoir où tu étais n'a arrangé en rien la situation.

— J'étais là, Colby, je t'attendais, bredouilla-t-elle, la voix brisée par un sanglot.

Il prit son visage entre ses mains et essuya les larmes qui coulaient sur ses joues.

— Tu sais que je serais venu plus tôt si je l'avais su. Tu le sais, ça, hein ?

Channing hocha la tête avant de déposer un baiser au creux de sa paume.

— Alors, comment tu occupes tes journées depuis que tu vis chez Gemma ? s'enquit-il.

— J'apprends à monter à cheval, à m'occuper du bétail, à cuisiner… J'apprends à m'occuper d'un ranch, quoi.

— Ah bon ? Et pourquoi ?

— Parce que, vois-tu, j'ai rencontré ce cowboy super craquant qui m'a fait tourner la tête et je veux mettre toutes les chances de mon côté pour le séduire, répondit-elle avec un sourire malicieux.

Les yeux de Colby s'illuminèrent aussitôt de plaisir, et il lui rendit son sourire.

— Vraiment ? Par contre, il y a certaines choses que la femme du propriétaire d'un ranch se doit de savoir et que Gemma ne peut pas t'apprendre.

Son air joyeux se mua soudain en une expression inquiète.

— J'espère qu'elle, ni personne d'autre d'ailleurs, n'a essayé de te les enseigner, commenta-t-il en haussant un sourcil.

Channing éclata de rire et se lova contre lui.

— Ne t'en fais pas, tu es le seul homme fait pour ce job.

— Le seul et l'unique, et ce pour toujours. Je ne partage pas ce qui est à moi.

— Oui, c'est bien ce que j'ai cru comprendre…

Elle leva les yeux vers lui et leurs regards se croisèrent.

— Je t'aime, Colby McKay.

— Je sais.

Channing voulut parler, mais il l'en empêcha en lui fermant la bouche d'un tendre baiser.

— J'ai entendu ce que tu m'avais dit à l'hôpital, même si, au début, j'ai pensé qu'il s'agissait d'un rêve. À ce moment-là, j'ai compris que j'étais l'homme le plus chanceux de la terre. À maintes reprises, je me suis demandé comment une femme aussi belle et spéciale que toi pouvait aimer un plouc comme moi. Ce sont tes paroles qui m'ont aidé à tenir le coup ces dernières semaines, Channing.

Il lui prit une main et la porta à ses lèvres avant de l'embrasser.

— Je poserais bien un genou à terre pour ce qui va suivre, mais, comme tu peux le constater, ça ne va pas être possible, poursuivit-il. Donc autant me lancer tout de suite : veux-tu m'épouser, Channing Kinkaid ?

— Oui ! s'écria-t-elle en passant les bras autour de son cou.

— Vraiment ? s'enquit-il en la prenant par la taille et en plongeant son regard dans le sien. Dans ce cas, il n'y a pas une seconde à perdre. Monte dans le pick-up, c'est toi qui conduis. On va s'arrêter dans la première petite chapelle pour se marier, après quoi, on rentre chez *nous*.

Le cœur de Channing se mit à battre la chamade pendant qu'elle le regardait fouiller nerveusement dans ses poches, appuyé sur une béquille.

« On rentre chez nous. »

— Pas si vite, cowboy, annonça-t-elle en s'efforçant de garder son sérieux. J'ai quelques conditions à poser.

— Ah, comme au bon vieux temps…, marmonna-t-il. Vas-y, je t'écoute.

— Premièrement, je veux que notre vie sexuelle reste aussi trépidante qu'elle l'a été avant l'accident. Je ne me contenterai pas d'une position du missionnaire une fois par semaine après le journal télévisé.

Colby éclata de rire.

— Accordé.

— Deuxièmement, je veux avoir beaucoup d'enfants, mais pas tout de suite. Avant, je veux t'avoir pour moi toute seule pendant un moment.

— Pareil.

— Troisièmement, au début, notre vie ne sera pas toujours rose. Toi, tu es toujours en convalescence, et moi, j'ai encore beaucoup de choses à apprendre sur la vie dans un ranch. On devra donc se montrer patients et compréhensifs l'un envers l'autre. Et ta famille aussi devra se montrer patiente et compréhensive envers moi. Je considère que je n'ai plus de famille et je veux essayer de m'intégrer au mieux dans la tienne.

— Channing, *tu* es ma famille à présent, tout comme moi je suis la tienne. Et puis, ne t'en fais pas pour les miens, ma mère t'adore déjà.

— Ah bon ?

— Oui, je n'ai pas cessé de lui parler de toi. D'ailleurs, je pense qu'elle va faire passer un sale quart d'heure à mon père, d'autant plus qu'il savait que j'espérais un appel de ta part.

Un sourire diabolique se dessina sur ses lèvres et il ajouta :

— Tout compte fait, je pense que je ne vais rien dire à mon père, sinon à ma mère, plutôt. Elle saura bien s'occuper de son cas.

— Très bien. Parce que je ne veux pas qu'on se chamaille pour des broutilles ou des malentendus. Des questions, cowboy ?

— Juste une.

— Vas-y.

Il lui embrassa le poignet avant de demander :

— Est-ce que maintenant est le bon moment pour enfin te dire « je t'aime » ?

La vision de Channing se brouilla par un nouveau flot de larmes qui débordèrent rapidement de ses paupières et elle hocha la tête.

— Je t'aime, Channing Kinkaid, je t'aime comme un fou. Et tu as raison, notre vie ne sera pas toujours rose, mais, du moment qu'on est ensemble, c'est tout ce qui importe. Tous les deux, on sera capables de surmonter n'importe quelle épreuve. Je t'aime, mon cœur.

Ivre de bonheur, Channing saisit le chapeau de Colby et s'en coiffa.

— Si on avait été dans un film, là on aurait enfourché ton cheval et on se serait éloignés vers le soleil couchant, sur un fond de musique country, plaisanta-t-elle.

— Tu vois, dans mon film, j'aurais plutôt enfourché l'héroïne, après l'avoir déshabillée en hâte. Mais bon, je dis ça, je ne dis rien.

Ils rirent à l'unisson et s'embrassèrent encore et encore, jusqu'à en perdre haleine.

Achevé d'imprimer en mai 2018
Par CPI France
N° d'impression : 3028517
Dépôt légal : juin 2018
Imprimé en France
81122712-1